Fango e Girasoli

Di Agata Pulvirenti

Fango e girasoli

Agata Pulvirenti

Fango e girasoli

Agata Pulvirenti

Narcissus - Self Publishing made serious

Edizione digitale: gennaio 2013

ISBN: 9788867555499

Edizione digitale realizzata da **Simplicissimus Book Farm srl**

"FANGO E GIRASOLI"

Di Agata Pulvirenti

PROLOGO

Milano Agosto, 2003

Mia cugina, aveva compiuto otto anni. Adesso avevamo la stessa età.

Per festeggiare, il nonno aveva comprato il gelato a tutti noi bambini, che ora scorrazzavamo felici e vocianti per il cortile, leccando ognuno il proprio cono o immergendo il cucchiaino nella coppetta. Io avevo scelto il cono. In quel torrido pomeriggio di fine Agosto, leccarlo era una spensierata e ingenua goduria.

<Dobbiamo andare> disse papà.

Diligentemente cominciai a salutare tutti e il primo fu "lui".

Fu una sfortunata distrazione, non era nulla di erotico…non sapevo neppure cosa significasse quella parola. Un attimo prima leccavo il cono e l'attimo seguente, invece di dargli un bacio sulla guancia, gliela leccai.

Io risi del mio sbaglio, pulendomi, con il dorso della mano, il gelato che mi imbrattava le labbra. Lui no. Mi guardò come se mi vedesse per la prima volta, con uno sguardo che nulla aveva di paterno o innocuo.

Fu solo questa la mia colpa. Oggi so che io non ne avevo.

******** ******** ********

"Sei bella come un fiore e sei il mio amore".

Era la sciocca filastrocca che la nonna mi recitava sempre, quando ero bambina. Era lei che al mattino mi faceva le trecce, prima di andare a scuola. E quella era la frase che mi diceva, dopo un bacio, quasi ogni mattina.

"Bella come un fiore…" e chissà perché, credevo che il fiore a cui si riferisse la nonna dovesse essere la rosa.

La rosa, per me, era il fiore più bello. I suoi petali perfetti potevano essere di tanti colori, ma indipendentemente da questo, rimaneva il fiore perfetto. E io credevo di essere "bella…come una rosa".

Cambiai idea.

Esattamente tre mesi dopo la morte della nonna, non ritenni più di essere "bella come una rosa" e neppure come un fiore…uno qualsiasi.

Non ricordo più perché fossi in macchina con "lui".

Avevo nove anni, quasi dieci, come mi piaceva sempre sottolineare. I miei pensieri, quel giorno, erano occupati dal "grande evento" che mi era capitato quel mattino. Avevo avuto le mie prime mestruazioni e anche se non avevo ben compreso ancora alcune cose, mi sentivo comunque contenta.

La mamma aveva detto che da adesso in poi sarei cresciuta un po' più velocemente, ma che sarei sempre rimasta la sua bambina.

Io avevo tanta fretta di crescere e tutta quella storia di assorbenti e diventare "donna" mi era piaciuta.

Ora però, tutto quello a cui riuscivo a pensare era che lui, con la sua mano dalle grosse e nodose nocche pelose, spingeva proprio lì, dove c'era il piccolo rigonfiamento del mio primo assorbente.

Stavo immobile. Qualcosa di molto peggio della paura aveva paralizzato il mio corpo. Ero incredula, imbarazzata, oltraggiata e soprattutto ignorante. Non sapevo e non capivo cosa mi stesse facendo, ma ricordo che l'unica parte di me non paralizzata, non del tutto per lo meno, era la mia voce. Continuavo a ripetere "no". Questo lo ricordo bene. Come una litania, supplichevole, piano si, ma continuo: "no, no, no". Ma lui non si fermò. Guidò la mia mano in mezzo alle sue gambe e non si fermò.

C'era il sole e ricordo il riflesso di quella calda luce sulla mia piccola mano, avvolta dalla sua, che spingeva, spingeva... Ricordo di aver voltato il viso, per non guardare, e ho visto la piazza con al centro la statua, con quella bella madonna bianca di marmo. Bella e inutile.

Dopo, mi riportò a casa ed io ero così felice di essere tornata che gli diedi un bacio, sulla guancia e gli sorrisi con tutta l'innocenza che ostinatamente pretendevo ancora di avere.

Andai diritta in bagno, aprì il rubinetto dell'acqua calda e mi lavai le mani. Strofinavo e continuavo a creare schiuma, poi la sciacquavo via e ricominciavo daccapo ancora, ancora e ancora. L'acqua scorreva e il sapone scivolava via in fondo fino a scomparire. Quel rumore gorgogliante divenne ipnotizzante e rilassante e piano piano smisi di strofinare. Lasciai ancora che l'acqua, solo l'acqua mi scorresse sulle mani, restando immobile davanti al lavandino, come imbambolata. Poi ricordai il monito di mamma, quando mi diceva che sprecavo un sacco di acqua se tenevo il rubinetto aperto mentre mi lavavo i denti e di colpo e istintivamente lo chiusi.

Anche dentro di me qualcosa si chiuse, ma non fu doloroso, anzi. Fu come togliere la mano in fretta da qualcosa di bollente, o chiudere gli occhi davanti alla scena paurosa di un film. Si era chiusa una porta in me e dall'altra parte della stanza si stava bene.

Uscì dal bagno e sospirai più rilassata e più felice. "Cosa avevo, poco prima, che non andava?" pensai. Non riuscivo più a ricordarlo... Non doveva essere così importante allora.

Presi lo zaino di scuola e cominciai a sistemare i libri per il giorno dopo. Ero sempre stata ordinata e meticolosa con le cose di scuola. Adoravo andarci e imparare sempre cose nuove. Mi piaceva essere elogiata da tutti, amici, parenti e insegnanti. Ma più di tutto mi crogiolavo nei complimenti di mamma e papà. Ero la loro brava bambina, studiosa e ubbidiente. Io li adoravo e loro amavano me. Lo sapevo non solo perché me lo dicevano sempre, ma perché il loro affetto lo percepivo persino nell'aria che respiravo! In qualche modo, per qualche ragione, che al momento non riuscivo a razionalizzare, ricevere il loro amore adesso era ancora più importante di prima. "Ero una bambina felice e fortunata", continuavo a ripetermi. "Avevo una famiglia che mi amava, avevo tanti amici, avevo…." Lo squillo del telefono interruppe i miei pensieri, ma lo ignorai perché in quel momento era estremamente importante ricordare e riepilogare tutte le ragioni per le quali la mia poteva dirsi una vita felice, perfetta, serena…. Ma il telefono non smetteva di squillare, così un po' indispettita per quell' interruzione risposi al telefono. Era mia zia che, con la voce più sottile e fragile che le avessi mai sentito, mi diceva che era accaduto qualcosa e che adesso lo zio sarebbe tornato a prendermi e mi avrebbe portato a casa loro.

Misi giù la cornetta e mi lasciai scivolare, lungo il muro, giù a terra. Ricordo il rosa della mia gonna spiegazzata, allargarsi in una macchia di colore sul marmo bianco del pavimento. Sembrava il fiorire accelerato di un fiore, come in quei documentari sulla natura. Nel mio caso, però sembrava una rosa già sfiorita. Sentivo il battito assordante del mio cuore, il sudore freddo colarmi dietro la schiena e le mani tremarmi senza che riuscissi a fermarle. La zia non mi aveva ancora detto nulla. Non sapevo ancora che mamma e papà erano morti, che non li avrei rivisti mai più. Non sapevo ancora, che l'incidente che me li aveva portati via era avvenuto quattro ore prima. Non sapevo ancora nulla di tutto ciò. L'unica cosa che sapevo e che mi stava annientando era il terrore che "lui" stava tornando a prendermi e che per questo, ma senza comprenderne la ragione, io ero paralizzata dalla paura. L'acqua aveva lavato tutto, aveva lavato il mio ricordo, ma non la paura.

CAPITOLO 1

Aci Castello (Catania) Ottobre 2012

Appena aperti gli occhi, già sorridevo.

Il sole, dalla finestra della mia camera, arrivava fino a me filtrato dal grosso ramo dell'albero di nespole, che cresceva ormai incontrastato davanti al mio balcone. Avevo detto al nonno che mi piaceva affacciarmi e riuscire a cogliere quei frutti dolcissimi, che a Milano non avevo mai assaggiato. E lui, a quel commento, aveva risposto smettendo di tagliare e mi aveva promesso che da quel giorno, quel ramo avrebbe sempre raggiunto la mia finestra < il mio personale regalo di benvenuto in Sicilia, per te!> aveva detto sorridendo e io avevo ricambiato quel sorriso.

Da quando, sette anni prima, ero arrivata in quella vecchia e bellissima villa sul mare di Aci Castello, in Sicilia, ero tornata ad essere quella di prima. I miei nonni materni, mi adoravano e io li avevo sempre amati, adesso un po' di più. Certo all' inizio era stato un po' difficile: la morte di mamma e papà, il cambiamento di città, la nuova scuola e i nuovi amici....ma proprio tutte quelle novità, in qualche modo, mi avevano aiutata ad affrontare più serenamente il mio lutto. Forse ero soltanto una bambina e affrontavo la vita, quindi, in maniera immatura e le esperienze in modo superficiale. Ma di certo i nonni mi avevano aiutato molto con il loro affetto e il loro calore. La nonna diceva che il sole in Sicilia non mancava mai e che per questo loro erano così affettuosi, perché erano caldi di sole. A me faceva ridere quella sua logica semplice, ma mi piaceva pensare che il sole potesse far diventare anche me un po' meno "fredda". Ero arrivata così da Milano, "fredda": non mi piaceva che mi abbracciassero, che mi baciassero....prima si, ma adesso tutto era diverso. Il contatto con gli altri mi provocava imbarazzo e addirittura vergogna certe volte e all'inizio non sapevo perché. Non avrei mai immaginato che proprio quel sole siciliano mi avrebbe dato la risposta. Prima che mamma e papà morissero io adoravo essere vezzeggiata con parole e gesti affettuosi, la manifestazione del loro amore era il mio pane quotidiano. Perché adesso non più? Se era vero che soffrivo tanto per la loro scomparsa, perché rifiutare l'affetto che, anche attraverso i baci e gli abbracci, mi offrivano coloro che mi volevano bene? Perché si trattava solo di questo: affetto, amore sincero e incondizionato, non era qualcosa di sporco e di cui vergognarsi, giusto?

Quattro anni prima quel sole aveva risvegliato la mia memoria, illuminando i miei occhi ancora chiusi nel sonno. Li avevo aperti, svegliandomi da un sonno lungo e ristoratore, e il mio sguardo si era focalizzato su un punto particolare della mia mano, tra l' anulare e il mignolo, dove il sole filtrato dai rami del nespolo mi aveva raggiunto. Ma d' un tratto non era più la mia mano sul copriletto che vedevo, ma la "sua" che copriva la mia spingendola fra le sue gambe, dove quell'ignoto, sporco e orrendo rigonfiamento aumentava sempre più. Di colpo sveglia, per qualche istante avevo pensato si trattasse solo di un sogno, un brutto sogno, ma non era così.

La mia mente, ora di tredicenne, era lucida e molto più perspicace di una volta e avevo subito capito che quello non era un sogno, ma un ricordo! Il ricordo di qualcosa avvenuto nella primavera dei miei nove anni, quando avevo avuto il mio primo ciclo.... Quel giro in macchina con lui e poi....la terribile notizia della morte di mamma e papà... L'acqua aveva lavato via i miei ricordi per quasi tre anni, ma adesso ricordavo tutto.

Lucidamente presi coscienza dell'accaduto e mi resi conto che la mia mente aveva " escogitato" quella temporanea perdita di memoria perché evidentemente non ero pronta a capire né ad accettare quell'evento. Se adesso avevo ricordato, allora significava che ero pronta a comprendere e superare tutto, giusto? Era da lì che doveva partire la mia guarigione, perché io non volevo rimanere così fredda e scostante con chi mi voleva bene e desideravo tornare ad essere quella di un tempo. Milano era lontana e "lui" pure, ce la potevo fare!

CAPITOLO 2

Così da quel giorno, lavorai su me stessa, sui miei atteggiamenti e istinti. Cercai di dare fiducia agli altri e disciplinare il pregiudizio innato, che avevo sulla buona fede di un gesto semplice come un abbraccio, anche se questo proveniva da un uomo o da un ragazzo, anziché da una donna.

Martina, la mia migliore amica dai tempi delle medie, mi diceva sempre <Dai Fede, sei una donna e le donne sono morbide! Se quando lui ti saluta tu diventi di ghiaccio penserà che ti fa schifo e non si avvicinerà più a te!> Parlava di Simon, il ragazzo più corteggiato della scuola e per cui, pur non avendoci mai parlato per più di tre minuti, avevo una cotta da paura! In quelle ultime settimane però, sembrava che qualcosa si stesse muovendo perché Marty mi diceva che lui mi guardava spesso…e anch' io lo guardavo….quando lui era voltato dall' altra parte. Ovvio.

<Con chi è che Fede deve essere più morbida?! Non le riempire la testa di stupidaggini…> Nico, il migliore amico "maschio" che avevo e pure l' unico che ero mai riuscita ad avere, si era avvicinato e intromesso nella nostra conversazione. Ci aveva circondato, con le sue atletiche spalle da calciatore, in uno dei suoi fraterni abbracci nei quali mi ero sempre sentita a mio agio e al sicuro.

Scostandosi da quell'abbraccio, Marty lo aveva guardato con un cipiglio piccato da maestrina, rimproverandolo con lo sguardo. Ma l'effetto ovviamente era rovinato dal loro aspetto: lei era uno scricciolo dai corti capelli castani e quel suo dolce visino, spruzzato di lentiggini, non incuteva il minimo timore, meno che mai a Nico che era il suo esatto opposto.

Lui le sorrise dall'alto del suo metro e ottanta e sebbene non provassi per lui altro che affetto fraterno, non potevo negarne il fascino: i suoi denti bianchi spiccavano sul volto abbronzato e i suoi occhi grigi erano spesso motivo di sospiri e risatine di ammirazione, da parte delle nostre compagne di scuola.

<Dai Nico lasciaci in pace, sono strategie da donna e tu non ne capisci niente!>

<Potrei stupirvi invece, non vi serve il consiglio di un maschio?>

La sua domanda retorica accese fra i due uno scherzoso dibattito, su ciò che faceva o meno colpo sui ragazzi e io mi sorpresi a ricordare l'inizio della mia amicizia con quel ragazzo dalla spiccata mascolinità che però, stranamente, non mi aveva mai preoccupato. Conoscevo Nico dal primo anno di liceo e nei primi mesi non gli avevo rivolto la parola più di cinque o sei volte, esattamente come a tutti gli altri membri maschili della mia classe. Poi un giorno, nella casa al mare di una nostra compagna di classe, mi ero trovata coinvolta in uno di quei giochi in cui per penitenza ti toccava stare in uno stanzino per quattro o cinque minuti, con un ragazzo e ovviamente come minimo di baciarlo. Il ragazzo in questione era Nico, ma per me non faceva nessuna differenza ed ero subito andata nel panico. Ricordo la canzone, che in quel momento suonavano alla radio e che, filtrando da sotto la porta, ci fece da sottofondo in quel nostro incontro ravvicinato: "Sorprendimi, con baci che non conosco ogni notte…stupiscimi, e se alle volte poi cado ti prego sorreggimi, aiutami a capire le cose del mondo e parlami di più di te e io mi do a te completamente…..respiro nel tuo respiro e ti tengo le mani, qui non ci vede nessuno e siam troppo vicini e troppo veri….e con carezze proibite e dolcissime amami e se alle volte mi chiudo ti prego capiscimi".

Nei primi istanti di isolamento, in quel semibuio stanzino stranamente non ebbi paura, ma non avevo mai baciato nessuno ed ero imbarazzata da morire al pensiero di non saperlo fare e di fare una pessima figura, proprio con quel bel ragazzo dal sorriso accattivante. Ma lui mi aveva sorpresa e dopo avermi squadrata un minuto, si era avvicinato e mi aveva preso le mani nelle sue <Tranquilla, non ti mangio mica sai! Possiamo raccontare a loro tutto quello che ti va, non dobbiamo fare niente se non vuoi>

Gli avevo sorriso con gratitudine e, non potevo negarlo, con una punta di delusione <Ok> gli avevo risposto.

Ci eravamo seduti vicini, con le spalle al muro e lui aveva iniziato a raccontarmi barzellette, facendomi ridere talmente tanto che quando riaprirono la porta avevo ancora le lacrime agli occhi.

Da quel giorno lui era diventato, assieme a Marty, il mio più caro amico e non c'erano più stati fra noi momenti di equivoca tensione, almeno non da parte mia. E se lui mi avvolgeva ogni tanto nei suoi strizzanti abbracci o mi stampava un rumoroso bacio sulla guancia, a me non dava il minimo fastidio.

<Va bene…vi lascio alle vostre "strategie" se è questo che volete…> e così dicendo mi scoccò uno sguardo interrogativo, come a chiedermi se volessi che mi cavasse d'impaccio. Il suo comportamento protettivo, nei miei confronti, non smetteva mai di stupirmi per la sua dolcezza e perspicacia, soprattutto pensando che lui non sapeva nulla del mio segreto. L' unica che ne era a conoscenza era Marty.

<Dai Nico, non hai gli allenamenti?> gli chiesi guardando allusiva l'orologio.

<Ok, messaggio ricevuto!> E scoccando ad entrambe, un bacio veloce, si avviò verso la palestra.

<Allora, Fede come ti dicevo, prima che venissimo interrotte, tu devi solo mostrarti…come dire…più disponibile e aperta quando ti parla. Se rispondi a monosillabi…si stancherà di provarci…>

<Ma, secondo te, veramente ci sta provando con me? Insomma, non è che magari fa solo il gentile?> le chiesi sfiduciata perché non potevo credere che veramente Simon si interessasse a me.

<E a quale scopo farebbe il gentile, secondo te?> Mi chiese lei con espressione saputa <Gli piaci. Ecco il perché! Dobbiamo solo lavorare un po' sulle tue reazioni: Non devi impallidire, non devi balbettare e non devi neanche chiuderti a riccio in quella tua "impenetrabile fortezza di ghiaccio"!>

Aveva ragione, lo sapevo ma era più forte di me. A parte la mia predisposizione a nascondere i disagi dietro una maschera di freddezza, non mi aiutava di certo il batticuore che mi prendeva quando Simon era nelle vicinanze e neppure le gambe di gelatina erano di grande aiuto! Però questo doveva cambiare, avevo quasi diciassette anni e non avevo mai avuto un ragazzo e Marty mi assicurava che il merito era unicamente mio, perché, secondo lei, i ragazzi erano attratti dal mio aspetto, ma si trattenevano per causa del mio carattere riservato, che veniva spesso reputato freddo e scostante.

Nei miei sogni però non avevo freni e spesso lasciavo la fantasia galoppare libera. In quei sogni io ero una ragazza, come tante altre, senza complessi e paure, che passeggiava mano nella mano con il suo ragazzo, Simon in questo caso, e che sempre altrettanto disinvoltamente si lasciava baciare appassionatamente prima di salire sulla sua moto e stringersi a lui liberamente e con trasporto.

Proprio per far avverare quel sogno quella mattina avevo indossato la felpa rossa con la zip, che Marty aveva tanto insistito per farmi comprare. La zip, anche se tirata su fino alla fine, si fermava appena un po' più su di metà seno e quindi io sotto avevo messo un top nero, per evitare esposizioni troppo imbarazzanti. Questa era un'altra delle mie strane peculiarità: non mi piaceva indossare abiti che, in qualche modo, attirassero l'attenzione dei ragazzi. Non so perché, ma era così e basta e su questa cosa non transigevo. Mi sarei sentita troppo a disagio a parlare con qualcuno che anziché guardarmi in faccia, mi guardava le tette!

A Marty la cosa non era sfuggita <Le avessi io le tue forme! Altro che top… lo facevo stramazzare a terra con la lingua di fuori!>

<Ma di chi parli?> le chiesi mentre raggiungevamo i nostri compagni di classe nel corridoio accanto all'aula di Storia dell'arte.

<Di Diego…> mi sussurrò piano, indicando un punto più avanti <Ma siccome è più grande guarda solo quelle del quinto, ti sembra giusto?>

<No piccola, non è affatto giusto!> le risposi solidale…prima di ammutolirmi improvvisamente.

<Che buon profumo Federica! Sembri un cornetto, ti posso dare un morso?>

Oh mio Dio! Oh mio Dio!

Non ci potevo credere era lui, era Simon e si era rivolto a me con quella frase provocatoria d'avanti a tutti! E adesso?

Sentì Marty accanto a me sibilare un respiro di inquietudine e tutt'intorno i ragazzi farsi pian piano silenziosi, in attesa della mia scontata e gelida risposta.

Si aspettavano tutti che mi voltassi sprezzante dall'altra parte, non degnandolo neppure di una risposta e mi ribellai a quelle aspettative. Se volevo davvero cambiare e se desideravo sul serio le attenzioni di Simon, quella era la mia occasione! Ce ne erano state altre, che avevo lasciato sfumare e probabilmente quella sarebbe stata l ultima…Simon, come mi diceva sempre Marty, prima o poi si sarebbe stufato di starmi dietro.

E così ingoiando la paura e guardandolo diritto negli occhi, come se il cuore non mi battesse "a tremila", e stupendomi io stessa, per la fermezza della mia voce mi sentì rispondere <E…di preciso, dove me lo vorresti dare questo morso?>

Lo vidi esitare un attimo, di certo non si aspettava quella risposta, ma poi sorrise con quei suoi splendidi occhi verdi e non so perché, ma capì che il suo non era un sorriso derisorio, anzi. Sembrava ammirato, quasi come se potesse sapere quanto mi era costato rispondergli in quel modo. Poi strinse gli occhi e guardandomi intensamente mi si avvicinò piano, come se volesse darmi il tempo di scostarmi se avessi voluto. Accostò la sua bocca al mio orecchio e mi sussurrò <Ci vediamo all'uscita, oggi ti accompagno io a casa> solo queste poche, ma esplosive parole.

Io gli feci un minuscolo ma inequivocabile cenno di assenso col mento. In quel momento non ero capace d'altro.

Simon si voltò, prese il casco e lo zaino e senza rivolgere sguardi di intesa o vittoria a nessuno, se ne andò. Solo in quel momento, il mio cervello riprese a funzionare e terrorizzata rivolsi lo sguardo implorante a Marty, perché lei sapeva cosa mi passava per la mente in quel preciso istante.

<E adesso, Fede che fai?>

"Come? Cosa? " La fulminai con lo sguardo ridotto a fessura e appena fummo fuori dalla portata di orecchie indiscrete sbottai <E ora me lo dici tu, cosa devo fare! Eri tu quella che mi diceva di essere più disinvolta e adesso guarda in che pasticcio mi sono cacciata…io non so neppure come si da un bacio, lui è più grande e si aspetterà….oh non posso, non posso….va da lui…digli che ho cambiato…>

<Non se ne parla neppure! Tu devi solo rimanere calma e…il resto verrà. >

Ma io ero nel panico < Cosa vuol dire che "il resto verrà"?! No invece, non verrà proprio nessuno in mio soccorso e io farò la figura della stupida…>

<Alt, basta così> Marty alzò la mano per bloccare il mio blaterare delirante e poi con fare professionale attaccò il suo discorso <Allora tu devi ricordare soltanto tre cose e tutto filerà liscio>

"Tre cose" pensai, si poteva fare "Uno… Respirare, due… respirare, tre…. non smettere di respirare…"

<Numero uno: Labbra morbide, così un po' imbronciate…> e atteggiò le sue labbra in un broncio da bambina d'asilo e io lì….ad imitarla. Sembravamo due sceme!

<Numero due: rilassa la schiena che sembri aver ingoiato un manico di scopa!>

<Grazie!> e intanto ruotai le spalle per scioglierle un po'.

<Prego, non c'è di ché! E terzo....> continuò lei <Guardalo negli occhi! Non la spalla, non i piedi! Punta i tuoi begli occhioni blu nei suoi e....il gioco è fatto! Poi mi saprai dire se non avevo ragione> concluse lei soddisfatta dal suo discorso.

<Marty, non ce la faccio! Non posso, non so cosa fare....mi renderò ridicola...>

<Dai Fede, non fare così! Proprio non riesco a provare pietà per te> Marty mi prende la mano e me la scrolla leggermente per assicurarsi la mia attenzione <Ci sono ragazze che ucciderebbero per essere al posto tuo. Ma ti rendi conto? Stiamo parlando di Simon, ricordi? "Robert Pattinson".... solo con gli occhi verdi!>

<Non mi piacciono i vampiri!> dissi io mettendo il broncio.

<Si, ma glielo hai chiesto tu un morso!>

<Non è andata così, tu c'eri. Dovevo rispondere qualcosa....sono sicura che lui lo ha fatto proprio per provocarmi, per spingermi a reagire!>

<Esatto. Lo penso anch'io e tu sei stata fantastica e adesso non puoi tirarti indietro! Approfitta di questa straordinaria occasione, ok?>

<Ok> dissi io, ma dentro avevo una paura folle e il cuore mi sembrava ormai un tamburo, tanto me lo sentivo scoppiare in petto. Da lì alle due, quando saremmo usciti, avrei avuto un infarto e non ci sarebbe più stata nessuna "situazione" da affrontare.

Non mi resi conto del tempo che passava e in quelli che a me sembrarono solo dieci minuti, mi ritrovai in ricreazione, con tutti che sapevano già tutto e forse anche qualcosa in più di quello che era successo tra me e Simon.

<Solo due centimetri, dai tirala giù!> Marty tentava di trafficare con la zip della mia felpa.

<Non se ne parla! E' già scollata…per i miei gusti!> richiusi la felpa con uno strattone risolutivo.

<Ma la vuoi lasciare in pace! Le devi pure dire come vestirsi?> Nico si era silenziosamente avvicinato e, con le mani in tasca e un po' corrucciato, aveva l'aria di uno che cercava un caprio espiatorio.

<Perché, tu vorresti dirmi che se una tiene la camicetta con qualche bottoncino aperto tu non la guardi?> Anche Marty pareva parecchio agguerrita.

<Questo non centra niente. Fede è diversa!> Ora Nico, oltre che arrabbiato, sembrava anche a disagio, ma continuò lo stesso a spiegarci il suo punto di vista, come se fosse costretto a farlo < Il suo modo di vestirsi e di non… mostrarsi a chiunque…fa parte di lei, del suo modo di essere e del suo carattere. Perché la vuoi cambiare?>

<Ma non la voglio cambiare…voglio solo che Simon la noti e….>

<L'ha già notata…a quanto si dice in giro!> Mi scoccò un' occhiata che non seppi interpretare e poi distolse lo sguardo e cambiò bruscamente argomento.

<A proposito…resta confermato per mercoledì prossimo? O ci sono cambiamenti?> disse ancora lui rivolgendosi ad entrambe.

<Certo. Io ci sarò come sempre, l'ho già detto a tua madre.> Ogni anno aiutavamo la madre di Nico, nel suo vivaio, a fare una mostra espositiva di piante rare e particolari.

<Anch' io ci sarò.> disse Marty

<Ok, grazie…> sembrava volesse aggiungere altro, ma non lo fece e andò via.

Io e Marty ci guardammo interrogative, ma non ci fu il tempo di analizzare con calma il comportamento di Nico. Del resto, mi dissi, lui era sempre stato protettivo con noi due. Forse lo era stato più con me che con Marty, ma questo era senz'altro dovuto alla sua perspicacia e sensibilità. Aveva sempre saputo che in me c'era qualcosa di molto fragile, dietro alla maschera dura che mostravo agli altri ed era per questo che si era avvicinato a me, dolcemente e con paziente cautela. Era l'amico migliore che potessi desiderare e ancora oggi, dopo tanti anni, mi stupivo di come riuscisse a leggermi dentro e a dirmi la cosa giusta nel momento giusto. Forse aveva qualche problema e io e Marty non ce ne eravamo rese conto. Mi ripromisi di indagare perché ci tenevo a lui e l'amicizia è anche questo: dividere il peso da portare, per renderlo più gestibile.

Suonò la campanella di fine ricreazione.

Altre tre ore e sarei stata con Simon. Il cuore ricominciò la sua corsa e così anche i miei pensieri.

CAPITOLO 3

Alle due, quando suonò la campanella, salutai Marty, con un abbraccio veloce. Prima di uscire dall'aula cercai con gli occhi Nico, ma non lo vidi da nessuna parte, doveva essere uscito senza salutarci e non me ne ero accorta.

Mi avviai da sola verso le scale che portavano all'uscita sotterranea della scuola, dove chi aveva la moto o la macchina poteva lasciarla alla chioccia custodia di Tancredi, il bidello tuttofare che tutti conosceva e di tutti sapeva. Abbassai la visiera del mio cappello e proseguì diritto, senza salutarlo e....eccolo lì Simon, a meno di cinquanta metri da me, appoggiato alla sua moto con le gambe incrociate. Con il sole che gli illuminava i capelli biondi, era bello da impazzire e davvero mi sembrò troppo per me. Pensai che ero ancora in tempo per svignarmela, potevo abbassare ancora un po' la visiera del cappello e proseguire diritto e poi…e poi? Avrei avuto un altro rimpianto in più. Un'altra esperienza che non avevo voluto vivere, per paura. Avevo quasi diciassette anni e continuando così non avrei mai avuto il coraggio di affrontare e intraprendere una qualunque relazione con un ragazzo, all'infuori dell' amicizia.

Mi obbligai a proseguire verso di lui e a non abbassare lo sguardo, e quando gli fui abbastanza vicina, con tutto il fiato che proprio non avevo, gli dissi <Ciao>. Mi uscì fuori una voce da gattino annegato, sembrava avessi detto "miao" anziché "ciao", ma lui mi sorrise e mi si avvicinò, mi tolse il cappello scompigliandomi i capelli e mi stampò un bacio sulla guancia e poi…poi mentre si allontanava, mi sfiorò lo zigomo con i denti, in un accenno di morso che mi diede i brividi. Una scarica di adrenalina mi percorse fino ai piedi e credetti di liquefarmi lì sul posto. Deglutii e lo guardai con gli occhi sbarrati e il cuore in tumulto, mentre una gioia selvaggia mi scorreva nelle vene. Non mi ero mai sentita così viva in tutta la mia vita.

Lui mi sorrise ancora, con quel suo sguardo irresistibile che in quel momento era rivolto unicamente a me, poi prese il casco e me lo mise, allacciandomelo sotto il mento. <Dai andiamo, abbiamo troppi spettatori...>

Salì sulla moto, dietro di lui, e guardandomi intorno notai che un sacco di gente, compreso Tancredi, Marty, la prof di italiano e diversi altri ragazzi, stavano lì affacciati al muretto divisorio, a godersi la scena. Io comunque ero troppo euforica e incredula per badarci più di tanto.

<Tieniti!> mi disse

Non me lo feci ripetere due volte!

Il tempo non si fermò, né rallentò, anche se così mi era parso. Nel giro di dieci minuti eravamo davanti al frutteto all'ingresso del vialetto della villa dei nonni.

Scesi un po' impacciata e cominciai ad armeggiare con la chiusura del casco. Simon mi si avvicinò, me lo tolse e lo appese al manubrio della moto. Mi prese le mani, freddissime nonostante la temperatura mite, e le strofinò fra le sue asciutte e calde. Io non riuscivo a guardarlo in faccia e fissavo invece le sue mani, le sue unghie tagliate cortissime, le sue dita lunghe eppure forti che stringevano le mie. Poi lui risalì con una mano, dal polso al braccio e poi più su, fino al mento e piano mi sollevò il viso. Mi sfiorava come se fossi una cosa fragilissima, che poteva frantumarsi in mille pezzi se toccata un po' più forte.

Era come se sapesse che avevo paura e con ogni gesto mi chiedeva il permesso di proseguire. Con gli occhi aperti fissi nei miei sfiorò le mie labbra con le sue, una volta. Poi un'altra. E poi un'altra ancora, fino a che si impossessò della mia bocca, con un bacio che sembrava volesse rubarmi l'anima. Non avevo termini di paragone, ma anche nella mia inesperienza mi resi conto che ci sapeva fare, perché l'eccitazione che provocò in me superò la paura e non volevo altro che continuasse, ancora e ancora. Ci staccammo di qualche centimetro e ci guardammo eccitati e increduli. Le mie mani, non so come, erano arrivate fra i suoi capelli, mentre le sue mi tenevano stretta, tanto da sentire il suo respiro gonfiarsi affannoso sul mio petto.

Sarei voluta rimanere lì fra le sue braccia fino a sera, non mi importava neppure se il nonno ci vedeva perché io dovevo recuperare il tempo perduto! Simon però riacquistò la lucidità prima di me e piano e con piccoli baci all'angolo della bocca, sugli zigomi e sulle sopracciglia si staccò un po' da me.

<Fede è meglio se adesso entri> disse con il respiro ancora leggermente affannoso.

Ma io mi sentivo come Cristoforo Colombo! Avevo scoperto una terra sconosciuta e mi sentivo più che mai ansiosa di esplorarla e anche più audace di quanto mi fossi sentita mai <Meglio per chi?> gli chiesi insinuante.

<Meglio per te tesoro e non guardarmi così, se non vuoi che ti rimetta in moto e ti rapisca!>

"Si, si rapiscimi" pensai, invece gli dissi: <un ultimo bacio…allora?>

<Solo uno, è tutto quello che posso sopportare per oggi> e prima che riuscissi anche solo a pensare a una risposta, mi attirò fra le sue braccia e mi baciò, a bocca aperta, leccandomi e mordendomi le labbra come se anche lui non riuscisse a saziarsi di me.

Lo strinsi a me con le braccia rispondendo al suo bacio con uguale entusiasmo, non potevo credere che non era solo un sogno. Non riuscivo a capacitarmi di essere proprio io quella ragazza disinvolta e senza complessi, che riusciva ad accettare e ricambiare quei baci…quei baci! Io, Federica, proprio io che avevo sempre temuto quel tipo di contatto. Sembrava proprio che l'eccitazione mi avesse fatto superare quelle barriere o semplicemente non ci stavo pensando.

Lo attirai ancora un po' di più a me, fino a schiacciarmi il petto su di lui, e gli mordicchiai le labbra come aveva fatto prima con me.

Il suo respiro si unì al mio in un crescendo di emozioni troppo forti da contrastare. Sapeva di buono, di mare e di sole e di tutte quelle cose che mi ero sempre negata.

Fu quel pensiero a farmi smettere. Gli poggiai la testa sulla spalla e lui mi accarezzò i capelli, come per quietarmi o forse era se stesso che cercava di calmare. Poi con le mani sulle mie spalle mi allontanò da se a distanza di braccio. Con un dito mi indicò il portone d'ingresso e mi disse semplicemente <Vai, entra e non voltarti. Ci vediamo domani a scuola>

<Agli ordini!> scherzai io, con due dita sulla fronte.

Chiusi il cancello e cominciai a camminare, solo un attimo mi voltai per sbirciare e incrociando il suo sguardo un'ultima volta gli sorrisi e poi entrai senza più voltarmi.

Appena dentro afferrai il telefono, dovevo immediatamente parlare con Marty o rischiavo di esplodere come una bolla di sapone.

CAPITOLO 4

Nel pomeriggio in piscina, tra una vasca e l'altra, riepilogai a Marty ciò che per telefono le avevo già raccontato un centinaio di volte. Per fortuna lei era abbastanza interessata e lusingava il mio racconto ripetuto, con esclamazioni del tipo <non ci credo…ma dai…e poi?>

Raccontarglielo lo aveva reso ancora più reale e io mi sentivo euforica, incredula e felice come non mai.

A un tratto Marty mi guardò seria e mi chiese <Ma allora vuoi dire che…sei guarita? Non hai più quella….brutta sensazione quando lo abbracci, quando lui…ti bacia? Insomma, voglio dire se siete partiti già in quarta…lui vorrà sempre di più. Dopotutto è più grande e avrà già esperienza…> Si interruppe un po' mortificata e di certo dispiaciuta per quella riflessione.

Ci avevo però pensato anch'io a tutto quello che lei aveva detto < Lo so Marty, ci ho pensato anch'io. Però sai che c'è? Che non mi va di rovinare tutto, facendomi venire timori per il futuro. Per adesso sto bene. E' vero, Simon ha sicuramente più esperienza di me, ma questo è un bene perché le sensazioni che mi fa provare sono…piacevoli e mi distraggono dai brutti pensieri>

<Vuoi dire… le sensazioni fisiche?>

<Credo di si…> dissi un po' incerta.

<Cioè, non provi nulla per lui?> sembrava leggermente sconcertata.

Cominciavo a sentire freddo, standomene ferma a bordo vasca e trafficai con la cuffia e gli occhialini come per riprendere a nuotare. Improvvisamente non avevo più voglia di parlarne, ma mi costrinsi a risponderle <Marty non so che dirti. Vuoi dire….se ne sono innamorata? Non lo so. Ho una cotta tremenda per lui! E' la stessa cosa? Io non lo conosco abbastanza da provare qualcosa

di…profondo per lui, però certo mi piace, è gentile e dolce…e sicuramente altre cose che ancora non so…> Mi interruppi, guardandola e cercando di interpretare la sua opinione, ora ero io a volere risposte da lei <Tu pensi che sia….squallido? E' così? Perché non so se sono innamorata di lui.>

<No, io non penso che sia "squallido"…volevo solo capire> Poi mi sorrise e mi schizzo un po' d'acqua <Sai che ti dico anzi? Che non c'è niente di male in quello che fai, insomma siete solo all'inizio e certamente neanche lui sarà già innamorato perso di te! E poi è giusto che tu faccia un po' di esperienza, lui è perfetto, a quanto sembra e non stai prendendo in giro nessuno, giusto?>

<Giusto> dissi io di nuovo tranquilla.

<E poi…>

<FEDERICA, MARTINA ALLORA? Muovetevi o uscite: dieci stile e dieci dorso, SUBITO!> L'istruttore sembrava leggermente alterato.

<Subito Massimo!>

<Si   Massimo!>

CAPITOLO 5

L'indomani mattina io e Marty, come al solito, ci incontrammo all'ingresso di scuola alle otto.

Lei era già lì e mi guardava raggiante e agitata. Sembrava la madre della sposa <Allora…lo saluti col bacio, no?>

<Feeedeee! Ma dai è vero? Ti sei messa con quel figo del quinto anno? Quello col padre inglese che lavora a Sigonella….quello..> Nina, la più pettegola della scuola, venne provvidenzialmente interrotta da Marty.

<Vuoi un megafono?!> le disse.

Io non avevo ancora aperto bocca, ma lo avevo già individuato. Era un po' più avanti, sotto i portici, circondato da amici e "amiche"….un po' troppo amichevoli per i miei gusti. Mi sentivo già possessiva. Ma me lo potevo permettere? Insomma stavamo insieme o cosa? Non ci eravamo neppure sentiti per telefono dal giorno prima…in realtà non avevo neppure il suo numero!

Marty mi conosceva troppo bene e comprendendo il mio dilemma mi prese per mano <Senti, noi entriamo. Se ti saluta bene, se no, tiriamo diritto, come se non ce ne fregasse nulla, ok?>

Feci si con la testa ma sentivo gli occhi pungermi fastidiosamente, deglutii a vuoto, mi feci coraggio e mi incamminai accanto a Marty. Non so cosa avrei fatto senza di lei.

Eravamo vicinissimi ma prima ancora di raggiungerlo Simon alzò gli occhi e mi vide e…sorrise, in quella maniera particolare che stavo cominciando a riconoscere e che sembrava riservare solo a me. Lasciò il gruppo e le conversazioni attorno a lui e si diresse, senza esitazioni, verso di me <Ciao> mi disse prendendomi per mano.

Sorrise a Marty <Ciao Martina, se non ti dispiace….la prendo in consegna io adesso, grazie>

<Prego non c'è di che!> Marty lasciò la mia mano e si dileguò.

Simon si voltò verso di me, prendendomi entrambe le mani e poggiandosele sul petto. Non so se si trattò di suggestione ma mi sembrò di sentirgli battere forte il cuore. Mi abbracciò e mi diede un dolce bacio in fronte, poi mi guardò in viso e quello che vide dovette piacergli perché scoppiò a ridere, mi alzò letteralmente di peso, avvicinandomi a lui e mi baciò in bocca in maniera così plateale che non mi sorpresi di sentire, attorno a noi, fischi e qualche applauso! Ma non me ne importava. A Simon piacevo, piacevo abbastanza da baciarmi davanti a tutti. Era il "mio" ragazzo e…. io ero "sua"? Evidentemente si, perché lo stava dimostrando davanti a tutti!

<Mi sei mancata.> mi disse sulle labbra.

<Di già?!> scherzai io.

Silenzio. Pensai si fosse offeso, forse ero stata troppo….ma poi mi sorrise e mi stupii con le sue parole <Strano vero? Ma è così. Mi sei sempre piaciuta, ma pensavo fossi solo…una bella bambolina di ghiaccio…>

"Cavolo! Questo non me lo aspettavo…"

E non aveva ancora finito <….ma non lo sei Fede, non lo sei per niente. Sei dolce, dolcissima e io non vorrei mai smettere di baciarti> e riprese a farlo, interrompendosi solo per bisbigliarmi altre parole, simili alle precedenti e che non avrei mai sognato di sentirgli dire.

<Anche tu mi piacevi da tanto…> gli rivelai timidamente.

<Però non me lo lasciavi intendere per nulla! >

<Proprio per nulla?>

<Assolutamente…ma ora baciami ancora…piccola…devo resistere per altre tre ore senza di te> E mi baciò ancora, ancora e ancora…

27

CAPITOLO 6

Non ci potevo credere, stavo vivendo un sogno….Simon era il mio ragazzo!

Lui era dolce, disponibile, onesto e per niente tronfio per il fatto di essere così corteggiato…da tutte! Questa era l'unica cosa che avrei cambiato di lui: era troppo ammirato e perfino le professoresse sembravano mangiarselo con gli occhi! Ma non si può avere tutto giusto?

Eravamo la coppia del momento a scuola e, stranamente, riuscì a gestire tutta quella attenzione. L'unica cosa che non andava bene invece, era il mio rapporto con Nico. Da quando io e Simon ci eravamo messi insieme, lui mi evitava. Cioè non è che non mi rivolgesse più la parola, questo no. Però c'era tensione fra noi e io non riuscivo più ad avvicinarmi a lui, come una volta. Era come se avesse eretto una barriera difensiva contro di me.

Il mercoledì precedente la mostra, nel vivaio della signora Beatrice, la mamma di Nico, sembrava che tutto fosse tornato come prima. Eravamo di nuovo insieme, lui io e Marty e tutto era perfetto. Nel tardo pomeriggio, mentre Marty scattava delle foto per il nuovo sito internet di sua madre, Nico mi portò a vedere la nuova ala della serra dove, disposti in ordine crescente, c'erano un mare di girasoli.

Un muro di mostri gialli! Non mi erano mai piaciuti i girasoli: non avevano la grazia degli altri fiori, il loro stelo era grosso, appiccicoso e ricoperto di una strana peluria leggermente pungente. I petali non erano mai perfetti, ne avevano troppi e sembravano crescerne due o tre nel posto di uno solo. La cosa peggiore era poi il loro rivolgersi ostinatamente verso il sole! Sembrava un paradosso! Brutto, sgraziato e imperfetto….e per giunta guardava il sole?

<Mi fanno pensare a te> mi disse Nico.

Ci rimasi proprio male...e senza volerlo pensai alla vecchia filastrocca della nonna. Di certo non si riferiva a un girasole lei!

Ma lui non mi stava neppure guardando <Guardali..> mi disse <un giallo come il loro ferisce gli occhi, per la luminosità....le punte più chiare rispetto alla base, sembra sorridere non ti pare? Puoi dirlo, di qualunque altro fiore? Le rose sembrano solo "esporsi" per lasciarsi ammirare, i girasoli invece sembrano volerti donare un sorriso senza chiedere niente, ammirazione, complimenti.... E per giunta sono forti e resistenti...>

<E ti fanno pensare a me. Perché?> non potei fare a meno di chiedere.

Nico mi guardò per un lungo momento prima di rispondermi <Perché si. Se dovessi paragonarti a un fiore non troverei nulla di più perfetto di un girasole. Anche tu sei ...così bella e ....non ti importa neanche!> a stento udì quest' ultima frase bisbigliata <E poi non sei fragile! Sono sicuro che se lo vuoi tu puoi affrontare tutto!> Non disse cosa intendeva con quella parola, "tutto". Ma Nico era così, con poche parole riusciva sempre a entrarmi dentro...come se mi leggesse.

A un tratto sentì il bisogno di spezzare quel momento, come se stessi facendo qualcosa di male e volutamente accennai a Simon. L'effetto fu immediato e l'espressione di Nico mutò.

Era troppo protettivo nei miei confronti, mi rendevo conto che forse si sentiva una sorta di fratello maggiore, ma non avendo mai avuto un ragazzo non ero abituata a questo suo umore "geloso", se così poteva interpretarsi il suo comportamento.

Io non lo ero mai stata gelosa delle sue ragazze.... Beh magari forse una volta! All'epoca, eravamo al secondo anno e lui era stato addirittura sospeso per "comportamenti illeciti" assieme alla tipa che frequentava, più grande di lui di almeno tre anni, nientemeno che per essere stati sorpresi a fare sesso nel bagno delle ragazze. Ricordo di esserci rimasta parecchio male. Ricordo la bruciante sensazione, che mi aveva oppresso nel pensarlo con "quella", mentre lo facevano. Ero stata gelosa come non mai, ma poi ero "rinsavita" e mi ero resa conto di non averne alcun diritto. Ero sua "amica", non la sua ragazza…e a quel tempo un'amicizia con un ragazzo era già qualcosa di abbastanza insolito, ma un'amicizia speciale come la nostra era qualcosa da difendere non da sciupare con infantili gelosie, mi dissi.

<Simon viene a prendermi tra un po'> avevo detto con noncuranza, forse voluta.

Nico si era subito accigliato <Ah …pensavo che ti avrei accompagnato io a casa, assieme a Marty>

<No…sai facciamo un giro, prima di tornare a casa…> la mia voce morì

<Capisco!> si alzò, si spazzolò i jeans e senza neanche voltarsi se ne   andò.

CAPITOLO 7

Le settimane passarono e le cose sembrarono aggiustarsi pian piano, fra me e Nico. Qualche giorno dopo la nostra discussione al vivaio, si presentò a scuola con un regalo per me e per Marty.

<Cos'è?> aveva esclamato Marty mentre strappava la carta gialla e arancio, con i piccoli monogrammi "Thun".

Lui si era limitato a sorridere, invogliando anche me a scartare il mio regalo.

Quello di Marty era un portachiavi di pelle a forma di coccinella <Che bello...grazie!> gli disse stampandogli un bacio sulla guancia.

Il mio era un girasole... Un' emozione strana mi salì in gola. Avevo voglia di sorridere e contemporaneamente di piangere. Ma non volli esplorare quell'emozione incastrata nel mio cuore.

<Grazie...è bello.> Riuscì a dirgli.

<Volevo scusarmi...con tutte e due...per il mio comportamento lunatico di queste ultime settimane.> disse rivolgendosi ad entrambe.

<Cioè stai tentando di comprare il nostro perdono? Ma ti rendi conto che sei stato assolutamente impossibile e...>

La tirata scherzosa di Marty fu interrotta quando Nico, con una mossa inaspettata, la prese in braccio facendola dondolare come fosse una bambina da addormentare <E ci sto riuscendo, a comprare questo prezioso perdono?> chiese con un sorriso sfacciato e assolutamente da "canaglia".

<Si, si...per quanto mi riguarda! Mettimi giù però!>

<E tu Fede mi perdoni?> mi chiese, dopo aver depositato delicatamente Marty a terra <O devo convincere anche te con un po' di coccole....> E così dicendo mi cinse i fianchi e arrampicandosi con le dita tentava di solleticarmi, facendomi ridere.

<Smettila ti prego...lo sai che.... non lo sopporto...> le risate mi soffocavano, mentre tentavo di allontanargli le mani contorcendomi e girando su me stessa.

<Allora mi perdoni! Giusto?> lasciandomi un po' più libera, mi scompigliò i capelli e mi scoccò un bacio rumoroso sulla guancia.

<Disturbo?> la voce di Simon si sovrappose alle ultime parole di Nico. Il suo tono più che ironico sembrava infastidito.

Mi divincolai un po' impacciata, ma non volevo sentirmi in colpa, non avevo fatto niente di male. <Ciao Simon...> avevo un po' il fiato corto dopo lo scherzoso scontro con Nico. Sporsi le labbra per ricevere il mio bacio e lui me lo diede, anche se restò un po' accigliato. Quando però stavo per staccarmi, lui mi trattenne per i fianchi prolungando il bacio, giusto qualche secondo in più, ma abbastanza per farsi capire.

Nico scelse di non cogliere il senso di quel gesto e salutando tutti, pure Simon, con un movimento disinvolto della mano entrò a scuola, seguito a ruota da Marty.

<Mi devo preoccupare?> mi chiede Simon a bruciapelo.

<Assolutamente no> dissi io scuotendo la testa, per dare maggiore efficacia alla mia risposta.

Lui mi osservò un istante negli occhi e poi assentì con un gesto deciso del mento <Ok, non sono un tipo geloso e non vorrei cominciare a diventar lo adesso> baciò la mia mano intrecciata alla sua e anche noi entrammo a scuola.

Lo osservai furtiva, cercando di cogliere qualcosa che non andava, ma lui era perfettamente sereno e non sembrava serbare nulla di insolito. Sospirai sollevata e felice perché temevo che ciò che era appena accaduto, unito a ciò che era avvenuto il giorno prima in palestra, potesse crearci i nostri primi problemi.

Il giorno prima, durante l'intervallo, per avere un po' di privacy eravamo andati in palestra, che a quell'ora era deserta. Ridendo e rincorrendoci eravamo finiti sul materasso per i salti alla sbarra. I baci erano diventati sempre più caldi e io lo abbracciavo stretto, cercando di eliminare ogni spazio possibile fra noi. Lui aveva infilato la testa tra il mio collo e la spalla baciandomi e con la mano piano, era entrato sotto la mia maglietta fermandosi all'altezza dello stomaco, aspettando immobile per qualche istante, dandomi tempo.

Poi, dolce e cauto, era risalito fino a sfiorarmi il seno. Il mio cuore, che già batteva forte, cominciò a battere all'impazzata e l'eccitazione mi scorreva nelle vene come fuoco liquido. Mi inarcai ancora verso di lui per aumentare quella pressione deliziosa e terribile. Lui prese fiato, pompando aria sempre più velocemente, e continuò a baciarmi il collo, sussurrandomi che ero bellissima, che gli piacevo da impazzire e che era la sensazione più bella che avesse mai provato, avermi li fra le sue braccia. Poi si spostò pian piano fino a mettersi su di me e a quel punto non potei fare a meno di notare che era eccitato. Qualcosa cambiò: volevo andare via, tirarmi indietro, perché avevo "paura". Qualcosa di illogico stava succedendo nella mia mente e me ne rendevo conto, ma non riuscivo ad andare avanti e non sapevo come fare, come divincolarmi senza sembrare che l'avessi …..

<Calmati, tesoro…stai tremando…va tutto bene> Simon si era accorto della mia immobilità e fraintendendone il motivo, aveva assunto un'aria mortificata. Dolcemente mi riabbassò la maglietta e mi strinse fra le braccia, cullandomi. <Scusami…> mormorò sulla mia tempia <mi sono lasciato trasportare…sei così bella e dolce….sei la cosa più bella che mi sia mai capitata e non voglio rovinare tutto>

<Mi dispiace…>

<Shh… Non dirlo nemmeno. Non era il momento opportuno…quando lo sarà lo sapremo, lo vorrai anche tu e sarà speciale, te lo prometto.> mi aveva sussurrato con un sorriso rassicurante.

Lo avevo abbracciato in silenzio, sperando con tutto il cuore che fosse vero ciò che mi aveva detto. Ma dentro, una paura strisciante mi invadeva la mente di brutti ricordi, facendomi temere di non essere guarita, di non essere normale. E non volevo che lui lo capisse. Dovevo superare il mio disagio e se non ci riuscivo con un ragazzo dolce e paziente come Simon, non ci sarei riuscita mai con nessun' altro.

Ci alzammo e mano nella mano uscimmo dalla palestra e poi ci separammo con un dolce bacio davanti alla mia classe.

Lui pensava di non dover affrettare i tempi, per non rovinare tutto fra di noi. Ma ero io invece a non dover sciupare ogni cosa con le mie stupide paure. Avevo diciassette anni, era normale che il mio ragazzo volesse farlo, no? Dovevo solo sforzarmi di non pensare alle cose brutte. Quando finalmente lo avremmo fatto e avrei capito che non c'era nulla da temere, le mie paure sarebbero sparite.

Si, mi dissi. Doveva per forza andare così.

CAPITOLO 8

<Perché non vieni in piscina oggi?>

<Ma io "sarò" in piscina con te oggi….solo che non mi vedrai!> rideva

Ci misi qualche secondo a interpretarla <Ah…. e chi è?>

<Uno della quarta B!>

<Nooo!>

<Si>

Silenzio. Faceva la preziosa, voleva l'intervista!

<Dai chi è? Esci con uno della nostra classe e non so neppure chi è….>

<Diego!> era raggiante e fremeva per darmi i dettagli.

<Spara>

<Per ora non c'è nulla da dire> disse mentre chiudeva il suo zaino, ostentando indifferenza <Ieri, mentre ero in fila alla macchinetta del caffè, mi ha chiesto di uscire, ho detto si, ci siamo accordati per oggi pomeriggio e lui si è allontanato. Stop.> Continuò ad armeggiare con lo zaino, volgendomi le spalle.

La presi per le spalle, voltandola verso di me <E non sei emozionata?>

<Un po' > disse facendo un gran sospiro <Cerco di rimanere lucida…non voglio perdere la testa!>

La spinsi scherzosamente <Si, questa valla a raccontare a tua madre, assieme alla balla della piscina! Ma se non hai fatto altro

che parlarmi di lui, per tutta l'estate! Sei già persa! Te lo leggo in faccia!>

Lei sorride, sospira e confessa <Si ma tu mi conosci bene, lui no. Non voglio rovinare tutto facendogli capire quanto mi piace. La mia strategia è di farlo innamorare prima!>

Le sue parole mi rimbalzarono dentro, facendo un gran baccano. Come un oggetto che cade a terra in una stanza vuota, in una casa vuota e parlai direttamente da lì <Non voglio che Simon si innamori di me! E' meglio se succede prima a me.>

<Perché dici così?> Marty mi guarda come se avessi detto una cosa orribile.

Cercai di tirare fuori le parole, districandole da quel groviglio di pensieri, sentimenti ed emozioni nuove che mi vorticavano dentro. La guardai in viso e poi negli occhi. Aveva lentiggini persino sulle palpebre. Ho sempre pensato che le persone con le lentiggini non possano essere cattive. Mi sentivo così diversa da lei. <Oggi è un mese e una settimana che stiamo insieme e lui è un ragazzo meraviglioso, dolce e paziente. So che farlo con lui sarà…perfetto e …>

Marty restò in silenzio aspettando che mi aprissi.

<…e forse dopo sarò…come tutti gli altri. Magari riuscirò a dimenticare e…> Mi bloccai lì, non riuscì a proseguire, forse non sapevo neppure io dove volevo andare a parare.

<E vuoi che non sia lui ad innamorarsi per primo, perché tu non sai se lo sarai mai.> Non era una domanda, ma sentirlo dire a voce alta lo faceva sembrare ancora peggio.

<Voglio fare l'amore con lui> sbottai all'improvviso.

<Ma perché? Se non sei sicura…> Marty sembrava terrorizzata dalle mie parole..

Ma io non la stavo più a sentire, avevo bisogno di svuotare il contenuto aggrovigliato del mio cuore, come quando rovisti nella borsa e non trovi le chiavi e allora butti tutto sul tavolo, sparpagliando fazzolettini, assorbenti, il cellulare, il portafoglio, gli scontrini, l'agenda e…alla fine le trovi. <Non so se lo amo, sicuramente gli voglio bene e mi piace molto, mi…mi…piace quando mi tocca> mi sentì le guance bollenti ma non mi fermai <io voglio farlo con lui perché credo che sarà bello e che mi ….sentirò meglio, cioè forse non mi dovrò più sforzare di…>

<Vuoi dire che ti sforzi di farti piacere…si insomma, l'intimità fra voi?>

<No, non dico questo però…a un certo punto mi blocco e lui è perfetto, quindi ho pensato che potrebbe aiutarmi…in quel senso> Ero schifata dalle mie stesse parole <Oh Dio! E' così! Lo voglio usare per stare meglio! E' orribile! E'…>

Marty mi prese le mani nelle sue tirandomi per farmi risedere, non mi ero neanche resa conto di essermi alzata <Non è così brutto come lo dipingi tu. Ascoltami Fede, secondo me, tu ci rifletti troppo su questa cosa. Ci sono ragazze della nostra età che l'hanno già fatto un sacco di volte e con ragazzi diversi, senza esserne innamorate. Tu a Simon vuoi bene, ti piace e può anche darsi che ne sei anche innamorata. Magari se la smetti di analizzare tutto, così nel dettaglio, te ne renderai conto.>

<Dici?> le sue parole mi parsero così belle, così semplici e avevo così bisogno di crederci che mi alzai di nuovo in piedi trascinandola con me, saltellando come un'idiota. <Hai ragione! Forse lo amo già! Tu sei un genio, sei l'amica migliore che esista, sei…>

<Pensavo che lo sapessi già!> disse lei con un'alzata di spalle.

La abbracciai felice. Forse aveva proprio ragione, forse quando ti innamori si sta bene e basta! Io con Simon stavo bene, forse lo amavo già. Si sarebbe risolto tutto. Forse.

CAPITOLO 9

Mancavano quasi tre settimane alle vacanze di Natale. Adesso faceva davvero freddo, fino al mese scorso c'erano ancora state giornate di caldo perlomeno primaverili, ma adesso la temperatura si era stabilizzata sugli otto, nove gradi la mattina e dodici al massimo durante il giorno.

Marty e Diego si erano messi insieme e io era davvero felice per lei.

Nico era tornato quello di prima, anche se forse dire così non era esatto. Era più gioviale, più scherzoso, più….in realtà la parola adatta era "superficiale", di prima. Purtroppo era così che lo percepivo io. La nostra era stata un'amicizia vera, fatta di momenti leggeri si, ma anche altro, ma adesso si era ridotta alle battute e agli scherzi. E a me mancava tantissimo la sua amicizia. Mi mancava lui. Quando il discorso si faceva un po' più serio lui si dileguava, era come se tenesse le distanze da noi, dai nostri veri sentimenti, da me. E così lui non sapeva assolutamente nulla di me e Simon. Non sarei comunque mai scesa nei dettagli con lui, come facevo con Marty. Ma Nico, col suo comportamento, aveva allontanato ogni mia possibile confidenza e così lui pensava quello che pensavano tutti a scuola e cioè che io e Simon eravamo la coppia perfetta. Innamorati persi e felici. Non proprio.

Il nostro liceo ogni anno a Natale organizzava una mostra con i quadri realizzati dagli studenti del triennio. I quadri sarebbero stati venduti e il ricavato sarebbe andato in beneficienza. Il tema della mostra, quest'anno era "Luci e ombre", interpretazione libera.

Io avevo subito avuto l'ispirazione giusta per il mio quadro. L'immagine, dentro di me, si era creata come un respiro, mentre ancora la prof spiegava il tema.

Era una camera al buio i cui contorni e particolari visibili erano delineati solo da sfumature di nero cupo, grigio fumo e appena un po' di bianco nebbia, nei profili. Al centro della camera un'unica finestra immetteva la luce lattiginosa dell'inizio di un giorno nuovo, ancora senza sole. La luce, ancora bianca e senza calore, arrivava però sotto forma di sottili raggi con angolazioni impazzite, perché il ramo di un nespolo ne filtrava il raggio.

Il mio nespolo. Nel bene e nel male quell'albero, da quasi sette anni, aveva rappresentato la mia nuova vita. Quel giorno la luce, attraverso i suoi rami mi aveva raggiunta, ricordandomi quella brutta verità dimenticata. Ma invece di distruggermi e annientarmi, quella verità mi aveva solo aiutata a capirmi meglio. Adesso almeno sapevo il perché delle mie paure, fino ad allora immotivate e da allora, tutti i giorni mi sforzavo di superarle. Di certi atteggiamenti, freddi e scostanti, ero quasi riuscita a liberarmi ed ero decisamente più disinvolta con i miei coetanei e compagni di scuola. Purtroppo però non tutto mi riusciva con la stessa "facilità". Con Simon non riuscivo ancora ad andare oltre i baci e poco altro. Era più forte di me e non capivo perché, visto che mi piacevano le sue carezze e tutto quello che mi faceva, ma poi quando le cose si scaldavano, quando percepivo il suo respiro farsi pesante e affrettato e mi rendevo conto che a quel punto i vestiti erano di troppo, diventavo impacciata, mi scostavo e non riuscivo ad andare oltre. Dopo l'episodio in palestra ce ne erano stati altri simili e il fatto che Simon fosse così dolce e comprensivo mi faceva stare anche peggio. Paradossalmente se lui fosse stato uno stronzo insensibile e mi avesse messo fretta, sarebbe stato meglio, perché avrei potuto dare la colpa a lui se non ci riuscivo. Ma lui al contrario era attento alle mie reazioni e sentivo come cercava di trattenersi e di non essere troppo irruento anche quando era preso dalla passione e dalla voglia. Si metteva in secondo piano e pensava innanzitutto a me, anche quando il suo desiderio frustrato era più che evidente. Come potevo non amarlo? Lo amavo, sicuramente. Ma ancora non bastava.

Accanto a me, con il suo cavalletto, Nico stava ultimando il suo quadro. Mi era sempre piaciuto starlo a guardare mentre dipingeva. Non si lasciava distrarre fino a quando non completava la pennellata e mi riusciva sempre impossibile distogliere lo sguardo dal movimento ipnotizzante del pennello che, passando sulla ruvida tela lasciava la sua minuscola scia di colore, ombra e magia. La cosa strana era la sensazione puramente fisica che mi provocava il guardarlo mentre dipingeva: un formicolio leggero e costante mi si diffondeva dalla base della nuca fino all'attaccatura dei capelli, mi veniva quasi di chiudere gli occhi e godermi quella sensazione, ma non l' avevo mai fatto perché temevo che, interrompendo il contatto visivo con ciò che me la provocava, questa sarebbe svanita. Non glielo avevo mai confessato, non so perché ma temevo che, nell'ambito della nostra amicizia, questa cosa non dovesse avere posto. Mi imbarazzava persino, cercare di immaginare che reazione avrebbe avuto se gli avessi detto che andavo in estasi a guardare le sue dita che imbrattavano una tela. E così me ne stavo imbambolata a guardarlo mentre lui tentava di catturare, nel suo quadro, il movimento altalenante delle foglie che cadevano dai rami di una quercia, illuminate dai raggi della luna.

<Che ne pensi?> chiese all' improvviso voltandosi verso di me, ancora con il pennello in mano.

<Oh!> Non mi ero resa conto di essermi avvicinata tanto. La fresca cremosità del colore mi bagnava il labbro superiore fino alla guancia mentre l' odore di trementina, già nell'aria, mi invase il respiro facendomi pizzicare gli occhi.

<Cavolo! Scusami, non ti ho vista! Aspetta…ti aiuto…> Nico cercò intorno un po' di carta assorbente mentre i miei compagni si sbellicavano dalle risate.

Suonò la campanella della ricreazione.

<Noooo, dai Nico lasciaglielo che il verde le dona!> Si ci metteva pure Marty a fare la spiritosa e per giunta mi fece un cenno di saluto, abbandonandomi per uscire in corridoio, assieme a Diego e a tutti gli altri.

Con un sospiro, mi guardai intorno in cerca di una straccio o qualcosa per pulirmi.

<Vieni qui ti aiuto io> Nico mi era tornato accanto con in mano un po' di carta pulita.

Mi accostai a lui sporgendo la faccia in fuori e inclinai la testa un po' all'indietro, per agevolarlo perché Nico era parecchio più alto di me. Con una mano mi circondò la mascella per tenermi ferma e il calore della sua mano mi arrivò fino al collo. Scossi un po' la testa per distrarmi, ma lui strinse leggermente la mano che mi teneva il viso <Stai ferma o la macchia si allarga ancora!> mi disse.

Non potevo guardare altro che la sua faccia, così mi concentrai sui suoi capelli. Erano neri e lucidi come il manto delle lontre e fitti e…sapevo che erano anche morbidi. Mi era capitato di toccarglieli. Sulla fronte aveva, in quel momento, qualche linea verticale di concentrazione e non potei evitare di guardargli gli occhi, anche se in quel momento erano nascosti dal ventaglio delle sue corte ma fitte ciglia, abbassate perché era concentrato sulla macchia di colore sulla mia faccia. Ma io conoscevo il colore dei suoi occhi e sapevo che quel grigio ferro non era mai spento, ma sempre luminoso e che quando si arrabbiava, si arrabbiava sul serio diventava un grigio denso e corposo, quasi blu notte.

Percepì il silenzio attorno a noi, mentre gli schiamazzi dei compagni si affievolivano sempre più e in quella quiete sembrava che il mio cuore facesse un gran baccano. Mi accorsi che il movimento picchiettante della sua mano si era fermato e lo guardai negli occhi per capire. Ma lui non incrociava il mio sguardo, guardava qualche centimetro più in basso, completamente assorto. Poi nell' arco di un secondo, che mi parse il più lungo della mia vita, fece scivolare il suo pollice sul mio labbro inferiore premendo un po' fino a schiudermi le labbra, mentre come ipnotizzato avvicinava sempre più il suo volto al mio. Il tempo parve cristallizzarsi in una miriade di immagini nostre, fatte di risate, smorfie, mani intrecciate e scherzi. Ma in qualche modo in quel nostro album apparse anche l'immagine estranea di Simon e riscuotendomi, come da un sogno. Presi fiato per parlare e per dissipare "quell'equivoco", ma fu la voce aggressiva e anche un po' feroce di Simon quella che ruppe il momento.

<Che   cazzo   sta   succedendo   qua?>

CAPITOLO 10

Avevo faticato parecchio ad allontanare Simon dall'aula, senza che succedesse il finimondo. Aveva sicuramente aiutato il fatto che Nico non avesse risposto al fiume di improperi che Simon gli aveva scagliato addosso. Anche se aveva mantenuto lo sguardo fisso e duro su di lui e le mani strette a pugno lungo i fianchi come pronto per una rissa, per tutto il tempo non aveva aperto bocca, neanche quando alla fine Simon l'aveva mandato a quel paese. Sapeva di avere torto e per Nico l'onestà valeva più dell'orgoglio. Lo conoscevo abbastanza per sapere che era in grado di ingoiare amaro se pensava di meritarselo.

Ma il suo sguardo, quello che aveva, appena prima che Simon entrasse in aula...quello proprio non lo conoscevo, non glielo avevo mai visto, tantomeno rivolto a me.

<Per poco non lo picchiava...> la sera dopo, avevo raccontato a Marty quel che era accaduto quando era uscita, assieme a tutti gli altri, dall' aula.

Marty era rimasta abbastanza sconvolta dal mio racconto e credo che abbia colto anche più di quel che mi lasciò intendere, ma dopo lo stordimento iniziale focalizzò la sua attenzione su un altro punto < Non mi dirai che ti senti responsabile?>

<Perché me lo chiedi? Tu pensi che sia stata colpa mia?>

<Ma quando mai! Non ti fare venire queste fisime. Ascoltami: sei un bella ragazza...>

Sbuffai sonoramente e lei mi guardò storta.

<..lo sei. Anche se non metti minigonne, top scollati o altro e so che "non vuoi attirare l'attenzione"> lo disse mimando in aria due virgolette, per sottolineare il fatto che stesse citando le mie testuali parole <Però succede che i ragazzi ti notano lo stesso. Non è una

cosa brutta, devi solo imparare a gestirla…abituarti a non farci più caso>

Gli angoli degli occhi mi pungevano fastidiosamente, mentre un nodo in gola mi impediva di deglutire, sapevo che se avessi chiuso gli occhi due lacrime sarebbero scese giù e lo capì anche Marty.

<Piccola, vieni qui> disse chiudendomi nel piccolo cerchio delle sue braccia e continuando a parlarmi con la bocca premuta sulla mia tempia <Quel mostro di tuo zio è un uomo malato e perverso e per quello che ti ha fatto tu non ne hai nessuna colpa. Il tuo aspetto non deve essere per te motivo di imbarazzo. Non devi sentirti in colpa perché sei bella, è assurdo! E invece di assumerti sempre tutta la responsabilità, dalla a chi ce l'ha davvero!>

Sapevo cosa intendeva dire, ma lo stesso mi rimaneva dentro quel malessere colpevole <Ma Nico è mio amico, come te e tu per me sei come una sorella!>

<Questo però non fa di Nico tuo fratello, è pur sempre un maschio….avrà avuto un momento di …incoscienza!> disse lei illuminandosi per aver trovato la parola giusta.

<Incoscienza>

<Si, capita sai!>

<Capisco…> in realtà non proprio, però stavo meglio.

<Ti voglio bene> le dissi rivolgendole il mio sguardo umido.

<Lo so>

<E basta? Non mi dici che mi vuoi bene anche tu?>

<Ti voglio bene anch'io.>

<No, ormai non vale!> le dissi preparando il cuscino.

<Ok, allora lo ritiro…> anche lei preparò un cuscino

<Oh… ma sei tremenda!> ma ebbi la soddisfazione di fare partire la prima cuscinata.

<A tavola!> la voce della mamma di Marty ci raggiunse al di sopra del frastuono delle nostre risate.

Ci immobilizzammo e Marty mi rivolse uno sguardo ansioso. I suoi non condividevano quasi mai un pasto a casa perché erano entrambi medici e lavoravano nello stesso ospedale. Quando però riuscivano a far coincidere gli orari per pranzare o cenare tutti insieme, si coalizzavano per portare avanti la loro "campagna università di medicina" per Marty, ad oltranza, combattendo strenuamente quelle che loro definivano superficiali velleità artistiche, legate sicuramente all'età e all'immaturità.

Io, quella sera, ero lì proprio per quel motivo e prendendo posto a tavola lanciai uno sguardo rassicurante a Marty.

<Lei e suo marito verrete alla mostra di Natale? Rimarrete incantati dal quadro di Marty, è assolutamente stupendo!> Scagliai la mia prima freccia mentre, indifferente mi servivo dell'insalata di rucola e pomodorini.

Marty non alzò neppure lo sguardo.

<Sarà una cosa molto carina, io e suo padre ne siamo certi, ma non vogliamo incoraggiarla in quello che non è un futuro concreto> parlava con me ma ogni frase era rivolta alla figlia, con il tono di quando ripeti per l'ennesima volta un rimprovero a un bambino di tre anni.<Martina sa perfettamente che avrebbe un futuro assicurato se la smettesse di fare la testarda>

Marty continuava a tacere ma io ero li apposta per portare avanti la sua guerra e non l'avrei delusa.

Cominciai con un tono discorsivo <Lo sa domenica scorsa, durante la nostra corsetta, sono caduta e mi sono sbucciata un ginocchio. Una cosa da nulla, il graffio più insignificante che lei possa immaginare!> emisi un piccolo sospiro e li guardai entrambi negli occhi, prolungando quella pausa per tendere al massimo il filo della loro calma. Volevo scuoterli <L'ho fatta sedere su una panchina e sono dovuta arrivare fino al bar all'angolo per procurarmi acqua e zucchero. Era così pallida che mi sono davvero spaventata. Solo dopo dieci minuti buoni è stata in grado di rialzarsi, con il mio aiuto!>

Marty mi rivolse un piccolo sorriso. I suoi genitori si scambiarono uno sguardo a metà tra lo sconvolto e il testardo.

<Questa è una cosa che si può superare….si abituerà…> disse lei, ma la voce era già un po' incerta.

<E se non ci riuscisse? Come farà a fare il medico se non sopporta la vista del sangue?> stavano cedendo lo vedevo nei loro occhi sempre più preoccupati <Io non mi fiderei di un medico così!>

<Dammi una possibilità mamma…papà…> Marty li guardava ansiosa prima uno poi l'altro, anche lei aveva capito che stavano per cedere.

Silenzio. Nessuno parlò. Io e Marty trattenemmo addirittura il respiro, eravamo consapevoli di non dover interrompere quel momento decisivo.

<Un giorno ci rinfaccerai di non averti costretto!> il padre fu il primo a deporre le armi.

<Allora posso? L'anno prossimo mi iscrivo all'accademia?> era raggiante e incredula.

Sorrisi discretamente, non volevo rompere quel delicato equilibrio esibendo troppo entusiasmo. Ma lo sguardo che mi lanciò Marty, dall'altra parte del tavolo, fu più eloquente di mille parole.

CAPITOL 11

<Ma ti rendi conto? Niente più discussioni, niente minacce o imposizioni...> Marty aveva ancora l'espressione e l'entusiasmo della sera prima.

Io però non riuscivo a godermi la nostra vittoria perché all'inizio delle lezioni Nico mi aveva preso da parte per ....scusarsi? Non gli avevo dato tempo di farlo, se questa era la sua intenzione. Gli avevo detto che per me non era successo nulla e potevamo continuare come se quell'episodio non fosse mai accaduto. Speravo di rassicurarlo e di vederlo sorridere. Il suo meraviglioso sorriso, il mio amico di sempre.... Ma lui mi aveva guardato con le labbra leggermente all'ingiù e gli occhi così scuri da sembrare neri <Tutto quello che vuoi Fede.> aveva detto ed era andato via. E io mi ero sentita strana, come se avessi detto la cosa sbagliata, nel momento sbagliato. Avevo desiderato che mi abbracciasse e che mi stampasse uno dei suoi rumorosi baci sulla guancia e, allo stesso tempo, mi sentivo sollevata che non l'avesse fatto.

Non avevo ancora raccontato nulla neppure a Marty.

<Hai monete? Le ho dimenticate in classe...>

<Si...tieni....>

<Bastardo...io ti spacco la faccia...> era la voce di Simon

Io e Marty, insieme a mezza scuola, girammo l'angolo verso le voci e ci ritrovammo nel mezzo di una quasi rissa fra Simon e un altro ragazzo che non conoscevo. Marco, uno del quinto, teneva Simon per le spalle cercando di trattenerlo.

<....Mi sa che non te l'ha data, allora! Eh!> insisteva il ragazzo che non conoscevo.

Un'altro ragazzo si era precipitato a trattenere Simon, che aveva tutta l'aria di volerlo menare di brutto <Vuoi che lo lasciamo, deficiente? Se vuoi lo lasciamo così ti concia per le feste…>

<Andiamo!> strattonai la felpa di Marty per farmi seguire, mentre cercavo di aprirmi un varco in quella folla senza dare nell' occhio.

<Lo sai vero, che sei il mio mito?> Marty mi guardava estasiata, come una scema.

<Ma che dici?> le chiesi mentre voltavo in fretta l'angolo e mi rifugiavo in classe, come se fossi inseguita.

<Hanno quasi fatto a botte per te! Ma ti rendi conto? Come nei film….come ci si sente?>

<Tu non sei normale!>

Marty scoppiò a ridere.

La guardai male <Va bene, allora non ti racconto cosa voglio fare domenica!>

<No, dai smetto. Cosa fai domenica?>

Neanche mi feci pregare, non vedevo l'ora di dirglielo <Voglio invitare Simon a pranzo perché…saremo soli….I nonni sono in gita a Modica> non era necessario aggiungere altro.

Marty diventò seria di colpo <Ma sei sicura? Insomma le tue ….>

<Non lo dire ti prego! Andrà bene, deve andare bene!>

E Marty non lo disse, non c'era bisogno. Poi accennò un saluto alle mie spalle e voltandomi vidi Simon, che fermo sulla porta mi aspettava.

<Vieni qui, amore!> mi disse allargando le braccia.

Gli andai incontro e mi rifugiai nel suo abbraccio. Il profumo familiare del suo dopobarba mi rassicurò. Sarebbe stato bellissimo per tutti e due e dopo io sarei guarita.

<Tutto bene?> mi chiese sollevandomi il mento con due dita.

<Si e tu?>

Un sospiro, poi disse <Ci hai visto. Vero?>

Non volevo saperlo. Lo immaginavo già il motivo dello scontro e non ne ero entusiasta. <Si...ma se stai bene non voglio più parlarne.>

Lui sorrise come se gli avessi fatto un complimento e mi mise le mani sui fianchi stringendomi un po' di più <Sei speciale Fede! E io sono proprio fortunato ad averti...>

Lo interruppi prima di perdere il coraggio <Domenica pranzi da me?>

Lui mi guardò interrogativo.

<Saremo soli> specificai io

Silenzio. Non so cosa facesse lui perché io stavo osservando i miei piedi. Poi sollevò ancora una volta il mio viso purpureo verso di lui e senza dire nulla mi baciò. Un bacio morbido e languido e fatto di respiri condivisi. Parlò con la bocca sulla mia ed evidentemente non poteva fare a meno di sorridere perché il brillio dei suoi denti baluginava tra un bacio e l'altro <Non vedo l'ora che sia domenica> mi sussurrò.

In quel preciso istante pensai che era tutto perfetto e sperai con tutto il cuore di riuscire a non rovinare ogni cosa.

CAPITOLO 12

Domenica il cielo era sereno e non soffiava un alito di vento. Per una volta il freddo era secco anziché umido e affacciandomi al balcone osservai le nuvolette bianche che uscivano dalla bocca di Simon mentre parcheggiava la moto nel vialetto e si toglieva il casco.

<Ciao> Sorrideva da un orecchio all'altro.

<Sei in anticipo!>

<Lo so. Ti aiuto a cucinare, se ancora non è pronto. > il suo sorriso, se possibile, si allargò ancora di più quando gli feci cenno di salire.

<Cosa mi hai preparato "donna"?> mi chiese abbracciandomi mentre intanto si guardava intorno.

<Scaloppine al limone, patate al burro e rosmarino, spinaci saltati, olive all'ascolana, melanzane ripiene e insalata di pomodorini, rucola e parmigiano> dissi tutta soddisfatta e ansiosa di ricevere complimenti per quanto ero stata brava.

<E immagino che devo mangiare tutto! Giusto?> mi chiese cominciando a curiosare tra le pentole coperte sullo snack.

<Mi sembra il minimo! Sono in piedi dalle sette per cucinare!>

<E i tuoi nonni dove sono?>

<A Modica…torneranno stasera…>

Mi prese per un braccio facendomi sedere su di lui e scostandomi i capelli dal collo iniziò a baciarmi seguendo un percorso ininterrotto fino all'orecchio <E non si può saltare direttamente al dolce?> mi sussurrò mordicchiandomi il lobo.

<Non sarebbe…educato…>

<Lo so, sono un maleducato> disse per niente dispiaciuto <allora?>

Mi alzai facendogli no con l'indice, come una maestrina <Non se ne parla. Prima mangerai tutto!>

Sospirò pesantemente e teatralmente <Sei tu il capo>

Un'ora dopo avevamo fatto sparire pure le briciole. Simon mi aveva lusingato, abbondando nelle porzioni e dicendomi che ero una ottima cuoca e anche se gli spinaci erano un po' insipidi, lui mi disse che gli piacevano così. Poi insieme lavammo i piatti, schizzandoci schiuma, baciandoci e canticchiando vecchie canzoni di Vasco.

Dopo ci accoccolammo sul divano e io mi sentivo assolutamente a mio agio, mentre la sua mano mi accarezzava la schiena, il fianco per poi risalire lentamente fino al collo e iniziare a giocare con i miei capelli. Ne prendeva manciate con le dita e poi se le lasciava scivolare via. Avevo l'orecchio poggiato sul suo torace e sollevai la testa per guardarlo in faccia. I suoi occhi verdi incrociarono i miei e per un attimo desiderai che fosse sempre così fra noi, come quel momento dolce e… senza altro.

<Non avevi altri parenti a Milano?> mi chiese di punto in bianco.

<Perché mi fai questa domanda?> gli chiesi ripoggiandogli la testa sul petto

<Non so, così…credo. Insomma, naturalmente sono felice che tu sia qui ma mi sono chiesto se c'era….>

<C'era mia zia, la sorella di mia madre, ma ho preferito i nonni> speravo che il mio tono risolutivo lo inducesse a non chiedere altro.

<Mi piace che tu sia diversa da tutte le ragazze che conosco>

<In che senso?> chiesi leggermente preoccupata

<Nel senso che chiunque altro avrebbe scelto di rimanere a Milano, tua zia è sicuramente più giovane dei tuoi nonni…più complicità e comprensione, credo. Ma tu hai scelto i nonni.> sorrise leggermente imbarazzato <sono stato troppo curioso?> mi chiese.

Dolce Simon. Era assolutamente legittimo da parte sua farmi domande di quel genere, ma lui conosceva ormai la mia ritrosia a parlare di me, dei miei genitori e come sempre cercava di anteporre le mie esigenze alle sue.<No, non lo sei stato> gli risposi <Semplicemente ho sempre voluto un gran bene ai miei nonni e sono stata sempre benissimo qui con loro> e poi lo baciai. Accarezzai le sue labbra con le mie e lui le aprì senza esitazione. Le nostre mani e le nostre dita si incrociarono, un istante e poi presero strade diverse. Le mie sulle sue spalle, sul suo collo e poi sui suoi capelli. Le sue lungo la mia schiena e poi dopo una piccola pausa, lentamente sulle mie natiche. Ci contorcemmo sul divano finché mi ritrovai su di lui, quasi a cavalcioni. Ma non volevo farlo lì, sul divano, nella cucina della nonna. Mi staccai così in fretta da coglierlo impreparato e quasi bocceggiò quando aprì gli occhi e si accorse che mi ero alzata <Cosa è successo?> mi chiese disorientato.

<Non qui> e gli tesi una mano guidandolo verso e su per le scale.

Lui mi seguiva attento e anche se il suo respiro era un po' affrettato mi sembrava che cercasse di fare il minor rumore possibile, forse cercando di non spezzare il momento. Stavolta sarei andata fino in fondo, mi dissi.

La mia camera aveva le persiane quasi del tutto chiuse e quindi era pressoché al buio, ma il letto ci attrasse sicuri come un'invisibile calamita. Riprendemmo a baciarci come prima ma con una tensione nuova, le mie mani esitanti trovarono il bordo della sua felpa e appena la sollevai un po' lui accompagno il mio gesto sollevando le mani sulla testa e permettendomi di sfilargliela, assieme alla t-shirt che aveva sotto.

<Fede ti voglio…come non ho mai voluto nessuno. Te lo giuro!> mi disse guardandomi negli occhi, mentre mi attirava sul suo petto coperto da una leggera peluria. Poi senza distogliere gli occhi dai miei prese fra i polpastrelli la cerniera della mia felpa e cominciò a tirarla giù, centimetro dopo centimetro, fino alla fine.

Sotto non avevo una maglietta ma solo il reggiseno, ma lui non distolse lo sguardo dal mio per guardare ciò che aveva scoperto, ma lo mantenne ancora qualche istante come se temesse che interrompendo quel contatto visivo si potesse spezzare qualcosa. Mi prese il volto fra le mani, sfiorandomi l'arco delle sopracciglia con i pollici <Sei speciale Fede, sei la cosa più meravigliosa…che mi sia mai capita.> Mi baciò con gli occhi chiusi e le sopracciglia contratte come se stesse male <Mi credi?>

Come potevo non credergli, percepivo tenerezza in ogni suo gesto <Sì>

Abbassò lo sguardo su di me e inspirò guardandomi come se non riuscisse a saziarsi mai di farlo. Insieme abbassammo le mani sui nostri rispettivi jeans e aprimmo le lampo. Lasciai che il piacere del suo tocco gentile sulle mie gambe, sulle mie braccia e sulla mia pancia sopraffacesse ogni altro mio pensiero. Volevo sentire solo questo: il suo tocco, esitante e ardente insieme, la sua voce arrochita dal desiderio che mi diceva quanto ero bella, bellissima e quanto mi desiderava. Lasciai che mi sganciasse il reggiseno e lo sentì sfilarsi i boxer. Poi, percepì il tocco bollente della sua carne… e lì qualcosa si ruppe.

Tenevo gli occhi chiusi e in agguato, in quel buio, trovai "lui".

Mai così nitido. Mai così reale. Non credevo di ricordare i dettagli del suo volto così bene. In preda al panico e cercando di aggrapparmi disperatamente alla realtà, a quella che stavo vivendo fino a qualche istante prima, aprì gli occhi. Simon era chino su di me, poggiava un po' del suo peso sulle braccia, mi baciava il collo, il seno e intanto con la mano scese lungo il mio fianco raggiungendo il bordo dei miei slip. Tentavo di focalizzare il colore dorato dei suoi capelli, tanto diversi da quelli di "lui", ma le lacrime appannavano talmente la mia vista da impedirmi la visuale. Avevo freddo, cominciai a tremare mentre lo strisciante ricordo della sua mano in mezzo alla mie gambe mi paralizzò il respiro. Volevo gridare, lottare e tirarmi fuori da quell'incubo ma prima che potessi alzare una mano per dire basta, Simon si era sollevato e mi guardava sconvolto e preoccupato. Cercò a tentoni la luce della lampada sul comodino e la accese. Non c' era modo di nascondere le lacrime, né il mio pallore.

<Che hai Fede?.... Che cosa è successo?> Simon era ancora ansante e lo vidi lottare per recuperare il controllo e ingoiare a vuoto <Cosa ho fatto?> mi chiese

Ma io non sapevo cosa rispondere. Raccolsi le ginocchia al petto e incrocia le braccia.

<Fede…io non capisco…andava tutto bene…no?> tentò di accarezzarmi una guancia ma istintivamente mi ritrassi.

<Di qualcosa! Cosa è successo? Io non ci capisco più niente….>

Non riuscivo a guardarlo in faccia. Cosa potevo dirgli? Non sarei mai stata in grado di entrare in intimità con lui, né con nessun'altro. Ero una povera malata di mente! Perché le mie paure erano solo lì. Iniziai a piangere, lacrime silenziose corsero giù, fermandosi sul mento prima di precipitare sul lenzuolo.

<Fede piccola…ti prego non piangere…davvero è …> Ma anche Simon aveva bisogno di qualche istante per rilassarsi e riacquistare lucidità.

Asciugai le mie stupide lacrime sul lenzuolo, sentendomi inutile e vuota.

Simon si era rimesso i boxer e mi porse la maglietta direttamente dalla testa, aiutandomi a mettermela e sfiorandomi appena il necessario. Si sedette sul letto accanto a me e per un istante rimase in silenzio, guardandomi. Mi prese le mie mani gelate nelle sue e cercò il mio sguardo <Non è successo nulla Fede. Davvero, non fa nulla. Posso aspettare, te lo giuro perché… io ti amo!>

No, no, no…. Il battito del mio cuore mi rimbombava nelle orecchie, ma le mie labbra erano aride e non emettevano un suono.

<Fede>

Gli lasciai la mano e voltai la faccia.

Un accenno di risata, un suono ansioso e imbarazzato. <Fede ti prego…di qualcosa….ti ho detto che ti amo…qualunque cosa!>

Silenzio.

Lo sentì irrigidirsi e respirare <Fede tu… mi ami?>

Silenzio, mentre il mio cuore lentamente si pietrificava.

<Provi "qualcosa"….per me?> la sua voce incrinata dall'incertezza.

Potevo alzare gli occhi e incontrare i suoi e dirgli che si, lo amavo…ma non ci riuscivo. Non riuscivo a dirgli che lo amavo, con la stessa ferma certezza che aveva messo lui nelle sue parole. Nella mia mente, in quel momento, solo paura e incertezza e colpa…mi sentivo terribilmente in colpa. La bestia era tornata. Mi sembrava di sentirmi in colpa da tutta la vita <Mi dispiace…>

<Cristo! Non lo dire…tutto, ma non dirmi "mi dispiace"! > si alzò afferrando con rabbia i suoi jeans e infilandoseli in fretta.

Ce l'avevo fatta a rovinare ogni cosa. Strinsi i pugni conficcandomi le unghie nel palmo. Cosa mi restava?

Si fermò un istante con la mano sullo stipite della porta, forse voleva dirmi ancora qualcosa o forse si aspettava che fossi io a dire qualcosa. Ma io ero vuota.

Andò via e quando sentì la porta d'ingresso sbattere mi sentì morire, mentre una mano enorme stritolava il mio cuore che stupidamente continuava a battere e a soffrire.

Tutte le volte che mi ero ripetuta di potercela fare a superare le mie paure, tutti gli sforzi che avevo fatto per dimenticare e diventare una ragazza come tutte le altre, libera e spensierata, mi avevano portato a questo: il fallimento.

Che persona sarei diventata? Avrei allontanato tutti quelli che mi volevano bene e un giorno, forse neanche troppo lontano, mi sarei ritrovata completamente sola. Il futuro che vedevo per me era buio e costellato dalla paura, dalla solitudine e dalla colpa.

Se non ci ero riuscita con Simon, che era il ragazzo più dolce e comprensivo che io avessi mai conosciuto e da cui mi sentivo anche attratta, allora non ci sarei riuscita mai con nessun'altro. Non ero in grado di amare, non riuscivo a fare l'amore e neppure semplice sesso. Di me non davo nulla e forse non c'era nulla da dare, perché ero arida e vuota. Così mi sentivo, "lui" mi aveva rovinata   per   sempre.

CAPITOLO 13

Natale arrivò e poi passò via. I giorni delle vacanze si susseguirono in un alternarsi di apatia, noia e inquietudine. Dentro di me emozioni contrastanti si spartivano la mia ridotta capacità di provare ancora qualcosa. Rabbia, colpa, tristezza, colpa, disperazione e ancora colpa. Mi sembrava di lottare da tutta la vita contro il senso di responsabilità che sentivo di avere nei vari eventi della mia vita, ma adesso che avevo smesso di lottare, mi resi conto che non ero riuscita a mettere nessuna distanza tra me e la bestia. La colpa era lì e banchettava con i resti del mio cuore. Forse cedere era la cosa migliore, avrebbe finito prima.

Marty, come sempre, mi era rimasta accanto, sacrificando gran parte delle sue vacanze e per lei e per i nonni, mi sforzavo di sorridere ogni tanto e di mangiare quando non se ne poteva fare a meno.

Ciò che non potevo fare era invece seguire il consiglio di Marty e parlare sinceramente con Simon. Mi vergognavo mostruosamente solo a pensarci e non volevo sollecitare la sua pietà. Inoltre non ero in grado di spiegargli perché non avevo saputo cosa dire quando mi aveva detto di amarmi. Tutt'ora, anche frugandomi dentro, non riuscivo a capire cosa provassi veramente per Simon e siccome era impensabile non amare un ragazzo perfetto come lui, allora era verosimile pensare che fossi incapace anche di quello.

All'entrata e all'uscita di scuola vedevo Simon solo di sfuggita e ogni volta desideravo avere il coraggio di fermarlo e parlargli. Ma per dirgli cosa?

Non incrociavamo mai gli sguardi e lui non si intratteneva più nel nostro gruppo.

Tutti ovviamente si erano accorti che non stavamo più insieme, anche Nico. Ma se dagli altri non mi aspettavo nulla di più che qualche commento superficiale, da Nico mi aspettavo qualcos'altro. Ma ormai, da tanti mesi, lui non era più quello di un tempo. Forse non ero per lui l'amica che credevo di essere e per questo motivo non si confidava. Almeno mi consolava il fatto che non si fosse confidato neppure con Marty, così sapevo che non ce l'aveva propriamente con me. L' unica cosa certa era che mi mancava. Mi mancava la sua sottile ironia, la sua risata contagiosa, il suo modo diretto di dire le cose…mi mancava l'amico che sapevo abbracciare e che mi capiva soltanto guardandomi.

Forse avevo perso anche lui. Il pensiero mi attraversò come un fulmine e una scarica di rabbia, negazione e ostinazione trasbordarono da me in onde continue e ustionanti come lava. No, lui no! Non gli avrei permesso di allontanarsi da me, in questo modo silenzioso e vigliacco. Avevo perso il mio ragazzo, ma non avrei perso anche il mio migliore amico! Non mi soffermai ad analizzare l'ostinato sentimento di rifiuto che provai per l'ipotetica perdita della sua amicizia. Era semplicemente qualcosa che non potevo accettare di perdere. Punto.

CAPITOLO 14

Quella mattina la scuola sembrava vuota. Gli studenti del biennio e quelli del quinto erano in gita, non insieme naturalmente. Il biennio era a Roma, gli altri sarebbero stati fuori ben diciotto giorni …a Londra.

Quando me ne aveva parlato Simon mi aveva anche promesso che mi avrebbe chiamato ogni giorno. Una vita fa…

Non potevo impedirmi di chiedermi cosa stesse facendo, con chi stesse parlando, se nel suo cuore mi aveva già sostituito con un'altra. Non avevo più nessun diritto di sentirmi tradita o gelosa, lo sapevo, ma era tremendamente difficile fingere indifferenza a quelle ipotesi.

Guardai il display del mio telefonino. Non c'erano messaggi, né chiamate…ovvio, cosa mi aspettavo? Avevo preso il mio rapporto con Simon, il ragazzo più dolce, meraviglioso e sexy della scuola e l'avevo buttato nel cesso! Molte ragazze, a scuola, pensavano che io fossi fredda e altezzosa…adesso avrebbero pensato che ero pure una stupida. E non sapevano la parte migliore: ero una povera malata di mente!

Asciugai quelle maledette lacrime con la manica del giubbotto, ignorando la povera Marty che mi porgeva un fazzolettino di carta.

<Guarda c'è Nico…>

<Dove?> le chiesi a un tratto allarmata e guardandomi intorno. Non volevo che mi vedesse in quello stato…forse una volta non avrei avuto problemi con lui, ma adesso non sapevo più che pensare.

<E' appena arrivato con la moto, lì> e indicò un punto alla nostra sinistra dove effettivamente Nico aveva appena parcheggiato e

dopo essersi sfilato il casco aveva alzato la testa nella nostra direzione.

<Io non entro oggi…> dissi

<Cosa? E dove vai?> Marty era sconvolta, io non avevo mai fatto sega a scuola.

<Non so…> mi voltai e cominciai a camminare rendendomi sorda al richiamo della sua voce.

CAPITOLO 15

Non avevo una meta, ma istintivamente andai alla fermata degli autobus e presi il primo che saliva verso i paesi etnei. Mi sedetti stordita e svuotata. Stentavo a credere che tutto fosse crollato così miseramente da un giorno all'altro. Simon era la mia salvezza, la mia unica speranza di guarire dal ghiaccio che infestava il mio corpo, il mio cuore e la mia stessa anima…e io avevo rovinato tutto. Come riuscivo a non amarlo? Ero un tale mostro? Ripensai alla smorfia di dolore e frustrazione sul suo volto quando mi aveva chiesto se provavo per lui qualcosa, qualunque cosa. Non avevo saputo dargli proprio nulla…

Il paesaggio fuori dal finestrino sfilava davanti ai miei occhi offuscati dalle lacrime che ormai non facevo più alcuno sforzo per asciugare. Poi riconobbi la curva, quella grande curva a gomito che avevamo percorso una volta con Simon quando mi aveva fatto vedere dove abitava. Istintivamente mi alzai e chiamai la fermata. Scesi a pochi metri da un grande cancello doppio in ferro battuto, le cui aperture davano su due abitazioni differenti. Non sapevo quale fosse la sua e mi accostai al citofono per leggere i cognomi. Su quello di sinistra c'era scritto "famiglia Hatway" , era il cognome di Simon. Su quello di destra "dott.ssa Tricomi Hatway G. – psicologa ", sua madre.

E adesso? Perché ero venuta lì? Lui neanche c'era.

Guardai in alto verso le finestre cercando di immaginare quale potesse essere la sua, ma erano tutte pressoché identiche, con tendine écru e bianche. E mi sentì terribilmente patetica, lì in piedi col mio pesante zaino che mi segava le spalle a guardare la casa del mio "ex ragazzo".

<Cerchi qualcuno?>

Sobbalzai voltandomi di scatto al suono di quella voce. Era indubbiamente sua madre: gli stessi occhi, persino la stessa bocca. Non risposi.

<Tu sei …Federica, giusto?> la sua voce, un po' esitante, aveva un timbro musicale e un tono così dolce che ebbi lo strano desiderio di sedermi lì fuori, anche a terra, solo per sentirla ancora.

Ma ancora non risposi perché un grosso nodo in gola bloccava le mie parole. In qualche parte del mio cervello registrai il fatto che lei sapesse chi ero, ma in quel momento la mia mente sembrava essersi inceppata. Guardavo il volto amorevole di quella donna, di sua madre…e tutto quello a cui riuscivo a pensare era al volto della mia, a quel poco che ancora ricordavo del suo viso e del timbro della sua voce. Perché? Perché era accaduto proprio a me? Perché erano morti? Perché proprio quel giorno? E perché, perché, stupidi e inetti genitori, mi avevano affidato a lui? Il rimorso, come un pugno allo stomaco, mi colpì per quel mio orribile pensiero su di loro e a quel punto un braccio fermo ma gentile circondò le mie spalle, scosse dai singhiozzi, guidandomi dentro casa e fino a un divano dove mi accasciai sui cuscini a piangere tutte le lacrime che credevo di non riuscire ad esaurire mai.

Non so esattamente quanto tempo rimasi lì, a piangere, a singhiozzare e a gemere come un animale ferito. Ma a un tratto sentì di nuovo la sua voce che mi diceva qualcosa a proposito dei fazzoletti, che li aveva finiti e che andava un attimo in casa a prenderne degli altri.

A quel punto l'imbarazzo prese il posto di tutto il resto <No, la prego lasci perdere…mi dispiace…chissà cosa penserà di me!> mi misi seduta diritta, asciugandomi il viso con le dita, cercando di sistemarmi i capelli, che mi scivolavano da tutte le parti, portandomeli indietro e cercai di reggere il suo sguardo preoccupato.

Guardò verso il mio zaino, posato a terra vicino ai miei piedi <Perché non sei entrata oggi, a scuola?>

Mi strinsi nelle spalle ma non era una risposta strafottente la mia, semplicemente avevo paura di ricominciare a piangere se avessi aperto bocca. Mi chiesi se oltre a conoscere il mio nome sapesse anche effettivamente chi fossi e arrossì nel rendermi conto di quanto patetica potessi sembrarle.

<Federica…so che tu e Simon…non state più assieme…> la sua voce esitante lasciò la frase a metà come a volermi indicare una direzione da prendere, o per lo meno un punto da cui iniziare.

<Glielo ha detto lui?>

<No> mi rispose dolcemente come a volermi rassicurare e di nuovo quel suo tono amorevole e materno smosse qualcosa dentro di me, aprendo porte del mio cuore che non volevo schiudere.

La mia bocca si piegò all'ingiù. Strinsi i denti e sentì tremarmi la mascella per lo sforzo di non lasciarmi andare.

Sospirò <Ma perché, dico io, vi dovete complicare la vita così? Tu…> disse indicandomi col palmo aperto <tu sei "distrutta", lui da un po' sembra un orso astioso e irritabile! Ma per quale "motivo" vi siete lasciati?!>

A un tratto mi sembrò troppo. Troppo ascoltarla, troppa la somiglianza del suo tono di voce con quello che ricordavo fosse quello di mia madre, troppe le parole che non avevo mai detto e le spiegazioni che non sapevo dare. Ma si può piangere "continuamente"? Le lacrime mi scorrevano sulle guance, scivolandomi sul mento e sul collo senza che facessi neanche più lo sforzo di asciugarle. Neppure l'imbarazzo mi fermò, era come se tutto il dolore che avevo accumulato avesse trovato uno sbocco per venire in superficie e allo stesso modo anche le parole a un tratto trovarono una via d'uscita, senza che ne avessi più il controllo <E' tutta colpa mia... Simon e io… lo volevamo e sarebbe andato tutto bene, ma io…sono …non ce la faccio…lui mi ha…> un urlo strozzato mi sfuggì dalla bocca cercando di strapparmi le parole da dentro <…insozzata…lui e…le sue mani e poi…e loro non ci sono più…e non lo sa nessuno…>

Non so per quanto andai avanti in quel modo e non ricordo quanto precisa o meno fui nei dettagli che le fornì. Quello che mi ricordo e che non credo dimenticherò mai, per tutta la vita, furono le sue parole.

<Andrà tutto bene> mi disse prendendomi le mani e guardandomi negli occhi <Io ti posso aiutare, se lo vuoi. Ne usciremo, te lo prometto.>

Mai promessa mi parve più bella e rassicurante. Non so se furono le sue parole o il modo sicuro in cui le pronunciò, quello che so è che penetrarono in me attraverso la cortina di silenzio, che mi ero trascinata dentro per anni e si posizionarono saldamente nel mio cuore, come una colonna portante salda e sicura che impedisce il crollo di una stanza e ne assicura la solidità.

Potevo farlo, potevo davvero raccontarle tutto: il viaggio in macchina con "lui" e quello che mi fece, il ritorno a casa e il ricordo di tutto che mi scivolava via come acqua e poi la notizia della loro morte e la rabbia, il dolore e il terribile rimorso che sentì e che ancora sentivo perché loro non c'erano più e non c'erano stati quando avevo avuto più bisogno di loro.

E lo feci. Le aprì il mio cuore e la mia anima. Come quando, dopo un trasloco, apri quegli scatoloni imballati con lo scotch e usi il tagliacarte per tagliare i bordi, come un bisturi che riapre una vecchia e brutta cicatrice. Se non ci hai scritto sopra cosa c'è dentro è difficile capirlo, senza aprirlo e allora lo fai, lo apri e ci guardi dentro : non era un bello spettacolo, io stessa avevo cercato di non guardarci mai e quando lo avevo fatto, era stato solo per pochissimi istanti. Mi resi conto mano a mano che raccontavo di ricordare più dettagli di quelli che avevo mai creduto: il colore della sua maglietta, l'orologio che portava al polso, i peli scuri sulle sue dita che fuoriuscivano dall'anello d'oro sul suo anulare sinistro e molto, molta altro ancora. Dannatamente troppo, pensai.

Il sole era ormai alto. Dovevano essere passate più di due ore, mi resi conto imbarazzata.

Feci un grosso respiro, di quelli "da maleducati" se lo fai in classe durante una lezione, ma ne avevo un gran bisogno.

Lei non sembrò farci caso. Teneva lo sguardo fisso sulle nostre mani unite e le labbra chiuse e stirate in una linea sottile che le induriva i lineamenti altrimenti rilassati. Poi si riscosse e la osservai scuotere piano la testa in una riflessione a cui però non diede voce. Dopo un po' mi disse <Federica l'aiuto che io posso darti è proporzionale all'impegno che tu metterai nello sviscerare tutti i tuoi sentimenti relativi a …> la vidi esitare un attimo mentre cercava il termine più adatto <..a quell'evento. Ma non basterà che tu ne accetti le conseguenze logiche ed evidenti sul tuo rapportarti con gli altri e non devi neppure "perdonarti" i tuoi atteggiamenti, perché la verità…> e qui il suo tono di voce si alzò leggermente e le parole furono pronunciate con forza e incisività <la verità è che tu non hai nulla da farti perdonare da nessuno. Né da Simon, per come hai reagito quando vi siete lasciati…>

Arrossì rendendomi conto che dovevo averle raccontato anche di quello, nel mio sfogo di prima. Lei però trattò l'argomento in maniera "professionale" come se non stessimo parlando di suo figlio e io non fossi altro che una sua paziente e questo fu di grande aiuto.

<…né dai tuoi genitori, per il giustificabile risentimento che provi nei loro confronti per non aver saputo giudicare bene la persona adulta alla quale ti avevano affidato. Non dobbiamo dimenticare che tu avevi nove anni e il fatto che loro siano morti alimenta il tuo senso di colpa per quel risentimento, e questo complica sicuramente le cose, ma vedrai che riusciremo a superare anche questo>

Non so descrivere bene lo strano effetto liberatorio che le sue parole ebbero su di me. Era come se le sue parole mettessero in ordine i miei , fino ad allora ingarbugliati e confusi, pensieri e sentimenti e li rendesse non solo "normali" ma anche oggettivamente consequenziali a ciò che mi era accaduto. Sollevava me da ogni sorta di responsabilità che involontariamente e inconsapevolmente continuavo ad attribuirmi e soprattutto faceva diventare "normali" tutte le reazioni che la mia mente aveva attuato nel corso degli anni a partire da quel fatidico giorno.

Mi accorsi di sorridere mentre riflettevo su quelle straordinarie rivelazioni e guardandola vidi che anche lei ricambiava il mio sorriso, come per incoraggiare e lodare la mia apertura. Non sapevo neppure il suo nome, il suo nome di battesimo e a un tratto mi parve importante conoscerlo.

<Come si chiama lei?> le chiesi

<Giulia. E puoi darmi del tu, se ti va.>

Passammo il resto di quella straordinaria mattina parlando un po' di tutto. Io le parlai dei nonni, del quadro che avevo presentato all'ultima mostra della scuola, di Marty e Nico e della spontanea amicizia che ero riuscita a instaurare, nonostante tutto, con loro. Lei ricambiò parlandomi della sua famiglia, dei suoi due figli "Simon" e Matías il piccolo, dei pregi e dei difetti dell'avere lo studio adiacente alla casa. Mi trattò alla pari facendomi sentire come se fossimo amiche e adulta abbastanza da condividere con me le sue riflessioni.

Ci accordammo per altri incontri e il fatto che lei li segnasse sulla sua agenda mi diede una punta di disagio, facendomi improvvisamente sentire tanto una paziente in uno studio medico.

Dalla mia espressione dovette trasparire qualcosa. Lei infatti disse <questa è una delle cose che devi accettare Federica. Il mio sarà un aiuto professionale, perché è ciò di cui hai bisogno. Il primo passo verso la guarigione è proprio questo: accettare di aver bisogno di una "medicina".

Più tardi in autobus verso casa, ripensai a tutte le sue parole e a tutto ciò che con lei ero riuscita a tirare fuori dal groviglio intricato dei miei pensieri e sentimenti. Mi resi conto di aver iniziato un percorso che avrebbe cambiato la mia vita migliorandola e non potei fare a meno di sorridere a quella constatazione.

Presi il cellulare con l'intenzione di mandare un messaggio a Marty per rassicurarla che non mi ero andata a suicidare buttandomi dalla scogliera e vidi che c'erano due messaggi. Uno era proprio suo, l'altro era di Nico. Quello di Marty diceva "tutto ok? 6 viva?" le risposi "Si. Si. Ci vediamo + tardi in piscina"

Quello di Nico mi regalò un'emozione particolare, la stessa che si prova quando ritrovi un oggetto che credevi di aver perduto per sempre e a cui tenevi tantissimo. Diceva: "stavolta dico sul serio: perdonami. E adesso, tu dimmi solo di cosa hai bisogno x tornare a sorridere e ci penso io!" anche a lui risposi immediatamente "di te" scrissi e premetti il tasto invio con la voglia di averlo li seduto accanto a me, mentre mi faceva ridere con le sue battute e poi mi dava uno dei suoi baci schioccanti sulla guancia, ridendo sfacciato del   mio   rossore.

CAPITOLO 16

Quel pomeriggio divorai le vasche come fossero m&m tanto che Marty faticava a starmi dietro. Mi sentivo straordinariamente in forma, le mie gambe e le mie braccia divoravano i metri mentre i miei polmoni pompavano l'aria in una perfetta sincronia nella quale la mia mente trovava un'incredibile benessere. Durante una pausa a bordo vasca la vidi osservarmi stupita. So che era curiosa e preoccupata per la mattina, però non mi aveva fatto domande forse perché temeva di vedermi risprofondare nella depressione.

Poi la vidi illuminarsi come se avesse capito qualcosa e di colpo mi chiese : <non è che per caso ti ha chiamato Simon, vero?>

Feci una smorfia di auto derisione: <Magari! No, non lo ha fatto, però…sto meglio perché mi è successa una cosa, una cosa bella> la osservai sorridermi incoraggiante, non volevo ci restasse male ma non ero pronta a parlarle di Giulia. Era la mia speranza segreta, il mio lumicino nel buio, talmente bello da avere paura di parlarne e scoprire che non era reale o così potente come credevo.

<Marty ti dispiace se non te ne parlo? Solo per ora…>

Ebbi l'impressione che ci fosse rimasta male, ma solo per un attimo. Poi mi sorrise <Certo Fede, a me importa solo che stai meglio. Lo sai che ti voglio bene> e di slancio la abbracciai e lei ricambiò…fino a quando la voce incazzatissima di Massimo non ci fece sobbalzare come due anguille prese all'amo.

<Ah, te l'ho detto che domani pomeriggio non sarò dei vostri al vivaio?>

Tra il rumore delle docce e le voci delle altre ragazze la sentì a malapena e mi accostai sotto il suo getto d'acqua per sentirla meglio <Si, me lo hai detto. Ma come mai?> ma immaginavo già la risposta..

<Sono con Diego…andiamo al cinema a vedere il nuovo film…quello con Zac Efron…>

<Ho letto il libro…" Ho cercato il tuo nome"…mi è piaciuto, poi mi dici com'è.>

<Te lo posso dire già ora che sarà meglio del libro. L'hai visto il trailer? Zac Efron da solo merita i dieci euro del biglietto!> mi disse con un sorriso sognante

<No non l'ho visto il trailer e l'attore mi sembra un po' troppo "bambino" per quella parte! >

Marty rise <Appunto, guardati il trailer e poi dimmi se ti sembra ancora "troppo bambino" per quella parte!>

Sorridendole ritornai sotto la mia doccia e mentre mi sciacquavo i capelli pensai al pomeriggio seguente che avrei passato con Nico. Avvertì un piccolo fremito di ansietà, non sapevo cosa aspettarmi da lui ma dopo l'ultimo suo messaggio, probabilmente non c'era nulla di cui preoccuparsi. Chissà se finalmente mi avrebbe rivelato il motivo del suo strano comportamento degli ultimi tempi.

CAPITOLO 17

Quando puntuale alle quattro, il giorno dopo, mi presentai a casa di Nico, quell'ansia si era un po' attenuata e sparì del tutto appena lo vidi. Mi vide che stavo per citofonare al cancello di casa sua, mentre si trovava sul terrazzamento rialzato del vivaio e scendendo le scale mi venne incontro con poche falcate atletiche del suo consueto modo di camminare. Mi venne da sorridere pensando che non l'avevo quasi mai visto camminare pigramente. Il suo modo di spostarsi era sempre attivo ed energico e quando ti veniva incontro, come stava per fare in quel momento, si aveva sempre l'impressione di stare per essere travolti dalla sua irruenza. Mi sorpresi a rendermi conto che mi era mancato quel suo modo di fare, al quale ero si abituata ma non abbastanza da non farci più caso.

A pochi metri lo vidi abbassarsi lateralmente sulla colonnina e pigiare sul pulsante di apertura. Gli andai incontro sorridendo, ma feci solo pochi passi prima di essere travolta dal suo abbraccio che mi sollevò di qualche centimetro da terra. Mi baciò la guancia e il suo familiare profumo di menta mi invase. Chiusi gli occhi e mi rilassai nel suo abbraccio, che non durava mai più di qualche istante… lo trattenni con le braccia, quando accennò ad allontanarsi da me <me ne devi uno un po' più lungo, per tutti quelli che non mi hai più dato!> gli dissi

<Come stai?> mi chiese, mentre mi strofinava lievemente il mento sui capelli.

<Meglio e…così così…> dissi contro la sua spalla.

Si staccò da me e subito il freddo si insinuò dove prima c'era il suo calore. Aveva gli zigomi leggermente arrossati, forse per la corsa di prima e i suoi occhi mi scrutavano attenti, come per leggere tra le righe delle mie parole. <so che non sono più stato un buon amico ultimamente, ma se ti fidi ancora un po' di me ti prometto che non te ne pentirai. Se hai bisogno di qualcosa, anche…> si fermò un attimo ed ebbi l'impressione che si sforzasse di pronunciare quelle ultime parole <...anche di confidarti, sappi che puoi farlo>

Lo guardai in viso come per cercare cosa c'era che mancava o che non andava. Lo vidi deglutire e fissare un punto accanto a me, ma non me. Poi un attimo lo fece, mi guardò negli occhi e per un attimo fui io a leggergli dentro. Ma ciò che mi suggeriva l'intuito, in quel momento, non poteva essere corretto perché lessi nel suo sguardo sentimenti che non potevano avere niente a che vedere con me: tristezza e rassegnazione e ...desiderio?!No. No, indubbiamente eravamo rimasti troppo a lungo distanti e per questa ragione fraintendevo i suoi atteggiamenti, mi dissi.

Passammo il pomeriggio a decorare dei piccoli vasi che la mamma di Nico aveva comprato per le piante grasse. Avevamo usato gli olii. Ci avrebbero messo più tempo ad asciugarsi ma davano più spessore al decoro e l'effetto sulla ceramica grezza era particolare e gradevole. Alla fine li sistemammo nel gazebo coperto, accanto al ripostiglio degli attrezzi che Nico aveva costruito l'estate scorsa.

L'odore di menta lì era fortissimo, perché accanto c' erano le coltivazioni destinate all'erboristeria del paese, che aveva preso accordi con la mamma di Nico per produrre una linea di detergenti all'olio essenziale di menta. Sorrisi pensando che era lo stesso profumo che avevo sempre avvertivo in presenza di Nico. Non doveva essere dovuto però a quella linea dell'erboristeria, che era di recentissima produzione, dunque doveva essere proprio la sua pelle ad emanare quel gradevole odore... Fermai il corso dei miei strani pensieri e cercai di improvvisare un argomento più neutro del...l'odore della sua pelle.

<E' venuto bene> gli dissi improvvisando e riferendomi al ripostiglio <tua madre deve esserne rimasta soddisfatta>

<Non è che avesse scelta! > disse lui modesto

<Scherzi! Guarda che è davvero venuto bene>

Lui alzò le spalle indifferente, poi sospirò e si sedette sulla panca di vimini dietro di lui <lui ci sapeva fare con il legno… quando era sobrio…>

Da quando lo conoscevo era solo la seconda volta che parlava di suo padre. Nico era sempre stato un tipo aperto, solare e disponibile, ma quello era l'unico argomento che lo rendeva taciturno e chiuso. Per questo motivo non avevo mai insistito per parlarne. Non mi piaceva l'espressione cupa e rassegnata che gli si dipingeva in viso. Doveva essere stata davvero dura per lui, unico figlio maschio e per giunta il più giovane. Aveva una sorella più grande già sposata, ma all'epoca dell'incidente era anche lei poco più di un adolescente. Nico sapeva essere una roccia quando si aveva bisogno di lui e so per certo che soprattutto sua madre doveva aver fatto molto affidamento su di lui. Lei non avrebbe mai aperto il vivaio se non fosse stato per la spinta e l'appoggio di Nico. Del resto era stata sua l'idea, aveva capito che sua madre aveva bisogno di "un progetto" a cui dedicarsi e che la assorbisse talmente tanto da farle dimenticare il fallimento del suo matrimonio e tutto il resto. Ero ben consapevole che certe cicatrici non si potevano semplicemente dimenticare ma avere accanto Nico era di per se un grande aiuto. Personalmente non avevo mai conosciuto suo padre, ma sapevo che non era stato un gran ché come genitore, da quel poco che Nico stesso aveva raccontato, a me e Marty. Mi sedetti accanto a lui restando in silenzio, dandogli la possibilità di proseguire, se avesse voluto.

<Poco prima di morire, un pomeriggio mi costruì un garage per le automobiline, a tre piani e con le rampe di discesa. Lo avevamo visto in televisione ma costava troppo> mentre parlava teneva lo sguardo fisso su un punto a terra e sorrideva come se stesse rivivendo quel pomeriggio con suo padre <è stato il giorno più bello che abbia mai trascorso insieme a lui. Pensa! Era sobrio da diciotto giorni…due giorni dopo ebbe l'incidente…> la sua voce si spense.

Non sapevo cosa dire, tutto quello che potevo dargli era il mio affetto e non avrei mai lesinato in questo con lui. Appoggiai la testa sulla sua spalla e gli presi una mano, incrociando le mie dita con le sue. Per un attimo il suo respiro si bloccò. Qualche istante dopo, però lo sentì rilassarsi e mise l'altra sua mano sulla mia, distendendomi le dita e poggiandoci sopra le sue. Il calore della sua mano mi si propagò lungo il braccio con una sensazione di piacevole torpore. A un certo punto staccò la sua mano e con l'indice prese a seguire i contorni della mia, dal pollice al mignolo. Teneva la testa reclinata all'indietro, sullo schienale della panca, completamente rilassato. Non sembrava rendersi conto dell'effetto delle sue carezze. Il familiare formicolio dalla fronte alla nuca mi pervase, come quando mi capitava di osservarlo mentre dipingeva e quando poi iniziò a tracciare piccoli cerchi sul palmo della mia mano, la sensazione si fece così forte e intensa da diventare quasi insopportabile. Il cuore iniziò a battermi più forte e quando mi accorsi che la mano iniziava a tremarmi, la chiusi a pugno ritirandomela in grembo. Una risatina nervosa mi risalì in gola <Credo di soffrire un po' il solletico anche lì> tentai.

Anche lui sorrise con gli occhi un po' socchiusi, come se sapesse qualcosa che a me sfuggiva ma fortunatamente non disse altro.

Guardai il cielo <credi che pioverà? Ho l'autobus tra dieci minuti...>

<No, non pioverà.> disse sicuro

<Come fai a saperlo?> sbuffai

<Guarda lì, lo vedi quel piccolo ragnetto?>

Nell'angolo che lui mi indicava un ragno piccolo e nero stava tessendo tranquillamente la sua tela <si> dissi annuendo.

<Quando sta per piovere smettono. Accorciano il filo e stanno immobili, appallottolati e appesi. Come se dormissero> mi disse mentre si accovacciava vicino all'ignaro ragno.

<Sai le cose più strane!> gli dissi alzandomi e spazzolandomi i jeans, mi infilai la borsa a tracolla e controllai l'ora.

<No, è troppo tardi per andare con l'autobus, ti accompagno io> mi disse incamminandosi verso il garage.

<Non c'è ne è bisogno, non è mica la prima volta che prendo l'autobus a quest'ora...>

<Vuol dire che non c'ero io a impedirtelo> mi fece segno di salire e mi porse il casco.

Per un attimo esitai. Esitai a sfiorarlo ancora, per paura, o forse per il desiderio, di avvertire ancora quella sensazione strana che mi aveva pervaso prima.

Più tardi però, mentre poggiata sulla sua schiena percorrevamo i pochi chilometri che distanziavano casa sua dalla mia, nessun imbarazzante pensiero turbò il mio benessere. Con la guancia premuta sulla sua schiena e le mani nelle tasche del suo giubbotto, tutto quello a cui riuscì a pensare fu che avrei voluto che ci fossero un po' più di chilometri da percorrere. Volutamente mi impedì di chiedermi il perché.

CAPITOLO 18

Quella settimana mi vidi con Giulia ben cinque volte. Ogni volta era sempre più facile della precedente. Quando mi confidavo con Marty provavo una blanda sensazione di liberazione ma che non durava mai molto. Confidare a Giulia i miei pensieri e le mie paure era tutt'altra cosa: riusciva sempre a trovare una spiegazione coerente e logica per i miei contorti comportamenti e atteggiamenti nei confronti del prossimo.

<Vedrai che gradualmente riacquisterai fiducia nel prossimo, certamente ti sarà più facile cominciare con i tuoi coetanei ma vedrai che un giorno diventerà spontaneo per te fidarti, a meno che non ci siano valide ragioni per non farlo> Giulia stava riponendo il blocco degli appunti che aggiornava durante i nostri incontri.

<Si tratta anche di questo vero?> le chiesi sovrappensiero

<A cosa ti riferisci?> mi chiese bloccandosi nell'atto di togliersi gli occhiali.

<Ero prevenuta! È per questo che non mi piaceva sentirmi abbracciare o baciare. Insomma non è che tutti quelli che mi posano un braccio sulla spalla hanno cattive intenzioni! Giusto?> le dissi guardandola e cercando conferma alla mia ipotesi.

Lei mi sorrise incoraggiante <Noto con piacere che ne parli al passato, anche se non ho potuto fare a meno di notare che comunque di alcune persone ti sei sempre fidata, da subito>

Certamente si riferiva a Marty e Nico, di cui le avevo parlato nei nostri precedenti incontri <Si è vero, di Marty e Nico mi sono subito fidata…non so perché, ma è così. >

<Con Nico siete sempre stati solo amici?> mi chiese lei corrugando un po' la fronte, come se quel pensiero le avesse attraversato la mente all'improvviso.

Come lampi nel buio improvvisi e luminosi mi passarono davanti immagini di me e Nico rannicchiati in uno stanzino a ridere a crepapelle, di lui che mi bacia sulla guancia e mi abbraccia sollevandomi da terra…e ancora di lui che si china su di me con lo sguardo smarrito e ardente e…

Mi rendo improvvisamente conto di essere arrossita e di non avere ancora risposto alla domanda di Giulia.

<Nico non è mai stato il mio ragazzo> le rispondo in fretta cercando di rimanere calma e di non incespicare nelle parole.

Giulia sorride e alza un sopracciglio ironicamente <Non era questa la mia domanda ma…era solo curiosità, non sei tenuta a rispondermi cara> si alza e mi accompagna all'uscita.

Improvvisamente mi sento a disagio al pensiero che lei, la madre di Simon, si possa fare un'idea sbagliata sulla mia amicizia con Nico e improvvisamente sento il bisogno di spiegarmi <Giulia io tengo molto a Simon e spero tanto di riuscire a dimostrarglielo…quando tornerà>

Lei si bloccò davanti alla porta, perplessa e scuotendo la testa mi dice <Federica io non credo che tu avrai mai problemi a dimostrare affetto e amore alle persone a cui tieni…a dirtela tutta, io non credo che tu ne sia mai stata incapace. Semplicemente "al cuor non si comanda"…non si può semplicemente decidere di amare qualcuno, o si ama o non si ama!> la sua voce era dolce e non recava tracce di rimprovero.

Ricambiai il suo saluto baciandola sulla guancia e mentre aspettavo l'autobus non potei fare a meno di chiedermi se il suo discorso si riferisse a Simon o in generale. Mi accigliai pensando che credevo di piacerle, possibile che non le piacesse l'idea che io e Simon tornassimo insieme? Pazienza mi dissi, io avevo tutte le intenzioni di avere un bel chiarimento con lui, appena fosse tornato e chissà, magari avremmo avuto un'altra possibilità.

CAPITOLO 19

<Non se ne parla Marty! Io, il terzo incomodo per un intero week end, non lo faccio! > Avevo l'orecchio caldissimo a furia di ascoltarla. Era da mezz'ora che mi supplicava al telefono, ma io non avevo intenzione di cedere. Lei e Diego volevano passare un romantico fine settimana nella baita dei genitori di lui, in montagna. Ma i genitori di Marty, che secondo me non avevano creduto neppure per un secondo che non sarebbero stati soli, avevano chiesto se c'ero anch'io e Marty aveva detto di si, ovviamente. Conoscendoli da un momento all'altro avrebbero telefonato per parlare con i nonni e assicurarsi che effettivamente ci sarei stata anch'io.

<Ti prego Fede, non sarà così male...lo chiederò anche a Nico, così ti farà compagnia!> disse entusiasta della sua soluzione.

<Così saremmo in due ad annoiarci! No, ti prego Marty non insistere...> trattenni un sospiro, sapendo che lo avrebbe ben interpretato come un segno di cedimento.

<Non ti accorgerai neppure di noi...> continuò lei

"Ah di bene in meglio! Che intenzione avevano di rimanere chiusi in camera da letto per due giorni?"

<...ci sono tutti i confort: la tivù satellitare, riscaldamento centralizzato...ho visto delle foto, è un posto stupendo...ti prego, ti prego, ti prego...>

Uffa lo sapevo che andava a finire così! Chissà che freddo ci sarebbe stato!

<Allora?>

<Hai detto "riscaldamento centralizzato"?> dissi scandendo le parole. Se c'era una cosa che proprio non sopportavo e che mi faceva sclerare era il freddo!

<Certo Fede, vedrai starai comoda e al calduccio...una vera vacanza!> la sua voce squillante già festeggiava la vittoria.

<Va bene...> le dissi con lo stesso entusiasmo che avrei potuto avere nello studio di un dentista.

<E vai! GRAZIE, GRAZIE, GRAZIE!> urlò lei.

<Spero di non dovermene pentire.> dissi quasi fra me.

La "famosa baita" dei genitori di Diego si trovava nel paese di Zafferana, praticamente abbarbicata sull'Etna, talmente circondata da alti, altissimi pini che quasi non si vedeva dalla strada. Secondo me c'erano pure i lupi, pensai, scrutando nel buio fra gli alberi, mentre Diego trafficava con le chiavi e Nico ci aiutava con i borsoni. Erano solo le nove e mezza, ma era già buio pesto ed evidentemente i "confort della baita" non includevano luci all'esterno, perché altrimenti Diego non ci avrebbe fatto morire di freddo mentre aspettavamo che aprisse quella maledetta porta. Vero?

<Aspetta ti faccio luce col cellulare...> gli dice Marty premurosa

<Basta che vi sbrigate...sto CONGELANDO!> dissi con stizza. Non potrei giurarci, perché era troppo buio, ma credo che Marty mi avesse fulminato con lo sguardo.

<Che hai da ridere tu?> chiesi a Nico al mio fianco.

<Rido per non piangere! Se questo è l'inizio, non oso pensare a come sarà questo fine settimana!> e mi diede una spallata scherzosa.

<Fatto!> esclama Diego, ma siamo tutti troppo sopraffatti dal sollievo di non dover morire di freddo tutta la notte, che nessuno, tranne Marty, lo degna di una risposta mentre varchiamo la soglia.

Da fuori sembrava molto più grande, pensai a prima vista, ma forse ero ancora di malumore per il freddo preso e mi sforzai quindi di assumere un atteggiamento più positivo.

<E' carino!> dissi, gettando uno sguardo sull'ampia stanza che avevamo davanti. Sulla destra c'era una bella cucina in muratura con un grande tavolo in quercia e sedie coordinate. Dall'altra parte un divano, dall'aspetto consunto ma comodo e di fronte un bel camino, che aveva tutta l'aria però di non venire acceso da parecchio tempo e che sperai comunque non dovesse essere la nostra unica fonte di calore.

Rispondendo alla mia muta domanda Diego si rivolse a tutti <il camino non è utilizzato da tanto e non so in che stato è la canna fumaria, comunque non c'è legna asciutta...> visti i nostri sguardi si affrettò a proseguire <vado ad accendere la caldaia> disse accennando ai due termosifoni, ai due lati della stanza.

<Io vado a vedere la stanza!> Marty salì le scale saltellando impaziente come una bambina...

<Ha detto "la stanza"?> chiesi a Nico

Lui si strinse nelle spalle <Vieni aiutami ad apparecchiare, la pizza ormai sarà fredda ma in compenso... lo saranno anche le bevande!> alzò un sopracciglio per farmi ridere e ci riuscì. Ci riusciva sempre!

Due ore più tardi non ridevo più. Per niente! Dopo aver mangiato la pizza fredda, molla e gommosa, ci eravamo accorti che la tv non si vedeva, probabilmente il peso della neve aveva fatto spostare la parabola o qualcosa del genere. Marty e Diego, con nonchalance, subito dopo cena erano andati "a dormire" , lasciando me e Nico alla reciproca compagnia. Non ero a disagio, non lo ero mai in sua presenza, ma il problema era che avevo un sonno da morire e dopo avere assodato che avremmo dormito nel divano letto, non potevo fare a meno di lanciare occhiate bramose verso quel punto, desiderando ardentemente che si trasformasse al più presto in un caldo e comodo letto.

<Hai per caso sonno?> scherzò Nico <dai ora apro il divano e poniamo fine a questa serata, ok?>

Mentre lui cominciava a togliere i cuscini dal divano, mi resi conto di sentire di nuovo freddo e dai piccoli sbuffi bianchi che emetteva Nico, mentre tentava di alzare la barra del letto apribile, mi accorsi che la temperatura dentro casa era di nuovo scesa.

Un rumore sordo e graffiante mi fece voltare di scatto verso il divano.

<Ops!> Nico mi guardò incredulo, mentre nelle mani stringeva una barra arrugginita che aveva tutta l'aria di essere un pezzo essenziale di quell'ipotetico letto!

<Non ci posso credere!> ma che sfiga!

<Credici!> mi rispose dispiaciuto

<E adesso?> guardai sconsolata la ridotta superficie della seduta del divano, pensando che sarebbe stata una lunga notte.

<Non preoccuparti, tu dormi qui, io mi arrangio a terra.> disse Nico coraggiosamente.

Entrambi rivolgemmo lo sguardo al pavimento che aveva tutta l'aria di essere incredibilmente freddo e duro. Non c'era neppure un tappeto a isolarne l'impatto.

<Ma non ci sono neppure coperte...sono incastrate li sotto, giusto? E qua dentro SI GELA!> urlai rivolta al soffitto con aria truce, pensando a quei due, al piano di sopra, a scaldarsi e a farsi le coccole! Grrr... Stavo per avere una crisi isterica...

Nico mi pose le mani sulle spalle, col chiaro intento di calmare il mio incipiente isterismo <Calmati Fede. Vado a vedere se la caldaia si è spenta, ok? È vero fa un freddo cane adesso!> In un attimo si mise il giubbotto e uscì dal balcone dal quale Diego era uscito qualche ora prima, per accendere la caldaia.

Rimasi li strofinandomi le braccia e soffiandomi fiato caldo sulle mani. Poco dopo Nico rientrò portandosi dietro una folata gelida di vento e neve. Si affrettò a richiudere, abbassando anche la serranda di legno e dal modo in cui mi guardò capì all'istante che qualcosa non andava.

<Non parte> mi disse alzando le spalle <è un modello vecchissimo, secondo me…è morta.>

<E adesso…?> La mia voce grondava panico. Lo sapevo che non dovevo venire, non poteva andare peggio di così. Se c'era una cosa che odiavo di più che fare il terzo incomodo, era fare il terzo incomodo mentre morivo dal freddo!

Nico sospirò togliendosi il giubbotto e iniziò a spegnere le luci mettendo fine alle mie felici riflessioni. Io seguivo perplessa e imbronciata i suoi gesti risoluti, finché quasi non lo distinsi più nel buio calato nella stanza <Tieni, usa il giubbotto di Marty e il tuo, come coperta> disse in tono spiccio e per evitare che mi mettessi a discutere ancora, cominciò a distendersi a terra, ai piedi del divano, coprendosi anche lui come poteva.

Rimasi lì impalata come un idiota, ma in fondo cosa altro potevamo fare? Tirando su col naso, mi diressi verso la sagoma scura del divano, cercando di non inciampare sul cumulo di giubbotti che era Nico sul pavimento. Mi tolsi le converse e mi rannicchiai meglio che potevo sotto i giubbotti.

Non si stava scomodi e ben presto il mio calore corporeo riscaldò il velluto del rivestimento del divano, forse dopotutto non sarei morta di freddo, ma Nico?

Sospirai mettendomi di fianco con una mano sotto la testa <Il pavimento è duro.> dissi

<Mah, non è il massimo…>

<E sarà anche ghiacciato> dissi contrita.

<Al punto giusto> mi disse con la voce attutita dai giubbotti, sotto i quali teneva la testa.

Allungai una mano verso la sua testa e con le dita gli afferrai i capelli. Erano talmente freddi da sembrare bagnati <Stai gelando!> gli dissi sollevandomi e sporgendomi verso di lui.

<No, ti sbagli! Sto da Dio!> mi rispose sarcastico.

Mi sporsi un po' di più e con la mano gli cercai la faccia nel buio.

<Che stai facendo Fede?> sembrava preoccupato e mi venne da ridere.

<Secondo te?> gli chiesi ironicamente.

Silenzio.

<Nico>

<Uhm...>

Saltai giù dal divano e cominciai a togliergli di dosso i giubbotti.

<Fede sei impazzita! Sto gelando!> anche lui si alzò in piedi, cercando di riprendersi le sue improvvisate coperte.

<Dai vieni sul divano con me, ci stringiamo così stiamo più caldi...> meno male che eravamo al buio, perché stupidamente sapevo di essere arrossita. Perché poi?

Nico si bloccò e anche se non lo vedevo bene al buio, sapevo che mi stava fissando.

<Prendere o lasciare, sbrigati prima che cambi idea!> gli dissi con leggerezza, cominciandomi a stendere con le spalle rivolte allo schienale del divano.

<Prendo> disse solo.

Lo sentì stendersi accanto a me, molto vicino. Lo spazio era esiguo e solo messi di fianco potevamo entrarci. Le nostre gambe e le spalle si toccavano. Sentivo il suo respiro profumato di dentifricio sulla faccia ed ero quasi sicura che anche lui, come me, fosse imbarazzato. Si mosse impacciato, provando a spostare le sue braccia prima sopra la testa e poi in avanti, ma non c'era abbastanza spazio.

<Se vuoi…puoi mettere il braccio qui…> gli dissi impacciata prendendogli la mano e spostandogliela sul mio fianco <…insomma prima che cadi!>

<Ok> Disse solo, ma lo sentì distintamente deglutire.

Chiusi gli occhi, solo un attimo per godermi quel nuovo tepore…e mi addormentai.

Un raggio luminoso mi sfiorava le ciglia. Doveva essere giorno, ma non mi andava di aprire gli occhi e interrompere il piacevole sogno nel quale ero immersa. Ero al calduccio, sotto il piumone più avvolgente che avessi mai avuto. Le mie gambe avvinghiate da dietro, le mie braccia avvolte e le dita intrecciate a quel tepore. Spinsi un po' indietro il bacino per sprofondare ancora di più in quella stupenda fonte di calore e fui ricompensata da un dolce soffio caldo sul collo, seguito dal tocco lieve e carezzevole di una bocca. Di una bocca? Aprì gli occhi di scatto, visualizzando il velluto consunto del divano.

Un gemito basso e roco seguì un altro sfioramento sul mio collo, prima che io stessa emettessi uno squittio di sorpresa e …imbarazzo.

Le sue braccia avvolte attorno a me si irrigidirono, seguite dalle gambe e poi da tutto il corpo. <Santo Dio!> esclamò Nico dietro di me. Lo sentì agitarsi nervosamente per districarsi da me e schizzare in piedi come se stesse scappando dalle fiamme dell'inferno…

Una volta "libera" mi voltai sul divano e fra uno sbadiglio e un altro tentai di metterlo a fuoco <Come va?>

Nico era in piedi, con la testa china e mi voltava le spalle <Bene> rispose con voce strozzata, passandosi una mano fra i capelli e poi entrambe. Non potevo vederlo in viso e stavo per alzarmi per chiedergli il perché della sua fuga, quando alla nostra destra, qualcuno iniziò a scendere le scale. Nico soprassalì e corse fuori! Fuori?

<Ma che fa? Ci saranno cinque gradi sotto zero là fuori!> Disse Marty avvicinandosi a me e ricambiando il mio sguardo incredulo.

La porta d'ingresso si aprì nuovamente e Nico rientrò e senza darci il tempo di chiedergli nulla, con due falcate raggiunse il bagno e chiuse la porta dietro di se.

<Ma che gli hai fatto?> mi chiese Marty guardandomi e scuotendo la testa.

<Io niente!> le risposi risentita <Mi ero appena svegliata e non ho fatto in tempo a voltarmi…>

<Aspetta, aspetta! > Marty strinse gli occhi e continuò a voce bassissima e cospiratoria <Ma avete dormito così… > e indicò lo stropicciato striminzito divano che ci aveva ospitato <…insieme?>

<Non potevo farlo dormire a terra poverino, si gelava!> non so perché sentivo il bisogno di giustificarmi con lei.

Marty allora assunse quell'espressione odiosa, di quando sembrava saperla molto più lunga della mia e a quel punto mi ricordai di tutte le cose andate storte la sera prima, quando lei e Diego ci avevano mollati qua sotto.

<Ieri sera abbiamo rischiato di morire congelati lo sai? La caldaia si è spenta! Il letto si è rotto! Non avevamo uno straccio di coperta!...> l'elenco era ancora lungo ma ancora una volta fui interrotta contemporaneamente da Diego che scendeva le scale e da Nico che usciva dal bagno vestito si, ma a piedi nudi e con i capelli bagnati, che strofinava energicamente con un'asciugamani. Aveva fatto la doccia? Con l'acqua gelata?!

Marty mi prevenne <Era abbastanza fredda, Nico?> gli chiese con uno strano tono ironico.

Lui la fulminò con uno sguardo omicida che non gli avevo mai visto prima e poi incrociando per una sola frazione di secondo i miei occhi, disse rivolgendosi a tutti <Cornetti e cappuccino! Muovetevi tutti o vi lascio a piedi!> e continuando a ignorare il nostro sgomento per la sua doccia gelata, si sedette su una sedia, infilandosi con calma calze e scarpe.

Per fortuna la giornata fu decisamente migliore della notte. Dopo un'abbondante e calda colazione al bar del "rifugio Sapienza" salimmo sulla funivia, che a quanto sembrava ero l'unica che non aveva mai preso.

Il paesaggio era bello da togliere il fiato e anche se l'Etna non collaborò per renderlo ancora più spettacolare, non ne rimasi affatto delusa. Il silenzio poi, fu per me la cosa più bella e avevo voglia di parlare a bassa voce per non spezzarlo.

<Sembra di essere su un altro pianeta, vero?> bisbigliò Nico accanto a me

<Si è vero> gli risposi piano, meravigliandomi che anche lui non volesse spezzare quella quiete.

<Che avete da bisbigliare, voi due?> ci urlò Marty a qualche metro da noi, su una montagnola bianca di neve.

Alzammo gli occhi al cielo e sospirammo nello stesso momento, e poi scoppiammo a ridere sostenendoci a vicenda per le spalle e spezzando così anche noi quel magico silenzio.

CAPITOLO 20

Le sedute da Giulia continuarono con frequenza a volte anche giornaliera. Se alla fine mi avesse presentato una parcella da pagare, credo che avrei dovuto chiedere un mutuo.

Il mio risentimento nei suoi confronti, dopo l'ultimo nostro incontro, era completamente scomparso. Come potevo avercela con la persona che mi stava tirando fuori dal tunnel, buio e pieno di paura e brutture, nel quale avevo vissuto per tanti anni?

Giulia era una persona fantastica. O forse eccelleva soltanto nel suo lavoro. Una delle due…o forse entrambe le cose.

Continuai il mio personale "percorso di guarigione". Lei ci teneva che lo chiamassi così.

In quelle poche settimane mi spiegò che i meccanismi mentali di difesa, che si erano innescati in me, nel corso di quegli otto anni, andavano corretti.

La mente, in genere, cerca sempre di proteggersi da tutto ciò che spaventa o non si comprende pienamente. Nel mio caso, dimenticare era stato il primo atto di difesa. A quello ne erano seguiti altri e non sempre avevano sortito un effetto migliore del precedente: la mia freddezza e repulsione per i contatti fisici, con gli uomini in particolare, sfociava in una superficialità generalizzata nel rapportarmi con gli altri, spesso interpretata come alterigia e scontrosità; la quasi indifferenza, che ostentavo nei confronti della morte dei miei genitori, come se fosse stato un lutto che non mi avesse totalmente sconvolto, nascondeva in realtà ben altro.

Giustificavo la calma accettazione della loro morte dicendomi e dicendo che i nonni erano stati meravigliosi e grazie a loro era stato tutto più facile da affrontare. Giulia mi aiutò a capire che non era esattamente così che erano andate le cose.

In realtà ero terribilmente arrabbiata con loro, perché mi avevano abbandonato nel momento in cui avevo avuto più bisogno di loro. Non solo! Per giunta si erano fidati lasciandomi nelle mani di un uomo che si era poi rivelato un pervertito, "un pedofilo" mi obbligava ad ammettere Giulia. Mi vergognavo ad ammetterlo ma in fondo al mio cuore, la bambina che ero stata li aveva condannati ad un giudizio orribile e inappellabile. Oggi mi rendevo conto però che se avessero potuto scegliere, non avrebbero voluto morire così e conoscendo la verità non mi avrebbero mai e poi mai lasciata con "lui".

Dover ammettere di aver pensato così male di loro mi faceva sentire in colpa. Ma anche la colpa, la bestia che mi aveva perseguitato per tutti quegli anni, e la vergogna erano due istinti da combattere, mi continuava a ripetere Giulia. Ad ogni incontro non smetteva di ripetermelo: "il senso di colpa si nutre di se stesso", mi diceva "più lo nutri e più troverai nuove situazioni di cui ritenerti responsabile. Devi uscire da questo circolo perché tu possa assumerti le tue e solo le tue responsabilità nella vita che devi ancora vivere. Ma ricorda sempre che per ciò che ti è accaduto, tu Federica responsabilità non ne hai!"

Non era facile, non avevo mai pensato che lo sarebbe stato. Ma certe volte mi sembrava di combattere una battaglia persa contro la mia coscienza e io dovevo fare la parte dell'avvocato del diavolo. Una settimana dopo il nostro primo incontro affrontai con Giulia i perché del mio vigliacco comportamento nei confronti di "lui". Perché non avevo gridato? Perché non lo avevo colpito, graffiato…perché non avevo lottato e minacciato di dirlo ai miei genitori? Perché, perché ero rimasta così inerme?

Giulia si era tolta gli occhiali e mi aveva guardato con un'espressione così tenera e dispiaciuta da commuovermi <Perché eri una bambina e in quanto tale, innanzi tutto, non avresti neppure dovuto aver bisogno di difenderti. Devi capire che nei casi di molestie sessuali su minori, non si chiede mica alla vittima se ha detto "no"! Non esiste, per la legge, il sesso consensuale con un minore di soli nove anni. In quanto bambina tu avevi ogni diritto di non essere "toccata" e il tuo diritto è stato violato!>

<Si ma forse…se avessi…> mi tremavano le labbra per lo sforzo di non piangere

<Ti posso garantire che sarebbe stato peggio se lui avesse temuto che tu raccontassi tutto ai tuoi genitori. Questi elementi di solito, dopo aver ceduto al loro impulso, temono di essere scoperti e il sentirsi sicuro gli ha permesso di riportarti a casa. Senza renderti pienamente conto di ciò che lui ti stava facendo hai agito in modo intelligente, inducendolo a credere che non avresti parlato. La mente umana è davvero una macchina straordinaria, ripara, protegge, cerca scuse e trova soluzioni anche quando non ne abbiamo la piena coscienza>

<Ma perché io?> le chiesi, mentre dentro lottavo contro la paura di sentirmi dire che in qualche modo me lo ero cercato.

Giulia si rimise gli occhiali e aprì un cassetto della sua scrivania, dopo qualche istante ne estrasse una cartelletta marrone, la aprì e ne estrasse un piccolo plico dal quale prese delle foto e me le porse. Ritraevano una bambina sui cinque, sei anni al massimo: mentre giocava con una bambola e un'altra a una festa d'asilo, sembrava, in cui era vestita da coccinella. Ingoiai a vuoto cercando di non pensare a quello che le era potuto accadere perché le sue foto si trovassero in quello studio.

<Oggi ha sei anni e a settembre andrà in prima elementare> mi disse Giulia, omettendo il nome però. Poi proseguì con voce appena un po' roca <Il suo patrigno ha cominciato ad abusare di lei quando ne aveva tre. Lei non ha mai gridato, nessun vicino l'ha mai sentita piangere, quando era in casa con lui. Non ha mai raccontato nulla a nessuno…tranne che a me, quando ormai la cosa era già stata scoperta. Un giorno all'asilo ha preso tutte le bambole che era riuscita a trovare e aveva applicato loro dei cerotti. Avevano tutte "la bua" nello stesso punto> Giulia si interruppe un attimo mentre rimetteva le foto dentro la custodia <Sai cosa ha detto il patrigno quando fu assodato che la violentava da anni? Ha detto che lei lo provocava, che a lei piaceva… Non ti sto raccontando queste cose per inorridirti, te le sto raccontando per farti comprendere che le motivazioni che un pedofilo si da per

le scelte delle proprie vittime sono illogiche e irrazionali nel migliore dei casi, quando lo ammettono. Nella maggior parte dei casi invece negano l'accaduto, finché non vengono inchiodati dalle prove. Non c'è una spiegazione razionale perché lui abbia scelto te, ma l'importante adesso è che tu comprenda una volta per tutte che Non. È. Stata. Colpa. Tua.> disse scandendo con durezza ogni parola.

Stavolta non avevo replicato, perché a un tratto era accaduta una cosa strana: sentivo il mio cuore battere regolare ma forte contro le mie costole ed ebbi voglia di respirare a pieni polmoni e lo feci.

Ero la stessa di qualche ora prima, di qualche giorno prima, ma contemporaneamente qualcosa in me era cambiato. Una parte del mio cuore o forse proprio della mia anima inaridita, dura e spaccata come la terra quando non riceve acqua da tanto tempo, improvvisamente ricevette "nutrimento", abbastanza da ammorbidirsi e riuscire ad assorbirne ancora. Le sue parole, anche se non era la prima volta che le ascoltavo, a un tratto cominciarono a penetrare attraverso la foschia che sporcava i miei ricordi e i miei sentimenti. Era come se avessi ascoltato da sempre una radio mal sintonizzata e a un certo punto qualcuno avesse pigiato un tasto e finalmente la musica aveva iniziato a fluire chiara e il suono ad arrivare pulito, la voce mi raggiungeva nitida e chiara ed ecco che finalmente ne afferravo pienamente il significato.

<Grazie> le dissi sinceramente, volendo però dirle molto altro.

Ma Giulia sembrò capire comunque <Di nulla Fede, per me il piacere più grande è…questo.> disse indicandomi con un gesto della mano.

Mi alzai e le baciai la guancia.

<Penso che lo saprai già ma…domani torna mio figlio e non so…naturalmente puoi continuare a venire ogni volta che ne sentirai il bisogno, immagino che però vorrai che ci organizziamo in modo che Simon non sia in casa quando verrai tu. Giusto?>

88

<Esatto!>

<Allora ci sentiamo?>

<Si, grazie>

Tornando a casa, più spensierata di quanto non mi sentissi da tempo, non potei evitare di pensare a Simon e al fatto che forse avrei potuto avere un'altra possibilità con lui, adesso che tante cose mi erano più chiare e che di certo anche i miei sentimenti nei suoi confronti sarebbero stati più facili da manifestare.

Una vocina, infida, nella mia testa mi diceva però altro: insinuava che non mi era poi mancato tanto in quelle settimane e che forse non provavo per lui altro che attrazione e amicizia, indipendentemente dai problemi che stavo superando grazie a Giulia. Ma scacciai cocciutamente quella voce. Certo che rivolevo Simon! Rimettermi con lui e vivere la nostra storia serenamente era il perfetto coronamento del mio percorso, era la meta ultima da raggiungere per provare a me stessa e anche a lui che ero capace di amare e che di certo amavo lui. Si, mi dissi, domani era il primo giorno della mia nuova vita! Niente e nessuno mi avrebbe fermata!

CAPITOLO 21

<L'hai visto?> mi chiese Marty con tono preoccupato.

Non era necessario chiederle di chi stesse parlando <Si> le risposi con un sospiro.

A pochi metri da noi, Simon era circondato da amici e "amiche", rideva, scherzava e sembrava essere tornato quello di sempre. Evidentemente gli erano bastate tre settimane a Londra, lontano da me, per dimenticarmi, pensai con rabbia. Lo guardavo e intanto mi sentivo sempre più furiosa con lui, con me stessa e soprattutto con tutte quelle smorfiose amiche sue, che evidentemente non potevano fare a meno di toccarlo mentre gli parlavano!

Un pensiero mi attraversò fastidiosamente: non stavo "propriamente" soffrendo per ciò che vedevo. Più che altro provavo fastidio e anche un po' di rabbia, dovuta a una latente possessività nei confronti di colui che era stato il mio primo ragazzo. Insomma aveva detto di amarmi!

A un tratto il cuore mi si fermò. Una delle tante che gli stava intorno, gli si avvicinò e gli prese il volto fra le mani. Incredula continuai ad osservarli mentre lei, tra un bacio e un altro, gli bisbigliava qualcosa sulle labbra. Avevo una gran voglia di urlare e spaccare qualcosa, ma lo stesso non riuscivo a distogliere lo sguardo da quello "spettacolo".

Sentì Marty afferrarmi il braccio e tirarmi indietro e solo allora, mi resi conto che stavo avanzando verso di loro, come un'idiota. Mi voltai e cominciai a camminare, al fianco di Marty, ostentando quanta più calma mi fosse possibile.

<Mi volto?> mi bisbigliò Marty.

<Non ti rischiare!> le ordinai, continuando a guardare diritto davanti a me <Evidentemente non ero poi così importante per lui. Magari, dice a tutte di amarle! Stella! Ecco come si chiama!>

<Chi?> mi chiese Marty perplessa.

<Quella con quei capelli tinti!> le dissi fermandomi di colpo e guardando astiosamente verso di loro.

<Non vorrai tornare indietro?> Marty sembrava parecchio preoccupata per il mio comportamento.

<Perché no? > le risposi minacciosa <Torno lì: a lui do un bel pugno sul naso e a quella strappo tutti quei capelli giallo senape! E poi…io le bionde non le ho mai sopportate…>

Mi interruppi quando, lanciando un'occhiata a Marty, mi accorsi del suo mezzo sorriso <E tu che hai da ridere?> la aggredì.

<Fede, ma tu in queste settimane cosa hai fatto!?> mi chiese continuando a sorridere <La Fede che conoscevo io si sarebbe sciolta in lacrime davanti a quella scena> disse indicando col pollice dietro di lei.

Mi fermai riflettendo sulle sue parole. Era vero, ero cambiata. Qualche settimana fa avrei pianto, ma non avrei esternato le mie emozioni in maniera così tumultuosa e …aggressiva. Mi ero sempre sentita vittima delle situazioni mai artefice, ed era proprio questo che stava dicendo Marty.

Ma lei non sapeva ancora nulla di Giulia e dell'aiuto che avevo ricevuto da lei. Giulia mi aveva ripetuto, fino alla nausea, che il prerequisito più importante per affrontare il mio percorso di guarigione era la stabilizzazione e il controllo delle mie reazioni emotive, attraverso il ripristino del mio senso di sicurezza personale. Per sentirmi sicura, in altre parole, dovevo prima di tutto occuparmi di me stessa, proteggendo il mio diritto ad essere trattata con rispetto e dignità dagli altri. Alla luce di questo, avevo riconsiderato tutto ciò che era successo con Simon e, se da una parte io non ero stata abbastanza sincera con lui, avevo capito che anche lui però aveva le sue colpe. Non aveva forse peccato un po' di egocentrismo andandosene in quel modo? Io ero spaventata e in lacrime, ma tutto questo per lui era passato in secondo piano, nel momento in cui non avevo saputo cosa rispondergli quando aveva detto di amarmi.

Mal interpretando il mio silenzio, Marty interruppe i miei pensieri <Guarda che sono felicissima di questo tuo nuovo atteggiamento! Ti preferisco combattiva e pronta a ...> si interruppe guardandomi intensamente.

<Pronta a cosa? Continua, cosa stavi dicendo?> le chiesi impaziente.

<Pronta a riprendertelo> disse più lentamente e sempre continuando a osservare le mie reazioni.

<Suppongo...di si> dissi, poco convincente persino alle mie stesse orecchie.

<Supponi, dici.> bisbigliò con uno strano luccichio negli occhi.

Non ero sicura mi piacesse quello sguardo.

Durante la ricreazione la scenetta romantica fra Simon e Stella si ripropose ai nostri occhi...in molteplici interpretazioni diverse e luoghi diversi e con aggiunte e revisioni alla scena madre originaria. Il pensiero che quello spettacolo fosse intenzionale sfiorò la mia mente, ma ciò non bastava a farmi sorvolare sull'entusiasmo che entrambi mettevano nella loro supposta "performance".

<Ma li hai visti, ma perché non prendono una camera già che ci sono!> Marty sembrava più indignata di me

<Secondo te...lo sta facendo apposta?> le chiesi, fingendo di non guardare Simon che intrappolava Stella contro il muro.

<E' chiaro che te lo sta facendo apposta! Tu comunque non sembri particolarmente sconvolta!> socchiuse gli occhi squadrandomi con attenzione.

<Certo che lo sono, ma cosa dovrei fare secondo te, una scenata? > alzai le spalle con indifferenza, prima di rendermi conto che forse avevo detto la cosa sbagliata, o la cosa giusta a seconda dei punti di vista, perché Marty mi osservava di nuovo con quello sguardo luminoso e soddisfatto. Aveva in sostanza proprio l'espressione del gatto dopo aver mangiato il topo.

<Una scenata no, ma vorrai fare qualcosa di sicuro. Giusto?> mi chiese incalzandomi candidamente.

<Certo!> dissi, mettendoci convinzione.

<Bene. Allora lo farai ingelosire!>

<E come?>

<Non "come", mia cara Federica... ma "con chi"> mi disse sprizzando superiorità da tutti i pori.

Una folata di menta mi investì quando Nico, abbracciandoci entrambe da dietro le spalle, ci baciò, nel suo consueto modo dirompente ed esclamò <Allora, a parte fare le guardone, che fate di bello voi due?>

A parte arrossire e guardarlo male non lo degnai di una risposta.

<Proprio di te avevamo bisogno, vuoi darci una mano?> disse Marty a bruciapelo.

<Certo> rispose lui prontamente <Come posso aiutarvi? Farei di tutto per le mie ragazze, lo sapete!> disse guardandoci entrambe con lo sguardo limpido e il suo sorriso sfacciato.

"No lui no! Non chiederlo a lui, Marty ti prego!"

<Stavamo pensando di far ingelosire Simon e tu saresti perfetto per questo scopo> Marty, l'innocenza personificata, guardava Nico come se gli avesse fatto un regalo e si aspettasse di essere pure lautamente ringraziata.

Non avevo mai visto un sorriso morire così in fretta sul volto di qualcuno. Nico si rivolse stavolta soltanto a me e stringendo gli occhi mi chiese con voce incredula e delusa <Ma allora pensi ancora a lui?>

Cosa potevo dirgli? Non lo sapevo neppure io cosa provavo, o non provavo ancora per Simon. L' unica cosa di cui ero certa era che adesso mi sentivo una persona diversa, più completa e forse se qualche mese fa fossi stata quella che ero oggi, la mia storia con lui non sarebbe neppure finita.

Nico continuava ad osservarmi intensamente, come se volesse leggermi dentro, e non so perché ma mi sentì arrossire, ma non lievemente. Una vampata di calore mi investì la faccia e sapevo di essere diventata rossa fino alla radice dei capelli

<Ce… certo che ci penso ancora> gli dissi balbettando solo un po'.

Lui continuò a tenermi inchiodata con i suoi occhi grigi, che in quel momento avevano assunto una densa sfumatura bluastra. In una piccola e dimenticata parte del mio cervello sapevo che Marty stava assistendo impassibile a quello scambio, ma per qualche motivo oscuro non sapevo distogliere gli occhi da quelli di Nico, mentre il cuore aveva preso a battermi contro le costole come dopo una corsa.

Qualcosa cambiò in lui. Strinse le labbra impercettibilmente come se un sorriso si nascondesse sotto quell'espressione inquisitoria e dura.

E poi lo vidi, un luccichio diabolico nei suoi occhi, che prometteva… Non so cosa prometteva, ma arrossì di nuovo e a quel punto lui sorrise, stavolta apertamente.

<E cosa dovrei fare esattamente?> chiese imperturbabile a Marty, ma continuando a tenermi d'occhio.

<Nulla di troppo complicato, in realtà. Basterà che tu ti faccia vedere in giro con Fede un po' più del solito…>

Ma lui la interruppe scuotendo la testa <Non otterremo proprio nulla così. Noi siamo "amici", lo sanno tutti. Nessuno farà caso se passeremo la ricreazione insieme o se qualche volta ti accompagnerò a casa.>

<E allora tu cosa suggerisci?> chiese Marty, di nuovo con quell'espressione soddisfatta in viso.

Le parole che Nico pronunciò, con voce calma e distaccata, mi fecero distogliere l'attenzione da Marty <Io credo che dobbiamo almeno fingere che stiamo insieme. Se dobbiamo tentare di farlo ingelosire, dobbiamo fare le cose per bene o non vale neppure la pena tentare>

<Cioè in pratica cosa dobbiamo fare?> anche alle mie orecchie parve strano sentire finalmente la mia voce in quella conversazione.

Lui con calma si portò i capelli indietro con la mano, poi rivolgendomi un sorriso radioso e soddisfatto disse <Tu non preoccuparti di nulla Fede, solo…quando siamo insieme, assecondami!> e dopo avermi preso gentilmente la coda, se la lasciò scivolare lentamente fra le dita e poi se ne andò.

Ma cosa avevo fatto? Anzi cosa mi aveva fatto fare Marty? Le rivolsi tutta la mia attenzione, mentre ancora guardava nella direzione presa da Nico col sorriso sulle labbra. <Ma cosa ti è salt…>

<Ehi piccola, finalmente!> Diego era spuntato da chissà dove, cingendo la vita di Marty e proprio nel momento sbagliato.

<Hai finito?> l'attenzione di Marty era tutta per lui adesso.

<Si, non ne potevo più, la prof è una perfezionista lo sai.>

<Poverino…>

<Scusate se vi interrompo> esordii acida <ma noi due stavamo parlando!>

<Scusami Fede ma la ricreazione sta per finire...tu mi capisci vero?> e così dicendo si allontanò con Diego lasciandomi sola a rimuginare sul pasticcio nel quale mi aveva cacciata. E adesso?

CAPITOLO 22

<Tutto bene Federica?> la voce dolce della nonna mi distrasse dal continuo rivivere e risentire tutto quello che Nico aveva detto quella mattina.

Chiusi il libro, non che stessi concludendo più di tanto e le rivolsi un sorriso <Si nonna, in realtà va tutto bene. Ti sono sembrata un po' pensierosa?>

<Non che io ne capisca molto degli adolescenti di oggi> si schernì lei <però qualche esperienza ce l'ho e prima sembravi persa in un sogno ad occhi aperti>

<Davvero?> arrossì immediatamente, ma cercai di mascherare la cosa affrettandomi a riordinare i libri sparsi sul tavolo.

La nonna nascose un sorriso, me ne accorsi. Non era brava a dissimulare le espressioni, forse avevo preso da lei <Si, davvero. Te lo posso chiedere almeno se era un bel sogno?>

<Se ti dico che non lo so, mi crederesti?>

<Certo che ti crederei> mi rispose seria <tu sei una ragazza dolce e sincera e io ti voglio bene come se fossi mia figlia e ormai ti conosco benissimo>

Le sue parole semplici e spontanee mi commossero e istintivamente allungai la mano per coprire la sua, sporca di farina <Nonna, ma io te lo dico che ti voglio bene? Cioè, voglio dire, te lo dico abbastanza?>

<Certo Federica, perché mi fai questa domanda?> il suo sguardo preoccupato indugiava su di me.

Guardai le sue mani sporche di farina ferme a mezz'aria, indugiai su quella sulla quale avevo posato la mia. L'intricato disegno di vene e rughe rivelava la sua vecchiaia. La mamma non aveva rughe neppure sugli occhi quando era morta <Ho sempre avuto l'impressione di non averglielo detto abbastanza che le volevo bene> dissi trattenendo un singhiozzo.

<Alla mamma?> mi chiese sorpresa.

Annuì con la testa <…e anche a papà>

<Ma certo che l'hai fatto. Loro erano così orgogliosi di te, ti volevano così bene e sapevano che anche tu volevi bene loro. Un genitore le sa queste cose e i tuoi sapevano perfettamente quanto tu li amassi>

Quanto era dolce e lenitiva la sua voce <Ti voglio un gran bene nonna! E anche al nonno>

Lei si alzò, agitando le mani davanti a se <Ora devo lavarmi di nuovo le mani, se voglio fare questa pasta per domani> ma si capiva che aveva le lacrime agli occhi e cercava di non darlo a vedere, mentre si sciacquava le mani nel lavandino.

<Nonna ma perché non usi la macchina impastatrice, che ti ha regalato la tua amica a Natale?> le chiesi assecondando il suo bisogno di ricomporsi.

Lei si asciugò le mani e ritornò al tavolo ricominciando a lavorare l'impasto. Capì, dal suo sguardo soddisfatto che avevo toccato la nota giusta che aveva solleticato il suo orgoglio di cuoca <Dimmi la verità Federica, hai mai mangiato tagliatelle più buone di quelle che preparo io?> mi chiese sorridendo apertamente.

<Mai> le risposi stando al gioco.

Il suo sorriso si allargò ancora di più <Ebbene il segreto è nell'impasto, ma soprattutto nel modo di fare l'impasto. Se lo faccio con le mani il mio calore scioglie meglio e più omogeneamente gli ingredienti. Certo faccio più fatica, ma poi tu e tuo nonno vi leccate i baffi, giusto?>

<Proprio così nonna> poggiai il mento sulle mani continuando a guardarla impastare <Un giorno mi insegnerai?>

E a quel punto il suo sorriso le illuminò tutto il viso <Ne sarei felice>

CAPITOLO 23

L'indomani mattina a scuola Nico mi aspettava all'ingresso. Appoggiato al muro, con il ginocchio piegato, il casco al braccio e con quegli occhiali da aviatore, per schermarsi dal sole, era senz' altro un bello spettacolo. Mentre mi avvicinavo lo osservai lentamente e non vista e non potei fare a meno di pensare, solo per un istante, che se davvero stavamo insieme lui mi avrebbe accolto con un abbraccio e magari mi avrebbe anche baciata…Mi fermai un istante e fingendo di legarmi il laccio di una scarpa, cercai di riacquistare una respirazione più normale. Ma cosa mi passava per la testa!

<Eccoli lì > Marty si era materializzata accanto a me, mentre mi rialzavo e con un cenno della testa indicava la moto rombante che si era appena fermata accanto a noi.

Anch'io mi voltai e la scena che mi si presentò davanti mi sembrò una replica già vista: Simon stava togliendo il casco a Stella e intanto lei lo cingeva con le braccia attorno alla vita. I loro gesti erano così palesemente sdolcinati, da farmi venire il mal di denti solo a guardarli. Ma una vocina molesta, ancora più insistente di qualunque fastidio provocatomi da quei due, mi faceva notare ancora una volta che non stavo propriamente soffrendo e che senz'altro non avevo il cuore spezzato! Ma non ebbi il tempo di soffermarmi in queste introspezioni, perché delle braccia slanciate e atletiche e un fresco profumo di menta mi circondarono da dietro e un sorriso spontaneo mi si allargò in viso riconoscendo quell'abbraccio.

<Rilassati Fede> mi bisbigliò sfiorandomi quasi il lobo dell'orecchio <sorridi e fatti fare un po' di coccole> però il tono della sua voce, e soprattutto quello che mi disse, mi ricordarono ciò che avevamo concordato di fare e un fremito di anticipazione inconsueto, ma non spiacevole, mi percorse dalla testa ai piedi.

Sentì le sue labbra sfiorare impercettibilmente la pelle del mio collo, prima di soffermarsi, a un tratto, in un punto vicino alla clavicola e lì depositarvi un bacio. E che bacio! Non i baci fraterni, sfacciati e rumorosi ai quali mi aveva abituato. Era un bacio lento, nel quale indugiò tanto, prendendosi tutto il tempo, come assaporandomi e … "consumandomi". Si, fu questa la sensazione che provai e anche se, in una piccola parte del mio cervello, sapevo che era tutta una messinscena a beneficio di Simon, non potetti che soccombere a quelle sensazioni inattese e potenti. Le palpebre quasi mi si chiusero, diventando pesanti e senza accorgermene inclinai di più la testa offrendomi ancora di più ai suoi "finti" baci.

Poi Nico mi voltò verso di lui e fece scivolare le sue braccia attorno a me, indugiando con le dita sui miei fianchi, dapprima lievemente e poi con un contatto pieno e possessivo, che mi fece rammollire le ginocchia e che mi prosciugò completamente la bocca.

"Dio mio" pensai " E adesso? Mi avrebbe baciata?"

Il suo alito fresco sfiorò le mie labbra, quasi come un bacio <Tranquilla, lui ti ha vista anche se ha fatto finta di niente> e così dicendo accarezzò la mia guancia con le nocche della sua mano e seguì con gli occhi quel percorso fino allo zigomo.

Mi guardava con un sorriso un po' storto e con gli occhi leggermente socchiusi. Era uno di quei momenti in cui sembrava avesse gli occhi blu notte, di quel colore intenso e fumoso che mi …

<Ehi, Fede è decisamente piacevole per me questa storia di fingerci "fidanzati"…soprattutto quando mi guardi così…>

Avvampai tutta, persino alle orecchie avvertii il calore che mi pervase <Ma che dici!> gli dissi cercando di spezzare quell' incantesimo e quell'atmosfera così intimamente coinvolgente, almeno per i miei sensi.

Solo a quel punto notai che Marty era ancora lì, accanto a me e dal sorriso che ci rivolse sembrava estremamente soddisfatta di ciò a cui aveva assistito <Wow… siete stati così… "credibili"!>

<Dici?> le chiese lui con uno strano tono e rivolgendole un piccolo sorriso, come se condividessero un segreto. Ma naturalmente non era così, ero anch' io parte e al corrente di ciò che avevamo escogitato. Giusto?

<Entriamo?> mi suggerì Nico, facendo scivolare la sua mano nella mia.

<Insieme?> gli chiesi, assaporando il piacevole calore della sua mano sulla mia, che invece era incredibilmente fredda.

<Certo> mi rispose

<Ovviamente!> disse Marty contemporaneamente, prima di distogliere in fretta lo sguardo dal mio <Mi sembra di aver visto Diego da quella parte. Ci vediamo dentro, ok?> e in un attimo si allontanò da noi dileguandosi tra la folla.

Mi incamminai accanto a lui, mano nella mano, percependo distintamente si l'abitudine al suo contatto ma insieme anche una scossa del tutto nuova ed "eccitante"? che coinvolgeva qualcosa di più dei miei sensi.

Scossi la testa rimproverandomi in silenzio. Era tutta una finzione, non dovevo dimenticarlo…ma quella vocina, che non aveva mai peli sulla lingua, chiedeva candidamente "perché hai così bisogno di ricordarti che si tratta di una finzione?" Non potevo ignorare quella domanda, perché ne richiamava altre alle quali dovevo dare una risposta: perché non ero indifferente alle attenzioni di Nico? Era lui ad essere un così bravo attore, tanto da coinvolgermi oppure …? Non riuscivo neanche a formulare il pensiero. Io e Nico eravamo amici da sempre e non volevo perdere la sua amicizia, ma allo stesso tempo non potevo evitare di scivolare così facilmente nella parte della sua ragazza e di trovarmici così…

<Vieni> Nico si poggiò al muro accanto alla classe e dopo avermi tolto lo zaino dalla spalla e averlo messo a terra accanto al suo, mi attirò senza difficoltà tra le sue braccia e intrecciò le mani dietro di me sulla vita dei jeans.

Come se fosse la cosa più naturale di questo mondo, le mie mani risalirono dalle sue spalle al suo collo e scivolarono tra i suoi capelli, attraversandoli con le dita e godendo di quel fresco contatto.

Lui poggiò la testa all'indietro, sulla parete e socchiuse gli occhi, come se si stesse godendo le mie carezze sui suoi capelli. Mi permisi di osservarlo bene e il mio sguardo scivolò sul suo bel viso, fino a soffermarsi sulla bocca. Aveva le labbra atteggiate a un leggero sorriso e mi pizzicarono i polpastrelli, per la tentazione di verificare con le dita se erano effettivamente morbide come sembravano. Sul labbro inferiore, quasi invisibile, aveva una sottile e lunga cicatrice che si perdeva poi sfumandosi sul mento. Senza pensarci la sfiorai e a quel contatto lui aprì gli occhi con un piccolo ansito nel respiro.

<Come te la sei fatta?> gli chiesi, incrociando il suo sguardo e subito dopo tolsi la mano, poggiandogliela sulla spalla.

Dopo un istante, in cui il suo sguardo mi parve smarrito, lui sospirò e con un ghigno soddisfatto disse <Ho preso a pugni il ragazzo di mia sorella Laura. All'incirca sette anni fa…gli ho rotto il naso!> e sottolineò la frase sollevando un sopracciglio come se si aspettasse un applauso.

Non riuscì a trattenermi, mi venne da ridere pensando a un Nico di nove o dieci anni che prendeva a pugni un ragazzo più grande di lui <E sembri enormemente orgoglioso del tuo operato!>

Lui accostò ancora un po' il volto al mio e parlò piano, come per confidarmi qualcosa della massima segretezza <Immagina la scena Fede: avevo circa dieci anni, era estate ed ero entrato in camera di mia sorella per cercare qualcosa…non mi ricordo cosa esattamente, ma quello che mi ricordo perfettamente era la scena che mi si presentò d'avanti. Mia sorella era spalmata su questo tizio enorme, entrambi sul suo letto e lui le teneva una mano sul sedere! Io, da bravo fratellino minore, ho notato solo cosa faceva lui, ignorando completamente il fatto innegabile che Laura era felice come una Pasqua e non stava certo chiedendo il mio

intervento> mentre parlava, faceva scorrere pigramente le dita sulla mia schiena, sotto il giubbino imbottito.

Ero talmente presa da lui, da ciò che mi raccontava e da ciò che mi faceva con le mani, da non accorgermi neppure dei ragazzi che ci additavano, né di altro. C'era solo Nico, la sua voce, il suo calore e quella sensazione di incastro insieme perfetto e pericoloso del suo abbraccio <E che hai fatto?> gli chiesi.

<Io a dieci anni ero alto più o meno così> continuò lui, facendo un segno accanto alla mia spalla <ed ero magro tipo uno spaghetto, ma preso dalla furia e senza riflettere spingo mia sorella di lato e carico un pugno in faccia al tizio sul letto. Non ho mai visto un naso schizzare sangue a quel modo... comunque lui, incazzatissimo, si alza, tenendosi una mano sul viso e intanto mi spinge indietro e...> sorrise accorgendosi forse dell'attesa sul mio viso e sistemandomi una ciocca di capelli dietro l'orecchio, proseguì il suo racconto <e io inciampo e vado a sbattere la faccia sulla cassettiera e mi spaccò qui> e si indicò la sottile cicatrice che avevo toccato prima.

<E poi? E tua sorella che ha fatto?>

Un sorriso da autentica canaglia si allargò sul suo viso <Questa è la parte migliore! Ha dovuto portare entrambi al pronto soccorso, con la macchina di mio padre, aveva solo il foglio rosa e ad ogni stop faceva spegnere la macchina! Comunque quando la racconta mio cognato, la storia non sembra così divertente!>

<Vuoi dire che il ragazzo che hai preso a pugni, oggi è tuo cognato?> gli chiesi incredula

<Già, quella gobbetta sul naso gliel' ho fatta io!> disse ridendo

Suonò la campana e automaticamente prendemmo gli zaini e mano nella mano, entrammo in aula ancora ridendo. Lui proseguì fino in fondo all'aula e io mi fermai in seconda fila, accanto a Marty che era già seduta. Non mi ero neppure accorta che fosse entrata.

<Fede l'hai visto poco fa Simon? vi ha guardati per almeno mezzo minuto buono!>

<Cosa? > possibile che non me ne fossi accorta? Possibile che fossi così presa da Nico, da non notare affatto la reazione di Simon?

Il modo in cui Marty mi guardò, mi chiarì all'istante che anche lei aveva notato la cosa.

Prima che potesse farmi domande imbarazzanti, mi affrettai ad abbassare la testa per sistemare i libri.

<Perché sei diventata tutta rossa?> cantilenò lei

<Smettila> le risposi secca e diventando ancora più rossa.

Mentre trafficavo con lo zaino, azzardai un'occhiata indietro verso Nico. Lui era voltato di spalle, ma come se avesse avvertito il mio sguardo, si girò verso di me e sorridendomi nel suo consueto modo aperto, forse un tantino più malizioso del solito, mi indirizzò un bacio sulla punta delle dita e sorrise ancora più apertamente, quando mi vide abbassare gli occhi sorridente e imbarazzata.

CAPITOLO 24

Mi era dispiaciuto non accettare il passaggio in moto che mi aveva offerto Nico, ma avevo un gran bisogno di riflettere e dovevo farlo subito. Non potevo ignorare ciò che mi stava succedendo.

Mi sentivo attratta da Nico? No, accidenti non era neppure una domanda, confessai a me stessa spietatamente. Il suo tocco, che non mi aveva mai spaventato, adesso accendeva ogni mia terminazione nervosa. In realtà non aveva fatto nulla di troppo spinto, anche se dovevamo fingerci fidanzati, ma la consapevolezza che i suoi baci dovevano mostrarsi non più fraterni, aveva fatto cadere un velo. Era come se, per la prima volta in vita mia, vedessi le cose con chiarezza e quello che vedevo era lui, che non mi baciava in uno stanzino delle scope perché io ero spaventata, era un ragazzo che diventava ogni anno più uomo e più bello e che con naturalezza mi stringeva i fianchi, baciandomi sulle guance, mentre io arrossivo furiosamente per…per l'emozione e il calore che mi trasmetteva. Ora lo sapevo: c'era si l'abitudine al suo contatto amichevole, ma insieme a questo c'era anche un tendermi per avere qualcosa di più, anche se non sapevo cosa di più, da colui che era il mio più grande amico. E ancora rivivevo quella volta che mi aveva accompagnato in moto, dopo che avevamo dipinto i vasi di terracotta per sua madre e al mio strano desiderio che la strada fosse più lunga, per rimanere ancora un po' abbracciata a lui.

Mentre la strada, con i suoi alberelli in panchina e le curve a "u" nelle discese, scorreva davanti ai miei occhi, mille altre immagini scorrevano nella mia mente, riempiendomi il cuore di commozione.

Mi portai le dita alla bocca per sopprimere un singhiozzo disperato e felice o un sorriso isterico, non so quale delle due sensazioni fosse più forte in quel momento. Ma mi sentivo viva come non mai, il mio cuore batteva forte e veloce e stavolta sapevo perché: ero innamorata di Nico! Innamorata di ogni suo aspetto fisico e non, innamorata del suo ampio sorriso, innamorata del suo modo di prendermi in giro, dei suoi occhi e del modo in cui si incupivano quando era agitato, del suo modo infallibile in cui riusciva a leggermi dentro, della sua dolcezza, ...o mio Dio delle sue mani sui miei fianchi e dei suoi baci sul mio collo.

Ecco quell'ultimo pensiero fu come una doccia fredda.

Lui mi stava aiutando a fare ingelosire Simon! Lui mi era soltanto amico e da amico, mi stava dando una mano, per riprendermi il ragazzo di cui lui mi credeva innamorata! Era tutto sbagliato, io non volevo riprendermi Simon. Volevo Nico e forse…forse avevo sempre voluto lui, da quando mi aveva negato il mio primo bacio in quello sgabuzzino, tanti anni fa.

"Tranquilla lui ti ha visto, anche se ha fatto finta di niente" mi aveva detto Nico, convinto di starmi dando una mano con Simon. Ma poi aveva anche detto "è piacevole per me questo fingerci fidanzati…soprattutto quando mi guardi così" oh…ma cosa voleva dire! Magari stava solo scherzando o forse…

<Ehm signorina, lei non scende qui?> la voce dell' autista mi fece ritornare al presente.

<Si, si grazie> scesi infilandomi il cappello e mentre una violenta raffica di vento mi portava i capelli in avanti, frustandomi il viso, un'altra frase riaffiorò alla mia mente "sei così bella…e non ti importa neanche".

"Forse, se, ma", mi torturava la mia mente.

"Si, si, si" sperava il mio cuore.

Trascorsi il pomeriggio pigramente, tra la mia camera e la cucina. Non avevo compiti, perché l'indomani ci sarebbe stata un'assemblea di istituto e i nonni erano a casa di amici e sarebbero rientrati in serata.

"Beati loro, facevano sicuramente più vita sociale di me"

Mi preparai una cioccolata calda e il profumo che invase la cucina, mi restituì un po' di buon umore. Non che fossi proprio di cattivo umore, ma mi sentivo insicura e confusa e avrei tanto desiderato poter parlare con qualcuno. Ma con chi? Marty era esclusa, per ora. Se avesse saputo ciò che provavo per Nico, si sarebbe messa di mezzo, con le migliori intenzioni certo, ma non era questo che volevo.

"Cosa volevo allora?"

Beh, almeno con me stessa potevo essere sincera. Presi Marsiglio, il mio vecchio orsetto, e me lo strinsi al petto pensando, no, desiderando che fosse Nico. Chiusi gli occhi e immaginai di essere tra le sue braccia solo che stavolta avevo il coraggio di prendergli il volto e baciarlo…o mio Dio, baciare le sue labbra, quella bocca conosciuta e sconosciuta insieme.

E lui come avrebbe reagito?

Era il mio sogno, quindi potevo farlo reagire esattamente come volevo io: lui avrebbe risposto al mio bacio felice ed entusiasta, perché anche lui era sempre stato segretamente innamorato di me. Oh si!

Aprì gli occhi e vidi il mio riflesso sullo schermo spento del mio portatile. Mi alzai e mi diressi verso lo specchio grande all'interno dell'armadio. L'immagine di una ragazza…una "bella" ragazza, mi corressi mentalmente sorpresa, comparve ai miei occhi. Sciolsi i capelli, che avevo legato in una treccia dopo la doccia e me li sparsi sulle spalle. Erano belli, lucidi e morbidi, di una calda sfumatura di castano con riflessi sul rosso, proprio come quelli della mamma. Adoravo i suoi capelli, ma fino ad ora, non mi ero mai accorta di avere i suoi stessi colori. Ero un po' pallida, ma le mie labbra erano di un rosso naturale molto bello e anche se le avevo sempre considerate un po' troppo carnose, non erano male dopotutto. I miei occhi invece era la cosa che avevo sempre preferito del mio aspetto, azzurri come quelli di papà.

Sorrisi e con un pizzico di spavalderia, che non avevo mai avuto soprattutto nei riguardi del mio aspetto, osservai la lunga linea affusolata delle mie cosce e delle mie gambe, attraverso il fuseaux nero che indossavo e cosa ancora più insolita buttai un'occhiata anche al mio lato B, tutto bene anche lì, sentenziai in fretta.

La t-shirt bianca si tendeva tesa sul seno per poi cadere larga sulla vita. Per quello non potevo farci niente. Nell'insieme non ero male e se avessi voluto attirare l'attenzione di Nico, forse ci sarei riuscita dopotutto.

Ma se per lui ero e sarei rimasta per sempre un'amica?

E se con il mio, sicuramente goffo tentativo, avessi rovinato la nostra amicizia?

"Dimmi a che serve restare, lontano in silenzio a guardare…" le parole dei Negramaro, dalla radio volarono leggere fino a me.

"La vita va affrontata guardandola negli occhi" la frase che Giulia mi aveva detto, durante una delle nostre sedute mi tornò in mente, con un nuovo significato. Era vero, nascondendomi e camminando sempre ai margini, non avrei certo contribuito alla mia felicità. Basta nascondersi e negarmi tutto ciò che di bello aveva da offrirmi la vita. Avevo quasi diciassette anni e anche se avevo permesso alla paura di decidere al posto mio negli ultimi anni, adesso, anche grazie a Giulia, avevo la capacità di prendere in mano le redini della mia vita, ora che i miei demoni si allontanavano sempre più.

Dovevo tentare, decisi. E se Nico mi avesse rifiutata…ci avrei pensato quando e se fosse successo.

CAPITOLO 25

Nel tragitto dall'aula all'auditorium mi ero persa Marty. Di certo era da qualche parte con Diego, ma avevano già spento le luci e non la vedevo da nessuna parte.

Nico invece non era ancora arrivato, quando era suonata la campanella e così adesso mi trovavo seduta da sola, quasi al buio, sui freddi gradoni di marmo che mi gelavano le cosce anche attraverso i collant 50 den che indossavo. Quasi non riuscivo a crederci: avevo indossato una gonna e non una qualsiasi, ma una mini di jeans. Beh forse Marty non l'avrebbe definita una vera mini, ma arrivava un bel po' sopra il ginocchio e per me era già sufficiente. Invece delle ballerine avevo preferito gli stivali scamosciati beige col tacco basso, che scivolavano morbidi sulle caviglie e un maglioncino di cachemire dello stesso colore.

Mi ero guardata con ammirazione allo specchio e la stessa "approvazione" l'avevo notata anche negli sguardi dei miei compagni di classe. Ma l'unico dal quale volevo farmi ammirare non c'era! Se questa non era sfiga!

Misi a fuoco, meglio che potevo, quelli che mi stavano di fronte, anche se a parecchi metri di distanza.

L'auditorium era un grande ambiente con la superficie centrale infossata rispetto ai gradoni di marmo che la circondavano, in modo che tutti avessero una visuale perfetta di ciò che avveniva sulla pedana centrale. Era lì che facevamo le poche rappresentazioni teatrali e le tante mostre di pittura e scultura.

Mentre passavo in rassegna i volti degli insegnanti e dei rappresentanti di istituto, un movimento veloce attrasse la mia attenzione e ritornai indietro con gli occhi per capire cosa avesse attratto il mio sguardo.

Era Stella, con la sua chioma "bionda", che atteggiandosi ad un broncio, a mio avviso alquanto improbabile, scuoteva il capo contrariata da qualcosa.

Stavo quasi per distogliere lo sguardo quando, senza volerlo, incrociai gli occhi di Simon. Teneva la testa di Stella premuta sulla sua spalla, ma intanto guardava me, non c'erano dubbi e anche se, da quella distanza, non riuscivo a interpretare la sua espressione, avevo la certezza che volesse comunicarmi qualcosa. Io però non ero interessata a ciò che voleva o non voleva dirmi. Avevamo avuto la nostra occasione ed entrambi non avevamo agito nel migliore dei modi, ma io non volevo tornare indietro, tutt'altro.

A un tratto, un fresco profumo di menta mi avvolse, prima che le sue braccia lo facessero davvero. Un sorriso spontaneo mi si allargò da un orecchio all'altro e senza guardarlo inclinai il viso indietro, porgendogli la guancia. Lui scivolo nel mio stesso gradino accogliendomi fra le sue gambe e mentre faceva scorrere il naso fra i miei capelli e mi sfiorava la guancia con le labbra, mi sentì arrossire di piacere. Chiunque vedendoci in quel momento, avrebbe certamente dedotto che stavamo insieme e la vocina insistente, nella mia testa, aumentava il volume "come potrebbe essere così naturale se non fosse preso…da te?"

<Ciao> gli dissi, appoggiando i gomiti sulle sue cosce e voltandomi per guardarlo in faccia.

<Ciao> mi rispose e il mezzo sorriso che mi rivolse, mentre stringeva gli occhi, avvicinandosi ancora un po', mi fece sciogliere.

Stesi le gambe davanti a me e incrociai le caviglie, nel caso non avesse ancora notato che indossavo la gonna.

<Wow…sei …bellissima, Fede!> il suo timbro di voce entusiasta all'inizio, si smorzò quasi in un mormorio.

Mi voltai di più per vederlo meglio e mi resi conto che stava cercando qualcuno tra la folla. Quando il suo sguardo si fermò, ne seguì la traiettoria e mi accorsi che anche lui aveva individuato Simon, che persino in quel momento stava guardando dalla nostra parte.

<Dici che da lì, ti riesce a vedere bene? Perché se vuoi…ci avviciniamo ancora un po' a lui!> disse acido. Il sarcasmo nel timbro della sua voce era evidente e osservandolo con la coda dell'occhio, vidi che stringeva le labbra in una linea sottile e dura.

Poteva significare ciò che speravo? Alla luce di quanto stavo, forse, apprendendo in quel momento, tante cose ora mi si mostravano sotto una luce diversa. Improvvisamente il comportamento distante di Nico, nel periodo in cui stavo con Simon, assunse un significato completamente diverso, da ciò che avevo immaginato e per la prima volta, da quando mi ero resa conto di essere innamorata di lui, mi permisi di sperare.

<No, sto bene qui, grazie> gli risposi e cercando di non fargli vedere quanto mi tremassero le mani, mi accoccolai ancora meglio all'interno del suo abbraccio, prendendogli le braccia e allacciandomele intorno sotto le mie. Voltai la testa, premendo l'orecchio sul suo torace e il battito furioso del suo cuore mi diede coraggio. Aspirai a fondo il suo profumo, avvicinandomi ancora un po' per cercarne la fonte, forse sul suo collo, ma era dappertutto e intorno a me. Non era un profumo, era la sua essenza e mi piaceva da impazzire.

Lentamente avvicinai le labbra al suo mento e Nico aspirò velocemente e con la bocca socchiusa.

"Ora o mai più" mi dissi e in fretta, deposi un piccolo bacio all'angolo della sua bocca.

Nico non si scostò, ma aveva chiuso gli occhi e il suo pomo d'Adamo si abbassò vistosamente mentre deglutiva con difficoltà. Era un buon segno? O lo avevo scioccato? O mio Dio, avevo bisogno di saperlo subito, prima di impazzire.

Lui aprì gli occhi ed eravamo così vicini, che potei vedere il grigio fumoso dei suoi occhi brillare di una luce pericolosa <Fede, cosa

stai facendo?> bisbigliò piano <Se è lui che vuoi ancora…> scosse la testa, fulminandomi con gli occhi ridotti a fessura <Farei praticamente tutto per te, ma non questo. Non ci riesco>

Un'ondata di pura gioia mi invase la mente e il cuore, sentendogli pronunciare quelle parole e mentre lui lasciava scivolare via le sue braccia da me, lo trattenni stringendomi a lui <Voglio te! Voglio solo te!> gli dissi in fretta.

Gli tenevo le braccia attorno ai fianchi e il viso premuto sul petto, ma non avvertivo più il calore delle sue mani. Sbirciando lateralmente, mi accorsi che le teneva sospese a mezz'aria, in una posa bizzarra e intanto il suo respiro spezzato si infrangeva sul mio orecchio, come onde sugli scogli.

<Voglio che lo ripeti> ringhiò, scostandomi da se per guardarmi meglio e poi prendendomi il viso fra le mani per impedirmi di guardare altrove.

Sentivo il rossore percorrere il mio viso, fino all'attaccatura dei capelli, ma non mi scostai da lui <Ho detto che voglio solo…> e l'ultima sillaba fu solo un mormorio sulla sua bocca, nella sua bocca, mentre il suo respiro diventava il mio e la sua lingua cercava e trovava la mia, con una fame bramosa che però non mi spaventava e che al contrario mi riscaldò, facendomi sentire viva e giovane e spensierata e felice come non mai.

Sentì le sue mani afferrarmi i fianchi e sollevarmi, finché non mi ritrovai seduta sulle sue ginocchia. Eravamo al buio e accanto a noi c'erano decine di ragazzi e ragazze, ma non mi importava nulla di ciò che potevano pensare. Tutto ciò che sapevo era che Nico stava rispondendo al mio bacio, oppure lo stavo facendo io al suo, e questa era la sensazione più incredibile della mia vita.

Le sue mani scivolarono sul mio viso e sui miei capelli, portandomeli indietro e poi la sua bocca iniziò un percorso di baci dalla mia bocca, al collo e poi sull'orecchio…

Io gli presi il volto fra le mani, per tenerlo fermo e guardandolo negli occhi, perché avevo bisogno di sapere che era tutto vero, ripresi a baciarlo, lentamente e dolcemente, finché lui non riprese il controllo affondandomi la lingua in bocca e ubriacandomi del suo sapore, del suo odore e del suo intossicante modo di tenermi stretta a lui, come se non potesse proprio farne a meno.

<Fede> un bacio sulle labbra <piccola...>un sospiro e un bacio sul mento <mia...> e poi ancora sul collo <...sei MIA> e intanto le sue mani sulla mia schiena, sotto il giubbino, scivolavano lievi sul mio maglioncino di cachemire.

<Ehm, ehm disturbiamo?>

Io e Nico ci voltammo verso l'origine di quella assurda interruzione e ancora abbracciati e con il respiro leggermente affannoso ci ritrovammo davanti i volti sorridenti e ammiccanti di Diego e Marty.

Ringraziai silenziosamente il buio, perché sapevo di essere arrossita in modo veramente imbarazzante e scoccai una occhiata ansiosa a Marty. Mi resi subito conto però, che non avevo nessun motivo di preoccuparmi della sua reazione perché Marty era raggiante, per usare un eufemismo.

Nico parlò con una voce roca che non gli avevo mai sentito e mentre io tentavo goffamente di districarmi dal sua abbraccio, lui mi pose una mano alla base della nuca, premendo leggermente col pollice e facendomi rilassare <Mi pare ovvio che disturbate...> disse con un mezzo sorriso <però vi perdoniamo, non è vero Fede?>

<Mm > non riuscivo ad alzare gli occhi per incrociare il loro sguardo, ma Nico mi teneva ancora un braccio attorno e prendendomi il mento con due dita mi sollevò il viso verso di lui.

<Tutto bene?> mi chiese, con uno sguardo leggermente preoccupato e un sorriso insicuro che mi intenerì.

Presi un bel respiro e gli misi le braccia attorno al collo, sorridendogli con tutto l'amore che in quel momento mi scoppiava nel cuore per lui <Non potrebbe andare meglio> gli dissi, anche se mi tremò un po' la voce.

Lui non replicò, non con le parole almeno, ma riprese a baciarmi, a volte languido e dolce, altre più possessivo e ardente. Non so quanto tempo rimanemmo lì, a baciarci e a scambiarci piccole parole e poche frasi che riflettevano il nostro stupore e la gioia condivisa per quello che ci stava succedendo.

Forse passarono pochi istanti, o un paio d'ore, oppure l'intero inverno, anche se non ne percepì il freddo. So per certo che a un certo punto Marty o Diego dissero qualcosa e ci salutarono, ma non so se fosse reale o me lo ero solo immaginato. Di reale in quel momento c'era solo lui, Nico, con i suoi occhi grigi e luminosi, con i suoi baci arditi e le sue dita giocose su di me e di tutto il resto che non era lui, di tutto il mondo che non era il nostro, non mi importava nulla. Non avevo mai provato una sensazione di completezza così unica. Non avevo mai pensato che sarei stata un giorno così fortunata da conoscere l'amore. No, molto di più, perché il mio migliore amico era anche il mio amore.

CAPITOLO 26

Prima o poi sapevo che avrei dovuto affrontarla, ma non fu la cosa tremenda che mi ero aspettata.

Per l'occasione io e Marty avevamo deciso di saltare la lezione di nuoto e ci eravamo rintanate in un bar al centro commerciale vicino casa sua.

<Ti rendi conto Marty, io e Nico! E sono così felice, così ...> "innamorata" avrei voluto dire, ma chissà perché mi bloccai, perché stranamente temevo ancora la sua reazione. Noi tre eravamo stati da subito amici e profondamente legati e non avevo idea di ciò che Marty pensava al riguardo.

<Così... innamorata?> mi chiese lei con un sorriso dolce.

E io non potei che ricambiare il suo sorriso e lo smarrimento che provai, per l'evidenza dei miei sentimenti, mi fece piangere, perché fino a qualche mese fa credevo di essere incapace di amare e in fondo al mio cuore, confessai, mi ero anche creduta indegna di essere amata. Ma quei brutti momenti erano passati ormai e io ero una persona nuova e mi sentì fortunata oltre ogni dire.

<Ero così convinta di dover per forza innamorarmi di Simon, che il non riuscirci mi ha fatto credere di non esserne capace. Capisci cosa intendo dire?> feci una pausa, mentre Marty annuiva alle mie parole con gli occhi lucidi.

<Poi quando abbiamo iniziato a fare finta di ...stare insieme è stata ...è stata una rivelazione e mi sono anche resa conto che in fondo, ho sempre provato qualcosa di più, di solo amicizia per Nico e di tutto questo devo ringraziare te, perché in realtà io non volevo fare nulla per riprendermi Simon> sapevo di aver parlato troppo in fretta, ma l'ansia per ciò che Marty pensava della situazione mi metteva in agitazione.

<Anch'io lo sapevo>

<Cosa?> non ci potevo credere.

<Ti eri messa in testa che se non ti innamoravi di "mister perfezione" allora c'era qualcosa che non funzionava in te, ma io ho sempre saputo che tu provavi già qualcosa, solo non per lui. Fede sono cresciuta con voi, in questi anni e credi che non mi sia accorta di niente? Per chiunque non ti conosceva, come ti conosco io, ovviamente, non sarebbe stato così chiaro ma per me...> si strinse nelle spalle come per dire che non c'era altro da aggiungere.

<E credi che anche lui abbia sempre ...provato qualcosa per me?> mi sentì ragionevolmente ridicola a rivolgerle quella domanda, ma Marty era sempre stata brava a capire le persone e io avevo un gran bisogno di sentirmi dire che Nico era innamorato di me.

<Fede questo io non lo so, ma ti posso dire che il comportamento di Nico, quando tu stavi con Simon, è stato abbastanza indicativo, non trovi?> mi chiese con un pizzico di retorica.

<Si...me ne sono resa conto ieri> e arrossì al pensiero del giorno prima, quando avevo fantasticato su di me e Nico.

<Sono felice per te Fede, tantissimo> mi disse sporgendosi dalla sedia e abbracciandomi di slancio.

E io ricambiai quell'abbraccio ridendo felice e pensando già a domani, quando lo avrei rivisto e sarei stata di nuovo fra le sue braccia <Non vedo l'ora che sia domani mattina!> dissi sorridendo come un'idiota, ma con lei me lo potevo permettere.

<E domani pomeriggio!> mi disse Marty

Mi illuminai, ricordando la ricerca per la prof Matera che avremmo fatto a casa mia, l'indomani: io, Marty, Diego e ...Nico. Wow non vedevo l'ora!

CAPITOLO 27

<Nicola, vieni qui, fatti vedere…ma quanto sei alto e quanto sei bello! Mi sembra ieri che eri piccolo così…>

La nonna non la finiva più di esprimere il suo entusiasmo e Nico, pur sembrando leggermente imbarazzato, sorrideva e si lasciava adulare, compiacendola.

<Signora Flora trovo bene anche lei. E suo marito come sta? E in casa?>

<Sta bene, grazie. È in giardino a steccare un albero che con il vento di stanotte, si è quasi poggiato alla casa> gli rispose lei sempre sorridendogli <Se vuoi puoi andare fuori a salutarlo, gli farà piacere vederti>

Nico mi sorrise e andò fuori, passando dalla porta finestra della cucina.

Appena Nico fu fuori portata d'orecchio la nonna mi sorrise birichina, facendomi capire che "aveva mangiato la foglia".

Io naturalmente arrossì, confermando tutto e lei scoppiò a ridere <Ah Federica, sei proprio come tua madre! Un libro aperto…non c'è neppure bisogno di farti domande> e continuando a ridacchiare lasciò la stanza.

Ero ben consapevole di non avere dei nonni convenzionali e antiquati, ma la nonna era davvero speciale.

Quando anche Marty e Diego arrivarono, ci sistemammo sul tavolo della cucina che era abbastanza grande da ospitare noi e la considerevole mole di libri, quaderni, fogli e i due portatili necessari per la nostra ricerca.

Dopo due ore di diligente lavoro ininterrotto, quasi, avevamo raccolto abbastanza materiale da poter proseguire senza consultare più i libri né internet. Adesso bisognava solo assemblare.

Mi stiracchiai sulla sedia e guardandomi intorno vidi che gli altri erano ancora chini sui fogli. Nico teneva la testa poggiata sul pugno e con l'altra mano tracciava gli ultimi ritocchi dei rosoni che alla fine sarebbero stati ripassati con la china. Aveva un vero talento per il disegno a mano libera e avevamo affidato quel compito a lui, perché lo avrebbe fatto nella metà del tempo che sarebbe occorso a noi.

Aveva la fronte corrucciata e gli occhi fissi nel punto in cui, con la matita, tracciava piccole foglioline con la punta inarcata all'interno. Osservai le sue spalle tendersi sotto la maglietta di cotone e mi scoprì piacevolmente possessiva nei suoi confronti, pensando a quando quelle braccia mi avrebbero di nuovo stretta forte.

Come sempre lui percepì il mio sguardo e sollevando la testa mi indirizzò uno dei suoi sorrisi da canaglia che non mancavano mai di farmi sciogliere e arrossire <Pausa?> disse rivolgendosi a tutti, ma guardando solo me.

Marty e Diego risposero alzandosi contemporaneamente e stiracchiandosi, come se non aspettassero altro.

Decidemmo, nonostante la temperatura, di fare due passi in giardino, ma mentre Marty e Diego si spinsero fino in fondo al frutteto, là dove il terrazzo si affacciava sullo splendido paesaggio del mare di Aci Castello, noi rimanemmo sul balcone della cucina che circondava la casa fino alla mia stanza, dalla parte opposta.

<Come mai questo cresce fin qui?> mi chiese Nico, poggiandosi alla ringhiera accanto ai rami del mio nespolo.

<Questo è mio> risposi impettita <me lo ha regalato mio nonno, quando sono venuta ad abitare qui in Sicilia: in estate metto la sdraio qui accanto e faccio indigestione di nespole…e la mattina,

quando mi sveglio, è la prima cosa che vedo dalla finestra della mia stanza>

Lui mi prese le mani e se le poggiò sul petto, prima di abbracciarmi e sorridendomi in quel suo modo sfacciato mi disse <Lo sai che tu sei la prima cosa che vorrei vedere al mattino, quando mi sveglio?>

Anche se arrossì, non distolsi lo sguardo da lui perché non ne ero in grado. I suoi occhi, che prima sfuggivo per non rivelargli qualcosa che neanche io ancora capivo, erano adesso per me irresistibili e anche se sapevo così di mostrarmi troppo apertamente, non mi importava. Io lo amavo ed era così bella quella sensazione e così forti le emozioni che provavo con lui, da non pensare ad altro.

Mentre le sue labbra cominciarono a sfiorare le mie, ogni pensiero svanì dalla mia mente. C'era solo lui, i suoi baci ora sul mio collo e le sue mani sulla schiena e poi sui miei fianchi <Mia...> bisbigliava tra un bacio e un altro <non posso credere che tu sia mia...>

Intrecciai le dita sui suoi capelli e tirando leggermente gli portai il viso in basso, finché la sua bocca non fu di nuovo sulla mia. Oh il suo sapore, mi dava alla testa e le sue parole mi rendevano audace e piano gli mordicchiai il labbro inferiore, per poi lenirlo accarezzandoglielo con la lingua <Sono io che non posso credere che tu...sia mio> gli dissi e lo pensavo davvero, mi sembrava tutto un sogno meraviglioso. Io fra le sue braccia, mentre la felicità e il desiderio mi crescevano dentro senza che ne provassi per questo vergogna o imbarazzo. Ero normale! Una normale ragazza di diciassette anni, con normali desideri e speranze e per me era una cosa straordinaria e il senso di libertà mi dava quasi le vertigini...anche se forse quelle, me le provocava Nico, con i suoi baci generosi ed eccitanti.

<Non avrei mai pensato di potermi sentire così...così meravigliosamente> sospirai nella sua bocca.

Lui, a quelle parole, si staccò un po' e mi guardò attentamente negli occhi, come per capire se parlavo seriamente o meno <Io invece Fede l'ho sempre saputo che con te sarebbe stato…speciale> mi disse, prima di assumere un'espressione quasi mortificata, come se in realtà non volesse dire quello che invece aveva appena detto.

<Hai detto "sempre saputo"?> gli chiesi con un sorriso timido, ma speranzoso.

Lui con espressione attenta e quasi riverente, mi prese il volto fra le mani, accarezzandomi con i pollici le sopracciglia e poi le guance e mentre con gli occhi sembrava voler assorbire ogni mio particolare parlò piano, come fra se e se <la prima volta che ti ho vista mi sei sembrata la cosa più bella e dolce che avessi mai visto. Ricordo la tua treccia lunga che si agitava, mentre davanti al mio banco parlavi con Marty e…> sorrise con espressione maliziosa <il mio primo impulso fu quello di tirartela, per farti girare dalla mia parte, perché tu non davi confidenza a nessuno e quindi non mi davi l'occasione di presentarmi>

Lo ascoltavo completamente concentrata, rivivendo attraverso le sue parole quei primi giorni, ma da una prospettiva diversa e più bella. La sua.

<Lo sai mi ero preso una bella sbandata…> continuò lui, ignaro della tempesta emotiva che stava scatenando in me, con le sue parole <…e poi ci fu quella festa, te la ricordi?>

Annuì, con gli occhi spalancati colmi di emozione, completamente incapace di proferire parola.

<Quando capitammo nella stessa penitenza…dieci minuti! Non ci potevo credere, dieci minuti, da solo con te, in quello stanzino…> i suoi occhi grigi brillavano di un entusiasmo quasi infantile, mentre evocava con il suo racconto quell'episodio che anche lui, come me, aveva custodito <ricordo che mi sei sembrata una mela…>

"una mela?!"

<...una fragrante mela rossa, che non vedevo l'ora di mordere> alzò un sopracciglio guardandomi come solo lui sapeva fare <io adoro le mele rosse, dolci e succose...> fece un gran sospiro con aria malinconica <...e poi Fede tu mi hai guardato e i tuoi stupendi occhi azzurri hanno infranto il mio sogno ad occhi aperti...>

<Perché?> non potei impedirmi di chiedergli.

Lui mi scoccò un rapido bacio sulle mie labbra imbronciate <perché? Perché solo guardandomi, mi hai fatto capire che non volevi avere niente a che fare con un ragazzino in piena tempesta ormonale e arrapato, come mi sentivo io in quel momento. Tu volevi un...come dire?... "un salvatore", uno che ti proteggesse e avesse cura di te. Non so perché o cosa fu a farmelo capire così chiaramente, ma in quel momento seppi che l'unico modo che avevo per starti accanto, era da amico, da vero amico e per qualche strana ragione tu, che non permettevi a nessuno di avvicinarsi abbastanza a te, a me lo hai permesso>

Ero stordita e senza parole, mentre il mio cuore traboccava d'amore per quel ragazzo meraviglioso che mi aveva capito, ancora prima che riuscissi a farlo io stessa. Ma lui non aveva ancora finito.

<Col tempo è stato sempre più facile esserti amico anche se ...continuavi a piacermi un sacco...> a quelle parole un leggero rossore si diffuse a cavallo del suo setto nasale, poi però la sua espressione cambiò come se avesse improvvisamente pensato qualcosa di spiacevole <Fede non pensare però, che io non sia stato onesto nei tuoi confronti, in tutti questi anni. Ho fatto di tutto per vederti come una sorella, proprio come Marty e mi ero convinto quasi di esserci riuscito, solo che poi...>

<Poi mi sono messa con Simon> completai io per lui.

<Si> una espressione quasi colpevole si dipinse sul suo volto e le parole che pronunciò sembrarono quasi fargli male fisicamente <non l' avrei mai immaginato che mi sarei sentito così, ma la

verità è che sono stato pazzo di gelosia ed è per questo che mi sono allontanato da voi, da te e da Marty>

Lui manteneva un' espressione di attesa, quasi si aspettasse che io mi fossi arrabbiata per ciò che mi aveva rivelato. In realtà non potevo essere più felice, la sua versione della nostra storia era dolce e colmava le lacune della mia ignoranza sui suoi sentimenti per me. L' unica differenza era che io ci avevo messo molto di più a capire cosa provavo per lui, mentre Nico lo aveva sempre saputo, anche se era stato "costretto" a reprimere quei sentimenti. Anche se non potevo in quel momento spiegargli ogni cosa, sentivo di dovergli almeno una parte di verità.

<Sono felice per ciò che mi hai rivelato. Ti devo confessare una cosa...> esitai un istante timorosa della sua reazione, ma lui non mi interruppe e la sua espressione dolce mi incoraggiò ad essere sincera, come lo era stato lui <...quando Marty ha suggerito che tu mi aiutassi a far ingelosire Simon...beh è stato il momento più imbarazzante della mia vita, ma non è questa la cosa peggiore...il punto è che io, in realtà non volevo rimettermi con Simon...> attesi sbirciando la sua espressione che però in quel momento era indecifrabile <però mi sembrava di dover tentare lo stesso...per dimostrare che ...> sapevo di star facendo un gran pasticcio, ma non potevo fermarmi ora, volevo che Nico comprendesse <insomma mi sentivo in colpa, perché non provavo più niente per lui, lo so è strano ma è così. Ma la cosa più straordinaria è successa quando mi hai abbracciato, fingendo che stessimo insieme e io...> adesso sapevo di essere assolutamente scarlatta <...anche se non l'ho capito subito, ho desiderato che fosse tutto vero...si insomma i tuoi baci e che tu fossi davvero...mio> ecco l'avevo detto e solo in quel momento, tirando il fiato, mi resi conto che lo avevo trattenuto.

Finalmente alzai lo sguardo per incontrare il suo e il sorriso che mi rivolse mi scaldò il cuore e mi fece sentire ...importante per lui, come ancora non avevo capito di essere.

<Vieni qui> disse solo, prima di riprendere possesso della mia bocca in un modo che non lasciava scampo a equivoci.

Non potevo che rispondere al suo bacio con uguale entusiasmo e intanto lui, tra un bacio e un altro, mi sfiorava il viso con i suoi polpastrelli asciutti e un po' ruvidi e mi stringeva a se, facendomi capire quanto mi desiderava e quanto fosse felice per le mie parole.

Persa, completamente persa in una nube di beatitudine, ci misi un po' ad accorgermi che mi stava guardando in silenzio, mentre con la testa appoggiata al suo petto aspettavo che il mio respiro tornasse normale.

<Ma se passa tuo nonno, in questo momento, e ci vede "così", pensi che se la prenderebbe tanto da usarmi come spaventapasseri per il suo frutteto?> il suo sorriso giocoso e ironico mi toglieva il fiato.

<E' meglio non scoprirlo> gli risposi scostandomi un po' da lui, quel tanto da fargli comparire un broncio davvero sexy, che non gli avevo notato mai.

<Ok> mi disse accennando ad allontanarsi, per poi afferrarmi da dietro con uno scatto improvviso, che mi fece squittire per lo spavento e stamparmi un rumoroso e sfacciato bacio ...sulle labbra!

CAPITOLO 28

Ormai con Giulia mi vedevo molto meno. La mia autostima, la sicurezza in me stessa e il senso di fiducia nel prossimo aumentavano di giorno in giorno e io mi sentivo come fiorire, come una normale ragazza della mia età. Non mortificavo più il mio aspetto e non avevo più timore delle pulsioni sessuali che avvertivo e che adesso riconoscevo per quello che erano e cioè normali. Avevo ancora bisogno di rimuginarci un po' su, per quanto concerneva certi miei atteggiamenti ma con il tempo, mi assicurava lei, sarebbe diventato tutto più naturale.

Avevamo fatto un buon lavoro, diceva, sorridendomi soddisfatta e io ripensando ai nostri tanti incontri mi sorpresi invece della fortuna che avevamo avuto a non in contrare mai Simon, durante una delle nostre sedute. Giulia ne era contenta, perché avrebbe dovuto affrontare un bel po' di domande, se lui avesse saputo e non era entusiasta a quella prospettiva. Eravamo d'accordo quindi entrambe, a non rivelare a Simon la nostra "amicizia".

Su una cosa però, io e Giulia, restavamo in disaccordo. Lei mi consigliava di raccontare tutto ai miei nonni e sosteneva che, anche se dal punto di vista legale era quasi impossibile ormai fare qualcosa, io dovessi essere comunque messa al sicuro da qualunque eventuale contatto futuro con lui.

<Se almeno loro sapranno, tu non dovrai rivederlo mai più…questo è il minimo della sicurezza che vorrei per te> mi aveva detto lei, l'ultima volta che ci eravamo viste.

Ma io non potevo raccontare ai miei dolci e amorevoli nonni di quell'orrore. Non era facile come pensava Giulia. I nonni ne sarebbero morti e comunque conoscendoli e soprattutto, sapendo come era fatto mio nonno, so che la cosa non sarebbe finita lì.

Si sarebbe innescato un meccanismo a catena, nel quale io avrei dovuto raccontare ancora e ancora quello che era accaduto e di certo avrei dovuto spiegare perché, in tutti quegli anni, non avevo mai detto nulla. E poi ancora domande e forse... dubbi. No, non potevo e non volevo affrontare qualcosa che comunque non mi avrebbe giovato e non avrebbe cambiato il passato.

Volevo invece andare avanti con la mia vita che in quel momento era piena e meravigliosa. Avevo Nico e già solo il pensiero di lui mi ridava il sorriso, facendomi accantonare quelle brutture.

Mio zio, stava a Milano e io non lo avevo più rivisto da quel giorno. Di tanto in tanto la zia era venuta in visita, ma sempre da sola. All'inizio mi ero chiesta il perché lui non venisse mai in visita ai suoceri, ma siccome la cosa a me andava più che bene, non avevo mai fatto domande.

Qualche anno fa, una sera, mi era capitato di ascoltare una discussione tra i nonni. Parlavano di loro. Non avevo ben capito tutta la storia, perché per lo più bisbigliavano, forse proprio per evitare di essere ascoltati da me...Il punto saliente della discussione, comunque, era che gli zii erano in procinto di separarsi. Si parlava già di ospitare la zia, lì con noi, ma poi non se n'era fatto più niente. Non c'era stata nessuna separazione e se avevo ben interpretato l'atmosfera di tensione in quei giorni a casa, i nonni non erano per niente contenti.

Con me, i nonni non affrontarono mai quell'argomento e del resto io non mostravo, né avevo il minimo interesse per la questione. A me bastava che lui non scendesse mai in Sicilia.

Io intanto stavo vivendo un periodo magico e speciale della mia vita. Tutto mi sembrava più vivido ed emozionante, forse era il cambiamento dovuto a Giulia o forse era così che ci si sentiva quando si era innamorati. Tutto mi sembrava perfetto: Nico e la nostra storia, la mia amicizia con Marty e il rinnovato rapporto con i miei coetanei e persino il rapporto con i nonni. Sarebbe stato ragionevole pensare che vista la loro età, sarebbero stati una specie di surrogato antiquato dei miei genitori, ma così non era stato e non avevo mai avuto con loro, i classici problemi che lamentavano di solito i ragazzi della mia età. Mi lasciavano molto libera, anche nelle scelte e avevano molta fiducia nella mia capacità di discernimento e nella mia maturità. Questo stimolava in me il desiderio di non deluderli e il mio conseguente comportamento era di certo una buona ricompensa per loro.

Per una volta nella vita, al mattino dopo la doccia, mi preoccupavo un po' più di quello che indossavo ed ero felice e non più imbarazzata per gli sguardi di ammirazione che ricevevo, specie se venivano da Nico.

Non ero più la ragazza fredda e scostante che non scherzava e rideva appena alle battute, anzi. Mi ero riscoperta solare, estroversa e persino spiritosa. Non ero più solo spettatrice, vivevo la vita facendone parte. Poteva sembrare un risultato scontato, ma per me era una cosa stupefacente.

E poi c'era Nico, che conquistava il mio cuore ogni giorno di più e che era esattamente quello che era sempre stato, solo che adesso era "mio". La differenza era sbalorditiva.

<Ma com'è, come fidanzato?> mi aveva chiesto un giorno Marty un po' intrigata e un po' impacciata.

Le avevo sorriso, comprendendo la sua curiosità, che fino a qualche tempo fa era stata la nostra <E' esattamente come lo vedi: chiama quando dice che lo farà, è sempre puntuale agli appuntamenti e...> ero arrossita ma sapevo che la domanda di Marty pretendeva un pizzico di dettagli in più <...si insomma mi "prende" da paura! Sai quando certi momenti...mi sento come se avessi la febbre e vorrei che non smettesse mai...>

<Wow! E pensi di...l'hai capito, no?>

<Si> avevo risposto senza esitazioni e arrossendo ancora di più <non so quando, ma sarà con lui, lo so>

Ogni volta che eravamo insieme, non potevo evitare di sciogliermi fra le sue braccia, per le sensazioni che mi faceva provare. Il suo modo di baciarmi e la possessività che avvertivo nel suo tocco, mi facevano desiderare che andasse oltre. Ero come creta nelle sue mani e lui lo sembrava nelle mie, quando lo attiravo a me con scherzosa irruenza, lo baciavo sulle labbra e sul collo e gli infilavo le mani sotto la t-shirt, per accarezzargli la pelle tesa e liscia dei suoi muscoli.

Anche nella mia inesperienza, mi ero però resa conto che lui si tratteneva o per lo meno sembrava andarci piano e un pomeriggio glielo dissi.

Eravamo a casa mia, accoccolati sul divano mentre i nonni erano andati al cinema. "Benedetta la loro vita sociale!"

Lui non fece finta di non capire, ma rispose alla mia insinuazione, non solo confermandola, ma spiegandomi anche perché lo faceva.

<Tu vuoi che io mi lasci andare …quando siamo insieme?> mi chiese mentre lasciava vagare le dita sulla pelle della mia pancia, lasciata scoperta dalla maglietta leggermente sollevata.

Annuì, ipnotizzata come sempre dal movimento delle sue dita.

Lui restò per un attimo in silenzio, con la testa abbassata e i capelli scivolati sulla fronte a nascondergli gli occhi, mentre con la mano ora aperta, era salito un po' più su dell'ombelico. Aveva allargato le dita e si era fermato a pochi millimetri dal mio seno, ma il calore della sua mano mi si era irradiato dentro, facendomi sospirare di frustrazione.

<Fede io non so se tu capisca "quanto" io ti voglia…> disse guardandomi intensamente come se volesse cogliere ogni mia reazione alle sue parole <però sento che tu o non sei pronta, oppure non lo sai se lo sei e lo vuoi scoprire provandoci>

Io deglutii in silenzio, incapace di smentirlo.

Anche se con Nico era assolutamente diverso, da come era stato con Simon e oltre all'attrazione c'era anche e soprattutto l'amore che provavo per lui, non avevo la certezza di riuscire a farlo e volevo scoprirlo provandoci. Proprio come aveva detto lui.

Come riusciva a leggermi dentro a quel modo? Come aveva capito i miei dubbi, senza che gliene avessi mai parlato?

Non riuscivo a staccare gli occhi dai suoi. Ero sdraiata sui cuscini del divano e lui era parzialmente sdraiato su di me. A un tratto mi afferrò con entrambe le mani per i fianchi, sollevandomi ancora un po' la maglietta, poi con gli occhi, ridotti a fessura, percorse tutto il mio corpo e con la voce un po' arrochita e scandendo bene le parole, mi disse <Fede io brucio dalla voglia di fare l'amore con te, ma …posso aspettare>.

Non potei fare a meno di ricordare, le stesse parole che aveva pronunciato Simon, qualche mese prima.

<Io, davvero posso aspettare> disse intensamente e fermandosi per darmi modo di assorbire le sue parole <ti ho aspettato così tanto…pensi che rovinerò tutto proprio adesso, che finalmente ti ho qui fra le mie braccia?>

Io continuavo a tacere, ma le sue parole mi erano penetrate sotto la pelle. Aveva detto di avermi aspettato tanto e di non avere fretta e aveva anche detto che …voleva fare l'amore con me. Ero molto importante per lui, non aveva detto di amarmi, ma me lo dimostrava con il suo modo di comportarsi.

<Neanche io voglio rovinare tutto, perché…> "perché ti amo" avrei voluto dirgli <perché sei molto, molto importante per me> gli dissi invece e poi mi sollevai e prendendogli il volto fra le mani lo baciai, con tutto l'amore che sentivo e che avrei voluto confessargli.

La mia reazione lo colse di sorpresa, ma si riprese in fretta ricambiando il mio bacio con uguale irruenza ed ardore, finché mi ritrovai di nuovo sotto di lui sepolta dai suoi baci, dalle sue carezze e dalle sue parole che mi sussurrò alla fine all'orecchio <però prima o poi lo faremo Fede…perché tu sei mia…e sei "tutto" quello che voglio>

CAPITOLO 29

I rilevamenti architettonici che facevano parte del programma di quell' anno, si sarebbero svolti in una via del centro storico di Catania, la via V. Emanuele. La palazzina era proprietà di un facoltoso studioso, ingegnere, medico e forse anche astronauta e prossimo presidente degli Stati Uniti che però voleva rimanere anonimo. L'importante era che ci aveva dato piena disponibilità di utilizzo della sua proprietà e che non aveva richiesto alcun pagamento per il disturbo. Per gli organizzatori, questo era stato senz'altro decisivo, per la scelta del luogo dove inviare i gruppi di studenti per i lavori di rilevamento.

Questo tipo di escursioni erano delle sorte di gite fuori porta e se da un lato era interessante toccare con mano ciò che avevamo studiato sui libri, non si poteva negare che l'attrattiva principale dell'evento era propriamente il fatto che si svolgeva fuori dalla scuola e anche se il prof ,che ci accompagnava, ci faceva sempre il suo bel discorsetto sul pullman, sapevamo che poi, dopo la prima oretta, ci avrebbe lasciati abbastanza liberi. In sostanza era più divertimento che scuola.

L'unica cosa negativa dell'evento era che i gruppi di studenti, che si sarebbero sparsi fra i vari ambienti del palazzo, non venivano scelti necessariamente dalla stessa classe, ma a caso. Fui parecchio fortunata perché io e Nico eravamo nello stesso gruppo, per i rilevamenti di una delle sette camere del secondo piano.

<Ma Nico non è ancora arrivato? Uffa, almeno sul pullman volevo che ci sedessimo tutti e quattro assieme!>

<Tranquilla mi ha appena mandato un messaggio, sta arrivando. Ieri sera con sua madre hanno fatto tardissimo, perché hanno soccorso un motociclista che era rimasto a piedi in autostrada, non so il carter si era spaccato o una cosa del genere. Mi ha raccontato che hanno dovuto fare una deviazione di cinquanta chilometri e che ha dovuto aiutare il tizio, un certo Kekko, a tenere ferma la moto nel furgone...eccolo!> Appena gli vidi imboccare la curva

del parcheggio, mi saltò il cuore in gola. Il giorno prima, domenica, non ci eravamo potuti vedere, perché lui aveva dovuto accompagnare sua madre a una fiera floristica, in provincia di Palermo, organizzata da un ente regionale che aveva premiato le cinque migliori aziende della Sicilia. Per la signora Beatrice era stato un grande onore essere stata scelta e mi era dispiaciuto non esserci potuta andare, ma qualcuno doveva pur preparare il materiale per i rilevamenti. Il sapere il motivo, comunque non toglieva il fatto che mi era mancato da morire e se il modo in cui Nico stava correndomi incontro era indicativo di qualcosa, forse gli ero mancata anch'io.

Una folata di vento mi frustò i capelli, sfuggiti alla treccia, in avanti, nello stesso momento in cui Nico mi raggiungeva e mi prendeva fra le braccia, respirandomi dentro con un bacio irruente, travolgente e appassionato. Lì davanti a mezza scuola, che aspettava, come noi, l' arrivo del pullman.

<Ma che fai…diventi più bella, quando non mi vedi per un giorno?!> mi disse, mentre mi guardava, tenendomi le mani nelle sue e giocandoci.

<No! Ma che dici…io mi struggo, quando non ti vedo!> e sporsi le labbra per ricevere un altro bacio.

<Oh ragazzi… adesso basta! E, se ben ricordo, una volta salutavi anche me, maleducato!> la voce piccata di Marty mi fece ridere e Nico, dopo avermi fatto l'occhiolino, mi lasciò le mani e si abbassò all'improvviso per afferrare Marty, per poi stamparle uno dei suoi schioccanti baci su entrambe le guance.

Tutta l'euforia di quei momenti evaporò appena arrivati nel palazzo, quando il prof annunciò i nomi dei componenti dei vari gruppi. Sapevo già che sarei stata assieme a Nico, ma nel mio gruppo, fra gli altri, c'era anche Simon, Stella e la sua amica Marika, famosa per la sua lingua velenosa.

Continuavo a ripetermi che non c'era niente di cui preoccuparsi se io, Nico, Simon e Stella passavamo qualche ora chiusi nella stessa stanza, che fra l'altro era immensa, ma la tensione che avvertì appena entrati nell'ambiente assegnatoci si poteva tagliare con il coltello.

Vidi chiaramente Simon e Nico fissarsi per un lungo istante, prima di voltarsi ognuno dalla parte opposta per poi ignorarsi ostentatamente per i minuti seguenti.

Non capivo che problema avesse Simon. Era stato lui a lasciarmi ed era stato sempre lui a mettersi con Stella e ad elargire, in lungo e largo, scenette delle loro effusioni romantiche. Ma a me adesso non importava più nulla, né di lui né di Stella e mi auguravo solo che mi ignorasse, come aveva fatto così bene ultimamente.

Per la prima ora e mezza il mio desiderio fu esaudito. I ragazzi del nostro gruppo avevano il compito di prendere le misurazioni dei vari stucchi artistici, sulle pareti e sul soffitto, mentre noi ragazze preparavamo i primi schizzi su carta semplice. Ogni tanto mi sentivo osservata e puntualmente quando mi voltavo, coglievo gli sguardi astiosi di Stella e Marika, ma decisi di fingere di non capire. Quelle due non mi piacevano, ancora meno mentre sussurravano alle mie spalle.

A un tratto mi sentì tirare delicatamente la treccia e un sorriso mi si allargò in viso, per la percezione della sua presenza. Mi lasciai abbracciare docilmente da dietro e poi, quando mi fece voltare gli offrì, ad occhi chiusi, le labbra per ricevere il suo bacio. Riconobbi il suo alito caldo e profumato, la linea dei suoi denti, il modo di tenermi il viso con le dita leggermente piegate, mentre mi sfiorava solo con i polpastrelli.

Aprì gli occhi ancora sognante e gli occhi grigi che mi vidi d'avanti, brillavano di una strana luce pericolosa <E se non fossi stato io? Se ti stava baciando "un altro"?> mi chiese Nico a un centimetro dalla mia bocca.

Sorrisi <Sapevo che eri tu…io riesco a percepirti> gli dissi, infilando le dita a pettine fra i suoi capelli. Era vero, riconoscevo il modo che aveva di abbracciarmi, quel suo modo di sfiorarmi centimetro dopo centimetro fino a racchiudermi nel cerchio delle sue braccia…riconoscevo e amavo il suo profumo, che era suo e solo suo…

Persa in quei pensieri, feci scivolare le mie dita lungo la linea della sua mascella, sul naso, sulle sopracciglia provando a comunicargli con quelle carezze l'amore che provavo per lui.

Nico mi accarezzò il viso con le nocche e poi mi pose i suoi pollici sulle labbra, schiacciandomele dolcemente ma abbastanza da indurmi ad aprirle un po'. Ebbi voglia, in quel momento, di assaggiare con la lingua il sapore della sua pelle e sorrisi a quell'insolito desiderio che lui sembrò intuire. A un tratto inspirò a denti stretti e poi scuotendo leggermente il capo e con espressione di finto rimprovero mi disse <Non ci posso credere! Questa mattina, quando ti ho vista con questa treccia mi sei sembrata innocente come Biancaneve! >

<Biancaneve, io?> dissi ridendo.

Lui premette di nuovo le dita sulla mia bocca, come per farmi tacere e mi rivolse uno sguardo di fuoco che mi fece arrossire fino all'attaccatura dei capelli <Tu non hai idea, dei pensieri assolutamente inopportuni che mi stai provocando, in questo momento> poi chiuse gli occhi e poggiò la sua fronte alla mia.

Ma la storia di Biancaneve mi aveva intrigata troppo <E se io sono Biancaneve, tu chi sei, il principe azzurro?> gli chiesi

Nico si scostò quanto bastava, per inchiodarmi ancora con il grigio infuocato dei suoi occhi <No, non il principe…io sono il cacciatore!> mi disse con voce roca, avvicinando di nuovo la bocca alla mia…

<Se Romeo e Giulietta hanno finito di dare spettacolo, forse possiamo continuare!>

La voce sprezzante di Simon ruppe l'incantesimo e io mi sentì gelare per la mortificazione. Mi voltai e mi resi conto che ci stavano osservando tutti, con sguardi divertiti e nel caso di Stella e della sua amica con espressione schifata. Mi morsi la lingua, per evitare di rispondergli uno degli insulti che mi vorticavano in testa in quel momento. Come si permetteva, proprio lui, di dire che davamo spettacolo. Proprio lui che era l'esperto in questo!

Nico, sempre tenendomi per mano, gli rivolse uno sguardo diretto che Simon ricambiò sogghignando. Un intero discorso passò silenzioso fra di loro, ma Simon non aveva ancora finito e distogliendo lo sguardo da lui, si avvicinò a me, afferrandomi la treccia che mi pendeva su una spalla e facendomela dondolare, mi canzonò dicendo <Certo Fede se non puoi fare a meno di attirare l'attenzione…allora dillo così ci mettiamo tutti più comodi…>

In un attimo Nico si frappose fra me e Simon che mi lasciò andare i capelli, trattenendo però fra le sue dita il mio elastico. Nico non se ne accorse, era troppo occupato a tenere a bada la rabbia che sembrava evaporare da lui come calore. In silenzio infilai la mia mano nella sua e subito avvertì l'impercettibile cambiamento in lui. Lo vidi rilassare le spalle e stringendomi la mano si rivolse a Simon, con voce bassa, in modo che solo noi potevamo sentire le sue parole <Rimpianti, Simon? > gli chiese senza traccia di scherno <ti posso capire, ma non ti posso aiutare> la voce ferma e diretta.

Simon spalancò gli occhi, sembrava pronto a spaccare qualcosa <Non mi provocare…>

Ma Nico non lo lasciò finire e stavolta la sua voce fu più alta e severa <No, Simon, TU non mi provocare!>

<Allora ragazzi, qui come procediamo?> la porta si spalancò e la presenza del prof mise fine a quello scontro.

Tutti si rimisero al lavoro e anche Simon e Nico, dopo un ultimo sguardo, si voltarono ognuno verso il lato opposto della stanza.

Mi accostai al tavolo, dove Nico stava trafficando con la fotocamera <Sei arrabbiato con me?>

Lui si voltò e invece di sorridermi e rassicurarmi mi chiese <Dovrei?>

<No> gli risposi accigliata e scuotendo il capo.

Sospirò <No Fede, non sono arrabbiato con te> mi disse più dolcemente

Feci un altro passo verso di lui, sperando che mi prendesse la mano e per fortuna lo fece.

I suoi occhi, offuscati da un emozione che non riconobbi, mi fissavano come se volessero leggermi dentro <E' Simon ad avere rimpianti, non tu> la voce impassibile ma con una sfumatura d'incertezza mi colse impreparata.

"Aveva dubbi? Su di me e su quello che provavo?"

Ressi il suo sguardo senza esitazioni, non avevo nulla da nascondere. Mi sentivo solo dispiaciuta per il comportamento infantile e fastidioso di Simon e arrabbiata perché davvero non credevo di meritarlo.

<Tutto ok?>

<Ok> e mi sorrise a mezza bocca prima di rimettersi al lavoro.

CAPITOLO 30

<Allora Simon rode, eh?> Marty, dopo che le avevo raccontato l'accaduto, era andata subito al sodo.

<Dici che è geloso? A me è sembrato soltanto infantile e un po' odioso...>

<Fidati, gli piaci ancora e adesso che sa che non può più averti gli rode da impazzire. Secondo me è ancora innamorato > detto questo Marty si lasciò scivolare sulla sediolina verde del bar del centro commerciale, dove eravamo andate per parlare un po'.

<Mi dispiace, ma è stato lui a mollarmi e a mettersi subito con un'altra> dissi un po' più duramente di quanto avessi voluto e sedendomi accanto a lei.

<Brava Fede> esclamò dandomi un colpetto sulla mano

<Perché brava?>

Marty alzò le spalle, come se la sua risposta fosse ovvia <Di solito sei così pronta ad assumerti anche le colpe degli altri! Invece in questa circostanza la colpa è solo sua e sono contenta che te ne sia resa subito conto>

Sorrisi. Era vero ed era bello rendersi conto che mi veniva naturale finalmente vivere senza il fardello del senso di colpa.

<Il solito?> ci chiese il cameriere materializzatosi accanto a noi

<Si, ma una con panna> dissi e ignorai la smorfia di Marty

<E' stato bravo anche Nico a non lasciarsi provocare> mi disse Marty, dopo che il cameriere se ne fu andato.

<Si lui è stato fantastico, ma è fatto così, non si lascia facilmente provocare e non ha neppure infierito, quando avrebbe potuto farlo.

Ha mantenuto la calma e dopo non abbiamo neppure ripreso il discorso. Si è comportato da uomo e mi ha fatto sentire al sicuro> la mia replica accorata fece sorridere Marty.

<Ma guardati come lo elogi! Ma sei innamorata persa!>

La guardai a bocca aperta "cosa centrava il fatto che ero innamorata di Nico con l'indiscutibile maturità con la quale si era comportato"

Però la sua faccia mi fece sorridere e mi fece anche arrossire, perché era assolutamente vero. Ero innamorata pazza di Nico.

Arrivarono le cioccolate e metà della mia panna mi fu subito rubata da Marty.

<E stamattina li hai visti come litigavano?> mi chiese Marty gesticolando con il cucchiaino e riferendosi al litigio che avevano avuto Stella e Simon quella mattina a scuola.

<Veramente si, però non ho mica gioito…anzi, mi è dispiaciuto. Non ho mai visto Stella così giù e depressa> lo dissi sinceramente, perché mi aveva davvero impietosito il modo in cui, all'uscita di scuola, si era accasciata sulla panchina della fermata dell'autobus, piangendo senza preoccuparsi di chi la guardava.

<Si, era davvero triste quando è uscita, sicuramente si saranno lasciati…> Marty aveva un'aria meditabonda <…Però fossi in te non la prenderei troppo in simpatia…>

<Perché dici questo?>

Marty si strinse nelle spalle con un sospiro <Sensazioni…Quella mi sa di viscido, non mi fido e non ti devi fidare neppure tu> concluse.

<Figurati, non le ho mai neppure parlato> liquidai la faccenda prima di dedicarmi alla mia cioccolata ormai senza panna.

CAPITOLO 31

Una volta, in un film, non ricordo quale, avevo visto la scena di una diga artificiale che cedeva, sotto il peso di un'immensa quantità d'acqua. I sinistri scricchiolii iniziali, amplificati dal dolby, aprivano la strada alla tensione crescente della scena, mentre sottili lineature cominciavano a percorrere lentamente la liscia superficie di cemento della diga, per poi incontrarsi e diramarsi in varie direzioni sempre più velocemente.

Poi quando sembrò che il processo si fosse interrotto, improvvisamente, all'incrocio di quelle spaccature, si aprì uno squarcio dal quale l'acqua cominciò a fuoriuscire con violenza e subito dopo un altro squarcio, in un altro punto e poi un altro ancora, finché l'intera diga cedette in una valanga esplosiva di cemento e acqua, schizzati a una potenza inaudita, travolgendo tutto ciò che incontrava sul suo cammino.

La scena fu piuttosto spettacolare, le inquadrature perfette per far cogliere allo spettatore ogni più piccolo dettaglio, fin dalle sottilissime crepe iniziali e rivelatrici del disastro imminente.

Piccole incrinature di una corazza. Silenziosi scricchiolii rivelatori. Se ce ne erano stati, in Simon, io non li avevo notati. Ma proprio come quella diga del film, che a un tratto esplose, senza alcun riguardo per tutto ciò che travolse con la sua violenza, Simon, improvvisamente "esplose", pure lui.

Incurante di chi ci fosse in giro, di chi lo sparlava alle spalle, di Nico e persino di Stella, Simon approfittava di qualunque occasione per rivolgermi la parola, con frasi allusive e sguardi provocanti che mi mettevano a disagio e che mi lasciavano disorientata e imbarazzata. Era passato dall'ignorarmi completamente, all'insultarmi e adesso al corteggiarmi, così repentinamente da lasciarmi sconcertata.

Tutto aveva avuto inizio, dopo l'episodio nel palazzo dove eravamo andati per i rilevamenti. Due giorni dopo, mentre aspettavo Nico sulla balconata del parcheggio, Simon mi era venuto incontro, baciandomi su entrambe le guance d'avanti a una sconcertata Marty, che era rimasta letteralmente a bocca aperta. Come se niente fosse, poi mi aveva spostato i capelli dietro le orecchie e sorridendomi dolcemente, mi aveva sussurrato di preferirmi con i capelli sciolti. Solo allora, avevo notato il mio elastico azzurro, quello che mi aveva sfilato dalla treccia due giorni prima, al suo polso destro e lui, dopo essersi assicurato che avessi notato la cosa, aveva sorriso ancora più apertamente e poi era andato via.

Marty mi aveva guardata, con occhi spalancati e per una volta senza parole. Non potevo darle torto, perché neanch'io sapevo che pensare. Ma quello fu solo il primo di tanti episodi, che da quel giorno si ripeterono quotidianamente, mettendo a dura prova l'autocontrollo di Nico.

Al mattino, indipendentemente da chi mi era accanto, lui mi si avvicinava, salutandomi con due baci sulle guance e ogni volta aveva per me un fiore, un complimento, oppure semplicemente il migliore dei suoi sorrisi. Invece, se Nico mi era accanto e magari mi teneva la mano, il suo "corteggiamento" era solo momentaneamente rimandato, anche se comunque non rinunciava a lanciarmi sguardi infuocati, sfacciati e di palese apprezzamento. Tutti a scuola notarono il suo comportamento e fra quelli che lo sfottevano oppure che compativano Nico, c'erano ovviamente anche delle ragazze che lo trovavano invece terribilmente romantico. Ma Simon semplicemente non ci badava e ogni mattina, quando mi veniva incontro, non guardava in faccia nessuno, tranne me e ogni volta diventava sempre più espansivo nelle sue manifestazioni.

Al contrario però di quello che potevano pensare gli altri, io ero tremendamente imbarazzata per la situazione assurda che si era venuta a creare.

Ovviamente la persona a cui la cosa dava più fastidio era Nico, ma al contrario di quanto mi sarei aspettata lui mantenne una strana calma. Ero geloso, questo si e inquieto, quando Simon era nei paraggi, ma stranamente sembrava come in attesa, di cosa non avrei saputo dirlo, ma la sensazione di sofferenza che avvertivo in lui era intensa. Arrivai a pensare che si fosse imposto di resistere per vedere come avrei reagito io. Ma quando ne parlai a Marty, lei mi rassicurò dicendomi che Nico mi amava troppo per farsi da parte così facilmente. Mi rassicurai, ma solo un pochino, perché in realtà Nico non aveva mai detto di amarmi. Non ancora.

Tuttavia anche se tenuto a bada, il disagio di Nico diventava più palese di giorno in giorno. Avevo notato, infatti, che adesso arrivava presto a scuola, sicuramente per non dare modo a Simon di trovarmi da sola. Sapevo che lui, al mattino dava una mano a sua madre, per questa ragione arrivava di solito sempre in extremis e il pensiero che, per arrivare prima di Simon, lui non aiutasse più sua madre, mi dispiaceva molto, ma non sapevo che fare.

Giorno dopo giorno comunque sopportava in silenzio, manteneva la calma e ostentava un atteggiamento stoico davanti alle manifestazioni di Simon, anche se avevo notato che seguiva, con sguardo incupito, ogni sua mossa. Ogni volta che Simon mi si avvicinava e si accostava per salutarmi, lo vedevo irrigidirsi e lottare per non perdere la calma.

Purtroppo però sembrava che più Nico resistesse e non si lasciasse sopraffare dalla collera e più Simon moltiplicasse i suoi sforzi per provocarlo. Sentivo che avrei dovuto fare qualcosa, ma cosa? Chiedere a Simon di essere meno espansivo? O addirittura di non rivolgermi più la parola? Simon, in realtà non aveva superato quel limite che avrebbe giustificato il mio troncare ogni rapporto fra noi e non volevo mettere Nico in ridicolo.

<Mi dispiace> gli dissi per l'ennesima volta in cinque giorni, dopo l'ultima uscita di Simon che, come se fosse la cosa più normale del mondo, mi aveva chiesto se volevo un passaggio a casa, sulla sua moto.

Nico assunse un'aria infastidita <Fede, non lo dire. Non è colpa tua, ma te l'ho detto non voglio parlarne. Non diamogli più peso

di quello che ha veramente. Prima o poi si stancherà> ma il suo sguardo cupo e corrucciato smentiva le sue parole e io sapevo che Nico in realtà stava lottando per non perdere le staffe e comportarsi come avrebbe fatto la maggior parte dei ragazzi al posto suo. Ma lui non era come tutti gli altri e stava facendo del suo meglio, per non fare precipitare le cose. Lo amavo anche per questo, per la sua correttezza, per la sua maturità. Mi faceva sentire al sicuro. Ma quanto ancora poteva reggere? Non molto, se Simon non la smetteva di provocarlo. Fu con questi pensieri che entrai in classe e mi lasciai scivolare nel mio posto, mentre Nico, proseguiva fino al suo.

<Ehi…ehi…> Marty mi spinse con il gomito indicandomi un angolo del mio banco.

In basso sulla destra c'era attaccato un post-it "Avevo quasi dimenticato quanto fossi bella. S." Lo presi e lo accartocciai fra le mani, lanciando una rapida occhiata per vedere se Nico si fosse accorto della cosa.

<Devo parlare con Simon> le dissi a bassa voce

<Lo penso anch'io> disse Marty mentre rivolgeva uno sguardo impietosito verso Nico <poverino non l'ho mai visto così…frustrato. Lo sai, lo conosci, sta facendo di tutto per non badarci, ma prima o poi " scoppierà" è inevitabile>

Analisi perfetta, pensai <Lo so e non posso permetterlo, non voglio che si scontrino o che Nico si metta nei guai. Gli parlerò e farò finire questa farsa> e mentre lo dicevo mi colpì la paura. La paura di perdere Nico, perché solo in quell'istante compresi la sua espressione di "attesa", che aveva avuto negli ultimi giorni.

Era incertezza, quella che gli offuscava lo sguardo e che gli aveva spento il sorriso. Possibile che avesse paura di perdermi? Stava davvero aspettando di vedere che effetto mi facessero le attenzioni di Simon? Non ero abituata a un Nico insicuro. Lui era sempre stato un ragazzo solare, estroverso, generoso e sicuro di se. L'aver perso il padre così presto, anziché spegnere il suo entusiasmo per la vita e indurire il suo carattere lo aveva reso solo più maturo e riflessivo. Però era anche vero, che non ero mai stata la sua ragazza e che per questo il suo lato geloso e insicuro mi risultava completamente nuovo.

Questa consapevolezza rafforzò ulteriormente la mia decisione di parlare con Simon, quanto prima. Era l'unico modo per cancellare quell'ombra di incertezza dai suoi occhi e provargli che amavo solo   lui.

CAPITOLO 32

Non c'era niente di meglio, per interrompere la routine delle lezioni, che un'assemblea sindacale a metà mattinata. Non erano neppure le undici e mentre il bar, di fronte la scuola, brulicava di studenti, noi, io, Marty, Diego e Nico avevamo preferito fermarci all'aperto. Quella mattina Simon non si era visto, quindi ero abbastanza tranquilla, mentre sfogliavo gli appunti di storia dell'arte da prestare a Marty. Nico era a qualche metro da noi e sembrava anche lui molto più rilassato, mentre parlava e scherzava più sereno di quanto non l'avessi visto negli ultimi tempi.

Sentì una moto fermarsi accanto a noi, ma non alzai lo sguardo. Successe tutto così rapidamente che non ebbi il tempo di reagire.

Simon si fece largo tra i ragazzi, che stavano d'avanti al bar e venne dritto da me. Mi accorsi della sua presenza, quando lui prendendomi il volto fra le mani mi baciò sulla guancia. D'istinto mi voltai a cercare Nico con gli occhi, ma non lo vidi. Intanto Simon mi si era avvicinato e con una mossa rapida, mi aveva afferrato per i fianchi, facendomi inclinare verso di lui. Per un attimo la sua audacia mi aveva pietrificato, ma dopo un istante mi ripresi e con rabbia gli poggiai le mani sulle sue, per spingergliele via. La reazione di Simon, al contatto delle nostre mani, non fu quella sperata però, perché avvicinando il volto al mio e con un espressione sofferente mi chiese <Lo sai l'effetto che ancora mi fai?>

"Ma cos' era, ubriaco?"

Ma non ebbi il tempo di pensare a una risposta o reazione adeguata, perché all'improvviso Simon venne strattonato via da me e la voce di Nico fredda e inquietante, come non l'avevo mai sentita prima, tagliò l'aria con la sua minaccia per niente velata <toccala un'altra volta e te ne faccio pentire>

Vidi la rabbia sul volto di Simon, prima che un sorriso provocatorio gliela nascondesse <allora non sei così "maturo" come vuoi far credere! > allargò le braccia, come se stesse intrattenendo un pubblico <quando vuoi, dimmi dove…>

<Qui. Adesso.> Nico sembrava furioso e il modo in cui si aprì il giubbotto, senza neanche guardarmi, mi mise paura. Paura per lui, per ciò che poteva fare in quelle condizioni. Non lo avevo mai visto perdere il controllo in quel modo.

In un attimo volai fra le sue braccia e gli afferrai il giubbotto che si stava togliendo <Non farlo > lo pregai.

I suoi occhi grigi sembravano ardere di rabbia, ma nell'istante in cui si posarono sui miei sembrò riacquistare lucidità. Capì che dovevo approfittarne subito.

<Allora?> la voce falsamente sarcastica di Simon mi fece montare dentro una rabbia sconosciuta.

Mi voltai, prima che Nico potesse rispondere <Ma perché ti comporti da idiota? Voglio che la smetti, subito!> gli urlai.

Simon spalancò gli occhi e si immobilizzò come se l'avessi schiaffeggiato.

Tutti quelli che avevano assistito alla scena erano ammutoliti. Quell'istante di silenzio sembrò espandersi nell'aria e mi accorsi di star trattenendo il fiato solo quando Nico mi prese per mano. Mi lasciai condurre fino alla sua moto. Non gli chiesi dove mi stesse portando, mentre lui mi allacciava il casco, completamente concentrato nel compito e quando, un istante prima di mettere in moto, finalmente mi guardò, vidi che era tornato in se e lo sguardo corrucciato, ma esitante che mi rivolse la diceva lunga sui dubbi che lo tormentavano. Ma come faceva a non rendersi conto di quanto lo amavo?

Mi portò al mare, ad Aci Trezza. Scesi dalla moto e lo seguì esitante. Non sapevo cosa aspettarmi, non aveva ancora detto una parola e in silenzio osservai il suo profilo stagliarsi contro l'azzurro del mare. Anche corrucciato, serio e silenzioso era bello da morire, ma trattenni il mio sorriso per paura di essere fraintesa. Rivolsi anch'io lo sguardo sul mare e la vista di quegli otto scogli mi fece venire in mente la leggenda che il nonno mi aveva raccontato tanti anni fa: Polifemo aveva scagliato, uno dopo l'altro, gli scogli per ostacolare la fuga di Ulisse. "Chissà quanto doveva essere arrabbiato?" pensai, prima di lanciare un'altra occhiata esitante a Nico, perso ancora nelle sue riflessioni.

Lui dovette avvertire il mio sguardo perché a un tratto e come se stesse riemergendo da un sogno, non molto piacevole, mi guardò e passandosi una mano sulla nuca mi accennò un sorriso storto <Mi sa che sono rimasto sovrappensiero per un po', eh?>

Guardando la sua espressione abbattuta, le parole "mi dispiace" mi salirono rapide alle labbra, ma sapevo che non era ciò che voleva sentirsi dire e così rimasi in silenzio, aspettando che fosse lui a parlare ancora.

<Vieni > mi disse prendendomi per mano

Mi aiutò a scavalcare la ringhiera del parapetto e seguendo i suoi passi sugli scogli ci avvicinammo all'acqua. Trovammo uno scoglio dalla forma squadrata che aveva la parte anteriore, quella rivolta verso il mare, abbastanza piatta da potersi sedere. Mi sedetti raccogliendo le ginocchia al petto e lui dietro di me, a gambe piegate e larghe, mi accolse tra le sue braccia sostenendomi la schiena col suo torace.

Il sole non era caldissimo, ma abbastanza piacevole e quella brezza profumata di sale incoraggiava respiri profondi.

Lo sentì sospirare profondamente dietro di me, come se avesse bisogno di aria supplementare per ciò che si accingeva a fare e d'istinto strinsi le mie braccia sulle sue, come per trattenerlo.

<Io e Simon ci conosciamo da quattro anni...> esordì lui <...te la ricordi la mia "special 50", Fede?>

L'accenno alla sua prima vespa, gli aveva rilassato il timbro della voce e di riflesso mi rilassai un pochino anch' io <Si, certo che me la ricordo. Era blu notte e stavi sempre lì a lucidare qualche invisibile macchia sulla carrozzeria!> e sorrisi al ricordo di quel ragazzone dal sorriso accattivante che già allora aveva attirato la mia attenzione.

<Esatto, era il mio orgoglio. Una "Special 50" del '76> la sua voce sfiorava la mia guancia in senso contrario alla brezza del mare e io mi adagiai sul suo petto rilassandomi ancora di più <Me l' aveva lasciata mio nonno e aveva tutti i pezzi originali. Certo all'epoca era un po' un rottame, ma ci persi dietro un sacco di tempo per sistemarla e alla fine l'avevo fatta come nuova> Scosse la testa, sorridendo per quello che stava pensando <Il pensiero di arrivare al liceo con la mia "nuova" vespa non mi faceva dormire la notte...>

Con gli occhi della mente visualizzai un ragazzino, di tredici anni che si sdraiava, in un sacco a pelo, in garage accanto alla sua Vespa nuova fiammante.

<Un giorno, uscendo da scuola, ho trovato due tizi che giravano attorno alla mia vespa. Potevano avere all'incirca diciassette, diciotto anni ma non erano della scuola. Quando mi avvicinai, mi chiesero se gli davo le chiavi del booster perché volevano farsi un giretto...>

Mi voltai a guardarlo per vedere se scherzasse, ma non c'era nessun accenno di riso nel suo sguardo rivolto verso il mare. Poi abbassò gli occhi, per incontrare i miei e piegò le labbra in un mezzo sorriso forzato <Lo sai Fede che mi ha aiutato, quella volta?>

Io scossi la testa, ma mentre lo facevo mi bloccai, perché mi resi conto invece di saperlo e non so per quale ragione, ma quella consapevolezza mi inquietò di nuovo.

Anche Nico si rese conto che avevo capito, a chi si stava riferendo <Esatto, lui> riportò lo sguardo verso il mare prima di proseguire

<Non mi diedero neppure il tempo di rifiutarmi che mi furono addosso. Uno da dietro mi teneva le braccia e l'altro d'avanti cominciò a tempestarmi di pugni. Fu solo l'istinto di sopravvivenza, credo, che mi guidò…perché di proposito abbassai la testa all'indietro sulla faccia di quello che mi teneva le braccia e gli ruppi il naso…>

<Un' altra volta?> non potei fare a meno di replicare, pensando a quando aveva rotto il naso del suo futuro cognato.

Il sorriso compiaciuto che per un attimo gli apparve in viso, ridiedero alla sua espressione la sfacciataggine e quell'entusiasmo magnetico che gli erano propri <si, mi sa che ormai ci avevo fatto la mano!> ghignò lui. <Comunque, quello si incazzò di brutto e prese in mano una paletto di ferro, di quelli vecchi del parcheggio che si sfilano via facilmente…>

Rabbrividii al pensiero che Nico si fosse trovato in un tale pericolo.

<…Sembrava completamente impazzito, col sangue che gli colava e quel paletto in mano…> mi guardò attentamente come valutando la mia reazione prima di proseguire <…e poi all' improvviso, sento arrivare una moto e non faccio in tempo a voltarmi che Simon ci viene quasi addosso, poi frena a pochi centimetri da loro e facendo rombare la moto a scatti, si mette a urlare: "Sparite o vi metto sotto, vi metto sotto!" Sembrava lui il pazzo in quel momento, ma quelli ebbero paura e se la filarono. Io ero un fascio di nervi e quando rimanemmo solamente io e Simon, il calo di tensione mi fece scoppiare a ridere, davvero non riuscivo a fermarmi e Simon, ricordo che mi guardava come se fossi impazzito…> sospirò e il suo sguardo ridivenne più triste < …Quello era il Simon che conoscevo io. Un tipo a posto, leale… non uno che ti stuzzica la ragazza sotto il naso in quel modo…> fece un gesto vago con la mano, come per scacciare una immagine o un pensiero molesto <…quando gli ho visto le mani addosso a te, non so cosa mi abbia impedito di fracassargli la testa…> si interruppe e poggiandomi il mento sui capelli mi avvolse più strettamente le braccia intorno.

Mi lasciai abbracciare e per un po' rimanemmo in silenzio godendo di quella quiete condivisa. Ma anche in quel momento percepivo la sua tensione, perché Nico non aveva ancora finito. Perché mi aveva raccontato quell'episodio? Quanto avrei voluto conoscere i suoi dubbi e i suoi pensieri, così da dissipare le sue incertezze e fargli sparire quello sguardo triste...

<Odio farti questa domanda, ma devo sapere...> esordì lui spezzando il silenzio <per quale motivo vi siete lasciati tu e Simon?> mi chiese improvvisamente e per me fu come una doccia fredda.

Cosa potevo rispondergli? Perché stavamo per fare l'amore e io ho avuto una crisi isterica? Perché lui mi ha detto di amarmi e io non ho saputo cosa rispondere? O Dio, non volevo parlare di questo con lui, ma Nico cercava una spiegazione per il comportamento assurdo di Simon e non riuscivo a essere così opportunista e vigliacca da lasciargli intendere che la responsabilità di tutto fosse sola sua, di Simon.

<Dai Fede non guardarmi così, non ti ho chiesto i dettagli...> mi disse mentre rabbiosamente, si passava una mano fra i capelli e dalla sua espressione nervosa capì che stava fraintendendo il mio silenzio.

<Non è come pensi> gli dissi, voltandomi completamente verso di lui che allargò le braccia per lasciarmi muovere. Mi inginocchiai davanti a lui e cercai i suoi occhi che lui teneva ostinatamente fissi oltre me.

<Nico, guardami...>

Riluttante riportò lo sguardo su di me e la sofferenza che vi lessi, mi spinse ad essere completamente onesta, perché lui non meritava altro e perché lo amavo troppo e non volevo perderlo <Un pomeriggio io e Simon stavamo per fare l'amore...> esordii brutalmente, mentre lui inspirava con gli occhi spalancati <...ma non sono riuscita a farlo perché...perché...> mi sentivo la gola secca e un nodo doloroso mi impediva di deglutire, ma lui meritava di conoscere la verità. Concentrai la mia attenzione sul fianco dello scoglio, dove un granchietto faceva capolino timidamente e cercai di parlare oltre il battito impazzito del mio cuore <Non riuscì a farlo, quella volta perché …avevo dei "brutti ricordi" che mi impedivano di andare avanti…di farlo > non potevo specificare di quali ricordi si trattasse, non in quel momento. Nico fece un gesto per avvicinarsi, ma io sempre senza guardarlo gli posi una mano sul petto <Ti prego fammi finire…>

<Va bene> mi disse e dalla sua voce sembrava che fosse preoccupato oltre che spaventato.

<Simon aveva detto di amarmi, ma io ero sopraffatta dalla paura, dalla mortificazione, dal senso di colpa e …da altro e non ho saputo cosa rispondergli. Capisci? Lui ha pensato che non provassi nulla per lui, neppure affetto e…se ne è andato> sospirai dopo quella valanga di parole e a quel punto azzardai un'occhiata verso di lui e la pena, che lessi nei suoi occhi, sciolse il nodo che avevo in gola, liberando le lacrime che trattenevo <…chissà cosa pensi di me…> farfugliai affranta.

<Fede, penso tantissime cose in questo momento, ma più di tutto penso che vorrei che mi permettessi di stringerti, fino a farti smettere di tremare. Ti prego> e allargò esitanti le braccia verso di me.

Mi rifugiai nel suo caldo e rassicurante abbraccio, affondando il viso nella sua spalla e inalando il suo familiare odore di menta. Solo allora mi rilassai abbastanza, da riprendere a respirare quasi normalmente.

<Fede, tu stai bene? > mi chiese scandendo le parole, per accertarsi che capissi la domanda.

Non si stava riferendo solo al mio stato attuale, ma anche e soprattutto ai ricordi di cui gli avevo accennato. Solo che non volevo raccontargli altro, non ancora <Ora sto bene> dissi con voce decisa <sono stata aiutata, da una persona in gamba…però non mi va di parlarne. Appartiene tutto al passato, un passato

lontano che non tornerà mai più. Ti prego Nico non farmi più domande> lo supplicai con le parole, oltre che con lo sguardo.

Per qualche istante rimase in silenzio, meditando forse sulla mia richiesta di non farmi più domande.

Sentì il suo petto, sotto il mio orecchio, alzarsi e poi abbassarsi in un sospiro forzato <Tutto quello che vuoi piccola> mi disse a un tratto, stringendomi ancora <basta che tu stia bene…è tutto ciò che voglio> ansimò sul mio orecchio e io chiusi gli occhi, godendomi il suo calore e il suo amore , che percepii in quel momento come qualcosa di assolutamente tangibile e reale.

Non era previsto che la mattinata andasse in quel modo. Non avrei mai immaginato, che avrei finito per raccontare a Nico tante cose di me. Ma adesso, che ormai era accaduto, provai un senso di pace e liberazione. E il suo tenermi stretta, mentre mi cullava dolcemente e in silenzio fu il momento più bello di quella disastrosa giornata.

Ma un'emozione straordinaria e insieme terribile mi invadeva il cuore: mi sentivo felice, ma avevo paura. Paura di perdere quella felicità. Lo sapevo che era irrazionale e stupido, ma non riuscivo a impedirmi di temere che tutto finisse. Avevo imparato, molto tempo fa, che in pochi istanti il tuo mondo perfetto può diventare un vero inferno. Strinsi le braccia attorno a lui, ancora un po' e lui cominciò a passare le mano in circolo sulla mia schiena, provando a tranquillizzarmi, ma non poteva certo indovinare i miei pensieri. Avrei fatto di tutto per non perdere quella felicità, per tenermela stretta. Ricordai la paura e l'incertezza che avevo letto negli occhi di Nico, poco prima e pensai al mio proposito di parlare con Simon.

<Parlerò con Simon> dissi, con la testa ancora premuta sul suo petto.

<Cosa?!> lui si staccò talmente in fretta da me da farmi trasalire. Dalla sua espressione inorridita, sembrava quasi che gli avessi appena detto di volermi buttare in mare. Capivo perché non

voleva che mi avvicinassi a Simon, anch'io al posto suo avrei avuto la stessa reazione, ma sapevo che era l'unico modo per evitare ulteriori sofferenze e frustrazioni a Nico.

<Ascoltami> gli presi il volto fra le mani e poggiandogli i pollici sulle labbra, aspettai di avere la sua attenzione oltre che il suo silenzio, che mi concesse con espressione corrucciata e testarda.

<Quello che hai detto tu su Simon è vero: è un bravo ragazzo. Però il suo atteggiamento degli ultimi tempi mi ha fatto capire che devo parlarci, sia per noi che per lui...> alzai le mani per frenare la sua replica <...lasciami finire, io voglio solo spiegargli che non c'è più nessuna possibilità per noi due. Solo questo, ed è giusto che sia io a dirglielo>

<Puoi dirglielo per telefono>

<No, che non posso e tu non lo pensi sul serio...>

<Si, che lo penso> mi disse accigliato, porgendomi il suo cellulare.

Scossi la testa incredula <Ma di cosa hai paura?>

Lui alzò i suoi luminosi occhi grigi ad incontrare i miei e lì, in quelle profondità in cui avrei potuto perdermi, vidi di nuovo la sua paura. Avrei potuto dirgli quanto lo amavo e quanto questo sentimento nuovo, mi rendesse forte e fragile insieme e alla felicità e completezza che aveva portato nella mia vita. Ma non mi sembrava giusto dirglielo, solo per rassicurarlo e poi la parte più insicura di me, mi torturava con domande e frasi del tipo: "perché Nico non ha mai detto di amarti?" oppure "forse non ti ama o non ti ama abbastanza".

<Lascia perdere> mi disse lui, dopo qualche istante di silenzio. Il suo sguardo vagava però ancora su di me, struggente e appassionato, sfiorandomi il viso con un'intensità tale da farmi rabbrividire. Poi, quando sembrava che non avrebbe aggiunto più niente, a un tratto mi prese il volto fra le mani e avvicinandosi tanto da sfiorarmi le labbra mi parlò, quasi con rabbia <sono

geloso Fede…perché non mi sembra vero che tu sei mia, perché mi ero abituato a farmi bastare la tua amicizia e adesso non riuscirei a tornare indietro e accontentarmi ancora, perché ogni volta che Simon ti guarda, so cosa pensa, perché lo pensavo anch'io quando eri sua> le sue labbra sigillarono le mie, possessive e appassionate e io ricambiando il suo bacio, con tutto l'amore che sentivo per lui. Pensai che anch'io non mi sarei accontentata, mai più di essergli solo amica. O tutto o niente. Non si può essere la migliore amica del ragazzo che ami, senza morirne un   po'   ogni   giorno.

CAPITOLO 33

Ora che la decisione era presa, dovevo solo trovare il momento opportuno per parlare con Simon. La cosa si rivelò però più difficile di quanto pensassi. Ora che avevo preso il coraggio a due mani, volevo concludere la cosa il prima possibile, ma sembrava che tutte le occasioni di parlargli a scuola sfumassero in un niente di fatto, per la costante presenza di Nico accanto a me. Anche se in un certo senso, aveva acconsentito al mio proposito di parlargli, di fatto faceva di tutto perché non mi avvicinassi a lui e quando gli facevo notare la cosa, mi guardava con occhi innocenti, prima di afferrarmi e baciarmi stile uomo delle caverne.

Inoltre l'atteggiamento di Simon nei miei confronti era si un tantino meno irruente, ma le sue intenzioni rimanevano comunque troppo palesi per lasciar correre. Fu così che decisi di andare a casa di Simon per parlarci e magari prima avrei telefonato a Giulia, per avvertirla, così da non correre il rischio di dover fingere di non conoscerci ed evitare così imbarazzamenti reciproci. Simon non sapeva nulla della mia "amicizia" con sua madre e non era certo quello il momento più adatto alle rivelazioni.

Il pomeriggio seguente telefonai a Giulia al cellulare, per essere certa che fosse lei a rispondermi.

<Pronto>

<Ciao Giulia, sono Federica>

<Ciao Federica, come stai? Mi fa piacere sentirti.> dalla voce sembrava piacevolmente sorpresa

<Bene Giulia…in realtà devo chiederti un favore…> perché mi sentivo in imbarazzo?

<Certo, se posso>

<Mi sapresti dire quando potrei passare per parlare con Simon…sai devo discutere delle cose con lui e ho pensato di fare un giorno che tu non ci sei, così non devi fingere di non conoscermi…> sapevo di aver parlato a raffica ma almeno avevo detto tutto.

Ci fu un attimo di silenzio, poi Giulia con il suo tono più professionale mi disse <Va tutto bene? Vorresti dirmi qualcosa Fede? >

Volevo? Mi chiesi. In realtà non mi andava di scendere nei dettagli, non con Giulia che era pur sempre la madre di Simon. <Si, Giulia va tutto bene, ho solo bisogno di parlare qualche minuto con Simon…tutto qui>

<Ok, l'importante è che stai bene e …hai più pensato a ciò che ti ho detto l'ultima volta?> mi chiese

Si riferiva al fatto di raccontare ai nonni, quello che era accaduto con mio zio, quando ero piccola. No, in realtà non ci avevo più pensato e non volevo farlo neppure in quel momento <Giulia, ci penserò…non è ancora il momento…> sospirai

<Va bene, però pensaci, fallo, mi raccomando…allora venendo al motivo della tua chiamata…potresti venire domani pomeriggio, Simon sarà a casa e io sarò in studio, non ci incroceremo>

<Grazie Giulia, verrò domani…allora ciao> le dissi sentendomi ancora un po' a disagio.

<Di nulla Federica, buona giornata e…riflettici, capito?>

<Ok, lo farò.> e misi giù.

L'indomani avrei risolto anche quel problema, perfetto. Mi chiesi se fosse il caso o meno di avvisare Nico e conclusi che sarebbe stato meglio dirglielo l'indomani stesso, per non farlo stare sulle spine molto a lungo. Il pensiero di lui e delle parole che mi aveva detto al mare, mi fecero sorridere. "Era geloso", pensai ancora, con stupore e un po' di colpevole entusiasmo. Era vero che non mi aveva detto di amarmi, ma la gelosia andava di pari passo con l'amore. Giusto? E poi le parole non erano importanti quanto i gesti e Nico mi aveva dimostrato il suo amore in tanti modi, con la sua dolcezza, con la sua generosità, con il suo entusiasmo appassionato per la nostra storia…e si, anche con la sua gelosia. Chi aveva bisogno, di sentirsi dire quelle due paroline di cui cantanti e poeti avevano fatto il loro pane quotidiano? "Ti amo". Sospirai, pensandole dette dalle sue labbra, mentre sfiorava le mie, mentre mi guardava negli occhi, facendomi perdere in quel mare grigio, mentre mi prendeva il viso fra le mani, come solo lui sapeva fare, e mi ripeteva che ero sua…Sospirai ancora. Chi aveva bisogno   di   sentirsi   dire   "Ti   amo"!

CAPITOLO 34

Scesi alla fermata dell'autobus, a pochi metri da casa sua, alle 16 e 15. Era stata una giornata abbastanza mite e avendo previsto di rientrare presto, avevo messo solo una felpa con cappuccio su una t-shirt di cotone a maniche lunghe, jeans e le converse. Avevo legato i capelli in una treccia bassa e volevo apparire il più insignificante possibile. Sapevo che la mia visita poteva facilmente prestarsi a fraintendimenti e, con il mio aspetto "dimesso", volevo evitarne il più possibile.

Attraversai la strada e, con il cappuccio tirato su e le mani in tasca, sostai un istante davanti all'ingresso. Un bel respiro e suonai il campanello. Quasi quasi speravo non mi aprisse nessuno, ma proprio mentre formulavo quel pensiero, la porta si aprì e Simon mi si presentò d'avanti, assieme a quattro ragazzini urlanti che tentavano, senza riuscirci, di arrampicarsi su di lui. Uno di loro penzolava a testa in giù dalla sua spalla e con le braccia e le gambe tentava freneticamente di colpirlo. Simon, in jeans e maglietta bianca, era scalzo e aveva i capelli umidi, come se fosse uscito da poco dalla doccia.

Rimasi un po' spiazzata da tutta quella baraonda, ma la faccia di Simon era assolutamente stravolta, mentre mi guardava come fossi un fantasma.

Rimanemmo qualche secondo immobili e in silenzio, con il solo sottofondo degli schiamazzi dei ragazzini, prima che Simon li facesse tacere <Basta, silenzio!> urlò, al di sopra del frastuono delle loro voci.

Dal tono serio che usò i ragazzini dovettero intuire che non stava scherzando, perché si zittirono all'istante e anche il piccoletto che aveva su una spalla cominciò la sua ritirata silenziosa, lasciandosi scivolare giù, anche se un po' imbronciato. Poi, prima di sparire dietro agli altri, si voltò verso di me con un lampo di riconoscimento nei grandi occhi verdi e con un sorriso malizioso esclamò <Tu sei quella delle foto…ti ho vista…>

<Di sopra all'istante, muoviti!> lo interruppe risoluto Simon

<Ok, ciao bella> e si dileguò anche lui.

Ora che non c'erano più quei bambini attorno, eravamo da soli e anche se mi ero preparata il mio bel discorsetto, adesso non sapevo da dove cominciare. Alzai gli occhi per incontrare i suoi e il suo sguardo tormentato, incredulo e speranzoso mi colpì, come un pugno in pancia. Non avevo armi, contro la sofferenza che leggevo nei suoi occhi e senza che avessi il tempo di proferire una parola, mi ritrovai stretta fra le sue braccia, con la testa premuta sul suo petto che si alzava e si abbassava ad un ritmo accelerato, come se avesse corso fino a un istante prima.

Per un istante, chiusi gli occhi sopraffatta dalla sensazione di familiare benessere, ma poi mi scostai, spingendolo delicatamente con i palmi delle mani < Simon, io ti devo parlare> dissi in fretta.

<Certo, vieni> mi rispose, prendendomi per mano e guidandomi dentro e su per le scale.

Entrammo in una stanza e lui chiuse la porta dietro di se.

Diedi una rapida occhiata e tutti i miei sensi entrarono in allarme, rendendomi conto che eravamo in camera sua. Decisi che era arrivato il momento di chiarire perché mi trovavo lì e pensai di mettere un po' di freddezza nel mio tono, tanto per essere sicura di non essere fraintesa <Simon…se hai un minuto, io ho qualcosa da dirti >

Lui mi osservò con attenzione, per un lungo istante, con i suoi occhi verdi stretti in un espressione, a un tratto guardinga e un po' più cupa <Allora dobbiamo uscire, quei quattro diavoli non ci lasceranno in pace ancora per molto> disse risoluto.

Non sapevo se era una buona idea uscire, ma mi dissi che non c'era nulla di male a cercare un posto un po' più tranquillo per parlare: un bar, una panchina del vicino parco o anche la fermata dell'autobus. Ma Simon non era della stessa opinione e mezz'ora più tardi, stavamo scendendo dalla sua moto, sulla sabbia della Playa.

La sabbia era umida e compatta, l'aria conservava ancora un po' del tepore della mattina e il mare lambiva la riva dolcemente, con un gorgoglio piacevole, rilassante, musicale e "romantico". Non era certamente la cornice ideale per ciò che dovevo dirgli. Lui mi prese per mano e mi guidò lentamente verso la riva, finché la sabbia sotto le nostre scarpe, da morbida divenne più dura e compatta. Chiunque, vedendoci, ci avrebbe scambiati per una coppia di innamorati e non era ciò che volevo. Gli chiesi di fermarci da qualche parte. Più avanti c'era la torre di vedetta dei bagnini, era solo una struttura di legno e ferro, ma sotto, offriva abbastanza riparo e così ci sedemmo su delle tavole di legno accatastate lì accanto. Seduti uno accanto all'altro guardavamo il mare, il cui movimento costante ci dava una distrazione dai nostri pensieri, certamente dai miei. Mi chiusi fino al collo la zip della felpa e tirai su il cappuccio, perché il freddo cominciava a farsi sentire. Lentamente Simon stese un braccio sulle mie spalle, stringendomi a lui e con la mano aperta mi strofinò la spalla riscaldandomi. Fra le sue braccia si stava benissimo, era una fonte di calore incredibile. Ma non era giusto e dopo pochi istanti mi scostai e guardandolo in viso, cercai di trovare le parole per dirgli ciò che dovevo. Gli volevo bene, era un bravo ragazzo, dolce, intelligente, carismatico e indubbiamente bello e un giorno una ragazza lo avrebbe meritato. Ma io non riuscivo a non pensare a Nico e alla fortuna che avevo avuto ad essere stata sua amica e adesso la sua ragazza. Non era solo attrazione, ciò che mi legava a lui, lo amavo e forse lo avevo sempre amato, fin da quando era riuscito ad abbracciarmi, a schioccarmi i suoi rumorosi baci sulle guance e a farmi aprire con lui, come con nessun'altro. Aveva capito le mie paure e mi era entrato sotto la pelle, lentamente ma inesorabilmente, come un siero guaritore e vivificante. Ciò che sentivo per lui coinvolgeva ogni parte di me, il mio cuore, la mia mente, il mio corpo…la mia stessa anima. Mi completava e mi arricchiva e mi sembrava così incredibile che ci fossimo incontrati, da averne quasi paura, perché ormai era tutto per me: come la luce nel buio e il calore quando si ha freddo…

Accanto a me Simon mi guardava inquieto ma silenzioso, mentre i suoi occhi esprimevano tutto per lui: avrebbe voluto baciarmi fino a stordirmi, come faceva quando stavamo insieme. Ricordavo come era bello stare fra quelle braccia e le sensazioni nuove che avevo provato con lui, ma era stata solo attrazione.

<Tu hai capito di cosa voglio parlarti, vero?> vigliaccamente speravo mi risparmiasse.

Lui teneva le braccia poggiate sulle ginocchia e le dita intrecciate, come se stesse trattenendo le sue stesse mani <Forse si…ma ne sei sicura?> mi chiese con la voce arrochita.

<Si, ne sono sicura… e tu devi smetterla di fare quello che fai, perché non è giusto, per nessuno>

Ascoltava le mie parole, mentre mi scrutava in viso con gli occhi stretti a fessura e le labbra increspate e leggermente socchiuse <Te lo dico io quello che non è giusto: non è giusto che sia finita fra noi, per una cazzata! …Tutto per colpa mia…sono stato un idiota presuntuoso e adesso non mi importa se non mi ami…>

Non potevo lasciarlo finire <No, Simon anch'io non sono stata…>

Ma lui non voleva ascoltarmi e scuotendo la testa si alzò e mi si inginocchiò d'avanti, affondando un po' le gambe nella sabbia e poggiando le mani sulle assi di legno ai lati dei miei fianchi. Poteva sembrare un atteggiamento aggressivo, ma nei suoi occhi si leggeva solo dolore, rimpianto, desiderio e…paura.

<Piccola, ho sbagliato su tutta la linea. Sono stato il più insensibile degli idioti…dovevo solo darti tempo e non avevo nessun problema ad aspettarti, ma sono uscito fuori di testa, quando ho capito che tu non mi amavi…> una brutta risata auto derisoria interruppe le sue parole <come se tu dovessi farlo, solo perché ti amavo io…ma non mi importa più, ti amo tanto da farlo bastare per entrambi. Non pensavo che avrei mai detto una cosa simile, ma è così… Dio! Se penso le cazzate che ho fatto, quando mi sono messo con Stella, solo per farti stare male, per farti ingelosire…ma non ragionavo! Ho solo peggiorato le cose e

adesso quando ti vedo con Nico, sono io che impazzisco di gelosia, non capisco più niente e devo trattenermi per non prenderlo a pugni…per…per…>

I suoi occhi erano lucidi di rimpianto e desiderio e dolore. Avrei voluto alleviare il suo dolore, confortarlo con un abbraccio, ma non volevo che fraintendesse il mio gesto, nondimeno dovevo comunque alleggerire il carico di colpe che lui si assumeva, perché anch' io ne avevo <Simon anch'io ho le mie colpe, avrei dovuto essere più onesta con te…confessarti che certe cose mi spaventavano, che non ero ancora pronta, ma ho pensato che…superato il momento, poi sarebbe stato più facile…> com'era difficile parlargli di certe cose, ma una spiegazione gliela dovevo e quindi mi sforzai di continuare <…non ho saputo neppure dire che ti volevo bene e tu sembravi così…ferito e poi sei andato via…>

Lì inginocchiato, di fronte a me e con quell'espressione disperata in viso, Simon mi ispirava una tenerezza infinita e avrei voluto fare di più per lui, ma non potevo. Il silenzio, dopo le mie parole, pareva denso come nebbia. Lui mi guardava solenne, triste ma ancora non arreso. D'un tratto sollevò le mani verso il mio viso, ma non mi toccò. Le tenne lì sospese, mentre un desiderio bruciante gli invadeva lo sguardo. Distolsi gli occhi dai suoi.

<Piccola, ti prego perdonami. Mi dispiace, ti volevo talmente tanto, che ho rovinato tutto…non ho saputo gestire un sentimento che non ho mai provato, per nessuna. Sei solo tu quella che voglio, che ho sempre voluto…>

Scossi la testa, mentre lacrime silenziose mi rigavano le guance. Mi dispiaceva per lui e non volevo sentire che mi amava, come non aveva fatto mai prima, perché non era giusto.

Le sue mani si avvicinarono, finché le sue dita sfiorarono leggere le mie guance, asciugandomi le lacrime. Aprì gli occhi, perché sentì sulle labbra il soffio del suo respiro. Simon, a pochi centimetri dalle mie labbra, aspettava solo un mio cenno che però non sarebbe mai venuto.

Non era lui quello che amavo ed era la cosa più triste da dire, a chi ti confessa il proprio amore.

<Non dirmi che è tardi, ti prego. Io TI AMO Fede, sono innamorato di te e voglio che scegli me. Scegli me Fede, non ti farò soffrire mai più, te lo giuro!>

Provai a ingoiare le lacrime, non potevo continuare ad ascoltarlo. Gli presi le mani, togliendole dal mio volto e provai a cercare le parole giuste, ma la verità era che non ce n'erano. Parole indolori per dire "non è te che amo". Impossibile.

Lui si lasciò cadere sulla sabbia, le braccia sulle ginocchia e la testa tra le mani.

Parlai rivolta alla sua testa china, mentre le nostre ombre sulla sabbia si allungavano sempre più <Sei stato il mio primo ragazzo Simon, te l'ho mai detto? >

Lui scosse lievemente la testa, ma non disse nulla.

Forse non guardandolo in viso, mi sentivo più coraggiosa <il mio primo bacio me lo hai dato tu ed essere la tua ragazza mi è sembrato un sogno stupendo. Sei un ragazzo meraviglioso e per molto tempo ho pensato che dovevo avere qualcosa di sbagliato visto che non ...> mi mancarono le parole.

<Solo perché non mi ami, non vuol dire che ci sia qualcosa che non va in te> disse lui senza nessuna inflessione. Aveva sollevato la testa e mi guardava, ma io cercai di evitare il suo sguardo, altrimenti avrei perso il coraggio per dirgli la verità.

<Tu mi hai fatto provare sensazioni nuove e sconosciute. Sei stato dolce, paziente…in una parola perfetto…ma la verità è che sono io a non essere perfetta per te…>

<…tu sei perfetta per me e io ti voglio da star male…> la sua voce era solo un bisbiglio, ma le parole mi arrivarono chiare.

Ingoiai a vuoto e cercai di proseguire, stavolta guardandolo negli occhi, perché meritava almeno questo da me <...Simon ormai è passato...il nostro momento è passato, non è colpa di nessuno se abbiamo agito come abbaiamo fatto, però io sono andata avanti...>

<Mi avevi detto che eravate solo amici> la sua voce mi sembrò più acuta del solito e per la prima volta lo vidi arrossire.

<Lo eravamo, però adesso è... diverso...> non sapevo cosa altro aggiungere, non volevo aggiungere altro.

<Ti ho persa> non era una domanda

Mi inginocchiai accanto a lui, che mi guardava come se quella fosse l'ultima volta che ne avrebbe avuto la possibilità, gli presi la mano perché non sapevo che altro fare, che altro dire. Simon mi tirò verso di lui e mi abbracciò. Sollevai la testa per guardarlo in viso, ma lui teneva gli occhi chiusi <Non amerò mai più così> disse pianissimo e poi <Allora cosa rimaniamo, amici?> ma non c'era sarcasmo.

<Mi piacerebbe molto> dissi sinceramente

Annuì lentamente <lo farò solo per te. Ti sarò amico, ma ...> un sorriso a un tratto gli increspò le labbra <...se cambi idea...>

Mi sciolsi dall'abbraccio, scossi la testa e sorridendogli mi alzai, spolverandomi le mani dalla sabbia.

<E...un bacio d'addio? > disse serio.

Lo guardai ad occhi sbarrati e scossi violentemente la testa, finché mi resi conto che sorrideva.

<La solita guastafeste! Vieni è meglio andare, si è fatto tardi>

Sorrisi anch'io, mentre lo seguivo verso la moto, smuovendo la sabbia ad ogni passo. Il sole era ormai tramontato e guardando l'orologio mi resi conto di aver appena perso l'autobus delle 19.

Simon mise in moto e io salì dietro, sistemandomi il casco.

<Non preoccuparti per l'ora, ti accompagno io a casa>

Non sapevo se era la migliore delle idee, ma di certo era la più pratica.

CAPITOLO 35

Durante il tragitto verso casa, ripensai a tutto quello che ci eravamo detti e mi resi conto che quel senso di inquietudine, che mi aveva pervasa in quei giorni, era sparito. Aver chiarito con Simon era stata una saggia decisione ed era stata la cosa migliore per tutti. Ciò che lui riteneva fosse amore, un giorno sarebbe svanito nel nulla di fronte a un più vero sentimento, che avrebbe provato per la ragazza giusta. Una ragazza fortunata.

Per quanto mi riguardava io avevo la mia fortuna e il mio grande amore : Nico.

Ripensai alla sua espressione contrariata, quando gli avevo parlato dei miei programmi per il pomeriggio e decisi che, appena fossi arrivata a casa, gli avrei telefonato.

Il viale alberato, alla fine del quale c'era la villa dei nonni, era completamente al buio. Doveva essere mancata la luce, ma appena la moto, rallentando accostò davanti al portoncino d'ingresso, illuminato dalle luci del giardino, mi accorsi che c' era qualcuno lì davanti. Nico era seduto a cavalcioni sulla sua moto e teneva la testa china sulle braccia incrociate. Sollevò lo sguardo e incrociò il mio, proprio mentre mi toglievo il casco e, scendendo dalla moto, lo porgevo a Simon.

<Tutto a posto?> mi chiese Simon lanciando un'occhiata a Nico, che adesso teneva lo sguardo fisso di lato, nel buio.

<Certo, puoi andare, grazie per il passaggio Simon>

<A domani Fede> Simon, dopo una rapida inversione, sparì dietro la curva del viale.

Per un attimo, rimasi immobile a osservarlo, mentre teneva lo sguardo ostentatamente rivolto ovunque, tranne che su di me. Doveva essere arrabbiato. Certamente il vedermi rincasare sulla moto di Simon, non gli aveva fatto piacere. Ma io non avevo fatto nulla di male e, anche se un po' impacciata, mi avvicinai a lui, strascicando un po' i piedi <Ehi>

Nessun segno.

Mi avvicinai un po' di più e poggiai la mano sulla sua, abbandonata sul manubrio della moto, ma a parte un lievissimo fremito non ci fu alcuna reazione.

<Nico, è tutto ok. Io e Simon abbiamo risolto...>mi bloccai, quando lo sentì ispirare violentemente. Adesso mi guardava, ma la sua espressione era fredda e i suoi occhi, di solito sempre accesi di calore ed entusiasmo, erano come spenti. Era inquietante, ma mi sembrava di guardare attraverso la finestra di una stanza vuota e gelida.

<Nico, ti ho detto che abbiamo chiarito. Adesso Simon non ci darà più fastidio...> il tono della mia voce voleva essere vivace e positivo, ma mi uscì invece terribilmente ansioso e supplichevole. Le mie parole però avevano sortito un qualche effetto su di lui: un lampo di gioia per un attimo gli aveva illuminato gli occhi, restituendogli calore, ma sparì talmente in fretta che pensai di essermelo solo immaginato. Adesso tutto quello che vedevo nei suoi occhi era solo rabbia.

<Dai Nico non essere arrabbiato, non ce ne è motivo, dovresti essere contento...>

<Contento? CONTENTO?> mi urlò contro, mentre scendeva dalla moto e iniziava a camminare avanti e indietro, sbuffando come un toro.

Ora che lo guardavo meglio mi accorsi che aveva un aspetto orribile: i suoi occhi erano arrossati, sicuramente dal freddo che aveva preso stando lì fuori; la bocca era una linea dura, sul suo viso sconvolto dalla... gelosia? I capelli, infine erano uno spettacolo. Diritti in testa e sparati in tutte le direzioni, come se avesse passato ore a passarci le mani di proposito.

Ebbi l'impulso di ridere, ma mi trattenni. Nico non avrebbe colto l'umorismo della situazione.

<Perché non hai aspettato dentro? Sei gelato.>

Lui mi guardò cupo, con gli occhi stretti a fessura <Non era il caso di rompere le scatole ai tuoi nonni per tre ore!>

<Tre ore?! Ma da quand'è che sei qui?>

<Dalle cinque e mezza>

<Dalle cinque e mezza?!>

<La smetti di ripetere tutto quello che ti dico!> abbaiò lui e poi <mi sento già abbastanza ridicolo, non ho bisogno del tuo aiuto per questo>

Feci qualche passo esitante verso di lui <Non sei ridicolo, non dire così...>

Lui si fermò a metà del percorso, ripetuto già una ventina di volte e si voltò verso di me <A no? E come lo chiami tu uno scemo, che aspetta la sua ragazza sotto casa, che è andata a parlare con il suo ex, a casa sua e che c'è rimasta per tre...no, quasi quattro ore?>

<Non siamo rimasti a casa sua, siamo andati alla spiaggia...>

Il suo sguardo di fuoco mi inchiodò <Sulla spiaggia> la sua voce, adesso di una calma mortale.

Lo guardai senza più parlare, temendo che in quel momento, qualunque cosa vessi detto, lo avrebbe fatto comunque arrabbiare di più.

<Sulla spiaggia> ripeté lui, quasi fra se e poi ricominciò a camminare e io pensai che se continuava così, sarebbe sbucato in Cina.

<Una bella passeggiata romantica sulla spiaggia...> ricominciò lui. Il volume della sua voce di nuovo ascendente <come era il mare, bello? Beh, immagino che non ci abbiate fatto caso, avevate troppo da fare...tempo da recuperare...>

Cominciava a farmi male la testa e il suo andirivieni continuo mi stava snervando. Lo raggiunsi, appena prima che si voltasse di nuovo e quando lo fece, lo afferrai per la giacca. Nico alzò gli occhi su di me, ma qualcosa lo aveva distratto, perché di colpo abbassò gli occhi sulle mie braccia e seguendo la traiettoria del suo sguardo, capì cos'è che lo aveva distratto: indossavo il giubbotto di Simon. Aveva insistito perché lo indossassi, perché faceva davvero freddo, al ritorno in moto.

<Fantastico! Fantastico, adesso si, che sono felice...>

C'era solo un modo per fermare quell'avvilente farneticare. Lo afferrai per il colletto, facendogli abbassare la testa verso di me e lo baciai. Mi sollevai sulle punte e inclinando il bacino, eliminai ogni eventuale spazio fra noi. Nico rimase immobile, le braccia lungo i fianchi e gli occhi socchiusi. Non era di umore collaborativo.

Gli lasciai il giubbotto e veloce, prima che indietreggiasse, infilai le dita fra i suoi capelli gelati. Continuai a baciarlo sulle labbra. Piccoli baci, con cui lo imploravo di smettere il broncio. Sul petto sentivo il suo cuore accelerare e il suo respiro farsi più pesante. Mi accorsi dell'esatto istante in cui si arrese: i suoi occhi ancora stretti e cupi, a un tratto luccicarono maliziosi e in un istante le sue braccia mi avvolsero possessive e la sua bocca si aprì sulla mia, impetuosa e invadente. Chiuse le sue braccia su di me, una mano sulla mia nuca e l'altra sulla schiena e poi più giù, spingendomi ancora di più verso di lui. Non mi accorsi che ci stavamo spostando, finché non sentì il muro dietro di me e anche allora non smettemmo di baciarci e tenerci stretti l'un l'altro, come se fossimo una persona sola.

Nico smise di baciarmi, anche se da come mi guardava, sembrava non esserne felice. Mi prese il volto fra le mani e mi guardò con uno sguardo così carico di desiderio che mi sorpresi di non essermi liquefatta lì sul posto.

"Mia, mia, mia" mi dicevano i suoi occhi e io non desideravo altro che di esserlo.

Poggiò la sua fronte sulla mia e agganciò le dita nei passanti dei miei jeans. Ebbi la netta impressione che volesse bloccarsi le mani. Ma io non volevo che si fermasse, non volevo che mi stesse lontano. Lì fra le sue braccia non avevo paure, non avevo esitazioni. Mi sentivo viva, felice e innamorata. Lui era tutto ciò che volevo. Accostai la mia bocca al suo collo, aspirando il suo odore, il mio profumo preferito. Lo baciai lentamente, godendomi la sua immobilità forzata. Gli spostai la maglietta e gli deposi altri baci sulla pelle appena scoperta, sulla clavicola…

Il suo respiro irregolare divenne un ansito e Nico fu di nuovo sulla mia bocca, mentre la sua voglia non più trattenuta mi travolgeva. La sua mano risalì sul mio fianco, sotto la felpa. Lì si fermò, esitante e poi…un respiro…e la mano si posò lieve sul mio seno, dove voleva essere, dove volevo che fosse.

<Voglio fare l'amore con te, Fede> bisbigliò

<Anch' io lo voglio> risposi sincera, guardandolo diritto negli occhi.

<Presto>

<Si, presto> e anche se era buio e faceva freddo, mi sentì avvampare.

Proprio in quel momento tornò la luce. Uno per uno, tutti i lampioni del viale si accesero, dissolvendo l'atmosfera di solitudine e intimità che ci aveva accolto fino a quel momento.

Guardai dietro di me, verso il balcone della cucina, che comunque da lì non si vedeva, nascosto dagli alberi <Devo entrare, è tardi>

<Lo so. Vai> mi rispose dolcemente, aggiustandomi la felpa e togliendomi una ciocca di capelli dalla guancia, per spostarla dietro l'orecchio.

Sembrava incredibilmente calmo rispetto a prima <Stai bene?>

Sorrise, come un ragazzino imbarazzato, alla mia domanda <Si, è tutto a posto. Vai ...>

<Ma...> lui mi interruppe, dandomi un bacio frettoloso e spingendomi dalle spalle, mi accompagnò davanti al cancello d'ingresso.

<Perché tutta questa fretta...?> chiesi, puntando i piedi e tentando di voltarmi.

<Fede, "domani" vorrò un rapporto dettagliato, di tutto ciò che vi siete detti...> cominciò lui, poi sorrise al mio sguardo corrucciato e interrogativo. Poi con la sua sfacciataggine caratteristica, mi prese la bocca con una mano, facendomi imbronciare le labbra e prima di baciarmi ancora, mi disse <"Adesso" devo correre a casa a farmi una doccia. Fredda!> aggiunse e mi baciò un'ultima volta.

Quello fu l'ultimo ricordo di quella straordinaria giornata. Più tardi nel letto mentre abbracciavo Marsiglio, il mio peluche, ringraziai Dio per tutto ciò che mi dava, perché davvero mi sentivo una ragazza molto fortunata.

CAPITOLO 36

Con due settimane di ritardo, rispetto a tutti gli altri anni, arrivò finalmente la vigilia della sera della festa di inizio Primavera. In realtà non la facevamo mai prima della fine di Marzo, ma quest'anno eravamo andati anche un po' oltre. La cosa, comunque non interessava a nessuno, l'importante era farla. Potevano partecipare tutti gli studenti e anche degli ex alunni, se venivano invitati. In città, il nostro era l'unico liceo ad organizzare un ballo di primavera, ma noi eravamo artisti. Dovevamo pur distinguerci in qualche modo.

Tutti erano in fibrillazione. Le ragazze in classe non facevano altro che parlare di vestiti, trucco e capelli. Per la prima volta in vita mia, ero blandamente interessata a quei discorsi frivoli. Anch'io volevo essere bella per il mio amore e pensando a lui avevo scelto il mio abito. Non potei evitare di ripensare alla sfuriata di gelosia che mi aveva fatto quella sera, sotto casa mia, qualche settimana prima. Solo io conoscevo quel lato del suo carattere, per gli altri lui era il ragazzo più rilassato, solare e spensierato che ci fosse, non certo incline a folli scenate di gelosia. Ne ridevamo insieme e lui fingeva un cipiglio.

<Che ti devo dire? È gratificante sapere che il mio ragazzo è geloso> gli avevo detto sogghignando

<Qualcuno potrebbe dire che tiri fuori il peggio di me> aveva ribattuto asciutto

Ma io, ripensando ai baci infuocati che mi aveva dato, dopo la sfuriata, gli risposi <Forse, ma…anche il meglio…>

<Quello blu o quello viola?> la voce squillante di Marty mi riportò bruscamente al presente

<Quello blu, decisamente. Ti sta d'incanto>

<Lo penso anch'io, ma se non ti secca, voglio provare anche l'altro, quello con le spalline sottili>

Reprimendo un sospiro le sorrisi <ok> eravamo li dentro da sole due ore!

Marty rientrò nel camerino e io mi persi di nuovo nei ricordi. Sorrisi, ricordando lo sguardo corrucciato con cui Nico aveva accolto il racconto del mio incontro con Simon. Alla fine mi aveva confessato, che la sua paura più grande era che io e Simon ci rimettessimo insieme. All'inizio la cosa mi aveva fatto ridere, ma quando mi ero resa conto che la sua era una paura reale e che aveva parlato sul serio, avevo subito smesso. Guardando in quel mare grigio che erano i suoi occhi, ebbi il desiderio di fugare le sue paure con le parole magiche che mi vorticavano in testa, come lo screensaver di un pc. Ancora una volta però, mi mancò il coraggio e tacqui. <Io voglio solo te> gli avevo detto e lui aveva annuito e deglutito, come se si sforzasse di credermi. Alla fine mi aveva abbracciata e poi baciata, in quel modo appassionato e possessivo che non mancava mai di farmi dimenticare tutto ciò che mi circondava.

In quel momento Marty uscì dal camerino e in silenziosa attesa si posizionò di fronte a me, alzandosi sulle punte <immaginami con i tacchi> disse.

L'abito blu, aveva delle sottili spalline intrecciate di tessuto, era corto ma non troppo e sagomato nei punti giusti. Il suo fisico esile e asciutto era evidenziato dal colore traslucido del vestito. Le stava d'incanto. Le sorrisi piena di approvazione <sei perfetta>

Lei fece una piroetta e con un sospiro teatrale, si posizionò davanti allo specchio <Lo so, cara>

<Pensi che il mio vestito piacerà a Nico?>

Lei si voltò con un sorriso ironico <Nico è pazzo di te. Se ti mettessi un sacco di tela, ti direbbe che stai d'incanto!>

Le sorrisi riconoscente, per ciò che aveva detto. <A che ora vieni da me domani?> avevamo deciso di prepararci assieme da me.

Sul suo viso si disegnò una smorfia di disappunto <Scusa, me ne ero dimenticata. Mia madre vuole scattarmi qualche foto e assicurarsi che non esageri col trucco…ti veniamo a prendere intorno alle otto, dopo che passiamo da Nico> la sua espressione mortificata e ansiosa mi rivelò che anche lei stava pensando ai miei genitori.

<Non c'è problema, davvero va bene così…di certo anche la nonna vorrà vedermi quando sarò pronta… hai detto alle otto. Perfetto!> mi affrettai a rovistare nella borsa per sfuggire il suo sguardo, ma lei, dopo aver indugiato un attimo, rientrò nel camerino per cambiarsi senza aggiungere altro. La ringraziai col pensiero.

L'autobus che mi stava riportando a casa procedeva lento, troppo lento. O forse erano i miei pensieri che vorticavano troppo veloci. Avrei voluto già essere a casa, dai nonni, mostrare loro l'abito che avevo scelto e spiegare alla nonna, come avevo intenzione di acconciarmi i capelli. Magari chiederle se secondo lei era meglio lasciarli sciolti o tirarli tutti su, tranne qualche ciocca. Sapere se lei…lei…

Era in momenti come quello che "lei" mi mancava di più. I suoi gusti sarebbero stati diversi, da quelli della nonna. Tutti mi dicevano che le somigliavo tantissimo, tranne che per il colore degli occhi. Quello lo avevo preso da papà. Oggi, saremmo state alte uguali e saremmo uscite insieme, a fare compre e cose del genere. Lei mi avrebbe dato consigli che magari non avrei voluto ascoltare, ma almeno avrei avuto una scelta. Chissà se mi avrebbe dato consigli sull'amore, sui ragazzi…Oppure sarebbe stata una madre asfissiante e iperprotettiva e forse avremmo anche litigato, oppure no…

Non lo avrei mai saputo. Mamma mi mancava da morire. Papà mi mancava da morire. Ma tutto il dolore che stavo provando, in quel momento, non avrebbe cambiato di una virgola la realtà, non li avrebbe fatti tornare. Qualcuno accanto a me mi porse un fazzolettino di carta. Lo presi, ringraziando con un cenno della testa e mi asciugai goffamente quelle lacrime indesiderate. Che stupida a piangere in autobus a lasciarmi prendere dalla malinconia, per fortuna non mi capitava spesso. Avevo una vita piena e meravigliosa ed ero circondata da persone che mi volevano bene. Dovevo essere grata di tutto ciò, anziché piangermi addosso, mi rimproverai mentalmente. E in realtà ero grata e ricambiavo il loro affetto. Amavo i miei amici e adoravo i nonni, i migliori genitori che avrei potuto desiderare dopo i miei. Sperai che lo sapessero, che volevo loro un gran bene. Spesso dai per scontate certe cose, ma se c'era una cosa che avevo imparato era di non tenermi tutto dentro, soprattutto i sentimenti. Non c'è nulla di più bello al mondo che dire e sentirsi dire "ti voglio bene". Io avevo questa possibilità, tutti i giorni ed ero molto fortunata, non dovevo dimenticarlo.

CAPITOLO 37

<Sono a casa> dissi appendendo la giacca.

<Siamo in cucina Federica> mi rispose la nonna.

Attraversai l'ingresso tra il fruscio delle borse di carta, con i vestiti e le scarpe dentro.

In cucina il nonno era seduto di schiena e la nonna mi dava anche lei le spalle, impegnata a sciacquare qualcosa nel lavandino che, a una prima occhiata, sembrava fosse proprio nulla. Qualcosa non andava. Perché rimanevano di spalle?

<Che succede?>

<Tesoro vieni a farmi vedere tutte le cose belle che hai comprato> la nonna si era finalmente voltata e anche se aveva gli occhi lucidi, ostentava un gran sorriso evidentemente forzato.

<Allora io sparisco, sono cose da donna queste…> disse il nonno, anche lui accennandomi un sorriso che però, stranamente non arrivava agli occhi, prima di uscire dalla stanza.

Accigliata mi voltai verso la nonna che intanto sembrava essersi ripresa abbastanza da esibirsi, stavolta, in un sorriso sincero.

<Nonna è successo qualcosa? Mi siete sembrati strani tu e il nonno…> le chiesi sedendomi nella sedia lasciata vuota dal nonno.

<Ma no, Federica lo sai che il nonno non ne capisce niente di queste cose…> mi rispose indicandomi le buste a terra.

<Lo sai che non mi riferivo a questo! Non trattarmi come una bambina, non lo hai mai fatto!> Forse il mio tono fu eccessivamente duro o forse la nonna reggeva a stento la maschera che si era imposta. Ma in un attimo, vidi il sorriso che con tanto

coraggio aveva messo insieme per me, tramutarsi in una smorfia amara e una lacrima attraversare veloce la sua guancia rugosa, fino al mento.

Il rimorso mi bruciò dentro come acido. Mi diedi dell'insensibile e dell'ingrata, mentre in fretta mi affrettavo a prenderle dei tovaglioli di carta e glieli porgevo. Troppo tardi. Lei aveva già preso il suo fazzoletto bianco di lino, che teneva sempre nella manica, piegato e profumato di rose.

Qualche volte aveva asciugato anche le mie di lacrime, con quel fazzoletto e quel profumo, appena accennato e così gradevole, era confortante e gentile proprio come lei.

Mi sentì un mostro e ogni muscolo del mio viso si contrasse in una maschera, di colpa e mortificazione <Scusami nonna, non dovevo parlarti a quel modo. Mi dispiace> le dissi sinceramente prendendole la mano e aspettando che alzasse gli occhi.

Lei fece un gesto vago con la testa, come per negare le mie parole <No Federica, non sei stata tu, tranquilla. Tu non hai detto nulla di male. È vero io e il nonno volevamo distrarti dai nostri discorsi, ma tu non centri nulla con le nostre preoccupazioni>

<Ma perché piangi nonna?> non potei evitare di chiederle.

Lei sospirò e coprì la mia mano con la sua <Sei sempre stata una bambina sensibile e perspicace, vero? E anche tanto intelligente…> si interruppe un attimo corrugando le sopracciglia, come valutando ciò che poteva o meno dirmi. <Ci sono dei problemi a casa della zia e noi, io e tuo nonno, ci sentiamo impotenti perché lei non ci permette di intervenire. È grande ormai, lo so, ma un genitore non smette mai di preoccuparsi per i figli, specialmente quando vedi che ripetono, anno dopo anno, sempre gli stessi errori…> sospirò e tacque.

Sperai che non proseguisse oltre. Avevo le dita gelate e un sudore freddo mi imperlava la fronte. Sentivo il cuore pulsarmi contro le costole. Non volevo saperne nulla, lui doveva rimanere lontano da me. Anche il solo sentirne parlare, anche se indirettamente, lo rendeva troppo reale e presente. Lui doveva rimanere in quell'angolo brutto e sporco della mia memoria, in cui lo avevo rinchiuso e non doveva uscirne mai più. Mai più. Questa era l'unica possibilità per me, di vivere una vita normale. La nonna cambiò discorso e io ne fui profondamente felice.

<Allora me li fai vedere questi vestiti?> mi chiese, sorridendomi adesso più sinceramente. O forse era quello che volevo vedere.

<Ti faccio una sfilata se vuoi!> le dissi sapendo che ne sarebbe stata entusiasta.

<Sarebbe meraviglioso!>

<Vado a cambiarmi> e mi affrettai a salire in camera, imponendomi di non pensare ad altro che a quello che stavo facendo e al sorriso sincero che la nonna mi avrebbe rivolto quando fossi stata pronta.

CAPITOLO 38

Mi svegliai presto quella mattina, il sole non era ancora arrivato all'altezza del mio nespolo, però una luce vagamente rosata tingeva le pareti della mia stanza iniziando a schiarire il buio della notte trascorsa.

Mi girai a pancia in giù poggiando il mento sulle mani incrociate.

La testata imbottita del letto era blu, ma al momento appariva bordeaux.

Accigliata osservai il colore scurirsi nel chiarore che aumentava, il rimorso si agitava dentro di me, contorcendosi come un animale in agonia, ne ero consapevole ma non potevo fare niente al riguardo.

E poi mi ripetevo che i nonni non volevano che io sapessi e che probabilmente non avrei potuto aiutarli neppure sapendo quale fosse esattamente il problema. La sera prima mi ero adoperata tanto, per farli stare di buon umore. Prima avevo indossato il vestito nuovo e dopo un paio di piroette avanti e indietro avevo esclamato che comunque restava il problema delle scarpe. <Secondo te nonna ci stanno meglio gli anfibi bassi con i lacci neri oppure le ballerine rosse?>

Mi venne da ridere, ripensando alla faccia che la nonna aveva fatto quando avevo nominato quelle scarpe. <Ma cara con questo vestito ci vanno delle scarpe col tacco. Cioè, tu sei abbastanza alta e staresti benissimo anche con quelle basse, magari non gli anfibi, quelli proprio no. Però ti assicuro che con delle belle scarpe con un po' di tacco saresti un incanto. Lo so che voi giovani avete idee diverse sulla moda, rispetto alle mie, ma se magari ti consigliassi con....>

A quel punto non ressi più e scoppiai a ridere, era troppo divertente vedere la mia dolce nonnina che, cercando di non offendere i miei dubbi gusti in fatto di moda, tentava di spiegarmi l'orrore che stavo per commettere. Mi abbassai e presi da sotto il tavolo le scarpe che avevo comprato con il vestito. Alte, semplici e bellissime.

<Me l'hai fatta vero?> Però già rideva.

<Te l'ho fatta si.>

Avevo fatto proprio di tutto per dissolvere quel velo di preoccupazione che aveva offuscato i suoi occhi. E avrei fatto anche altro, tranne chiederle del problema che la zia doveva sicuramente avere con lo zio. Di quello non ne volevo proprio parlare, non potevo. Quello era un mondo che volevo tenere lontano da me, il più possibile. Avevo messo duemila chilometri di distanza fra noi, ma la verità era che appena sentivo parlare della zia e inevitabilmente di "lui", mi si stringeva lo stomaco in una morsa di panico, le mani iniziavano a sudarmi e un ronzio costante mi risuonava nelle orecchie. Vivevo quei momenti, nel terrore che un giorno o l'altro la nonna mi dicesse che gli zii venivano a trovarci per una vacanza. No, non potevo neanche pensare cosa avrebbe significato per me, rivedere quel volto che non avevo mai dimenticato e che forse non sarei mai riuscita a cancellare dalla mia mente. Risentire la sua voce… "tieni la mano qui, così così ….così.." no no nooooo.

Chiusi gli occhi a quell'orribile ricordo. Dovevo respirare, dovevo ritrovare la calma e la lucidità…e la felicità.

Dovevo ricordare che io ero felice adesso, felice e lontana, molto lontana da lui.

Feci un profondo respiro e piano piano cominciai a tranquillizzarmi. Riaprì gli occhi e osservai la mia camera, la mia sicura e bellissima camera in casa dei nonni. Volsi gli occhi verso la luce proveniente da fuori. Il sole, ora filtrato attraverso i rami del nespolo, sezionava il muro in un mosaico di ombre e luci. Sorrisi. Sarebbe stata una bella giornata e la serata sarebbe stata tiepida, perfetta. Bene, questo era lo spirito giusto. Mi infilai in bagno e aprì la doccia.

Quarantacinque minuti dopo ero già sull'autobus che mi portava a scuola. La mente impegnata a immaginare Nico in giacca e cravatta. Sarebbe stato uno schianto, ne ero certissima. Ed era mio, che bello!

Un bambino piccolo, sui quattro anni, mi indicò con un dito e disse qualcosa alla sua mamma con la mano davanti alla bocca. Mi resi conto che stavo sorridendo e forse era un po' che lo facevo, al bambino sarò sembrata una pazza. Pazienza, non era facile nascondere una simile felicità quando la si provava!

Il bambino, ancora di tutto questo, non ne aveva la minima idea! Ma io si, che bello. Sospirai e sorrisi di nuovo.

Arrivata a scuola, mi resi subito conto di non essere l'unica col pensiero già alla festa.

Tutti i discorsi erano incentrati sulla serata imminente. Mi sorprese e mi rallegrò riflettere sul fatto che per una volta ero parte anch'io, di tutta quell'euforia da pre festa perché per la prima volta avevo deciso di partecipare.

<Ciao bellissima> Nico mi abbracciò da dietro e mi stampò un bacio sulla guancia.

Mi girai fra le sue braccia, allacciandogli le mani dietro il collo <Vedrai stasera!> Lo punzecchiai con un sorriso birichino.

Stringendo gli occhi, accostò la sua bocca alla mia, fino a giungere a un soffio dalle mie labbra <Non è che sarò costretto tutta la sera a farti la guardia?>

Io eliminai quei pochi centimetri e lo baciai delicatamente, una, due, tre volte, ad occhi aperti per vedere la sua espressione, ma lui restava vigile.<E' un vestito molto corto? E' scollato?>

Allontanandomi un po' da lui feci spallucce <Non te lo dico. Dovrai aspettare…> dissi col sorriso sulle labbra.

Lui mi afferrò di nuovo da dietro, le mani sui fianchi, tirandomi indietro verso di se <Dimmi almeno se devo venire armato!> e intanto mi solleticava i fianchi facendomi ridere.

<Chissà magari, toccherà a me tenerti lontane le spasimanti> mi accostai a lui con un finto broncio <Ci saranno anche delle ex alunne e tutti sanno che a te sono sempre piaciute le ragazze un po' più grandi!>

Ovviamente mi riferivo a quella volta, quella famosa volta di cui, pressoché tutta la scuola ne conosceva i dettagli, era stato beccato, da una prof, mentre faceva sesso con una dell'ultimo anno. In piedi, appoggiati al muro! La cosa dopo un primo fastidio iniziale, mi aveva fatto ridere in seguito. Ma adesso che lui era il mio ragazzo, la vedevo proprio diversamente e immaginare Nico con un'altra mi faceva stringere i denti per il livore. Grrr...

<Non sempre>

<Cosa?>

<Non mi sono sempre piaciute le ragazze più grandi. Solo quella volta.>

Mi accigliai <E perché quella volta era stato diverso?> Chiesi con pericolosa calma.

Lui sorrise, sembrava imbarazzato.<Beh, perché lei mi piaceva, era una bella ragazza e si era detta disponibile> Sembrava volesse aggiungere altro, ma si fermò.

<No, ti prego illuminami, non fermarti proprio ora, "era bella, ti piaceva ed era disponibile" e questo ti è bastato? Ti basterebbe?> Ora avevo leggermente alzato la voce

Lui si passò una mano fra i capelli, all'altezza della nuca e mi guardava un po' allarmato. Parlò lentamente, chiaramente soppesando bene le parole, prima di pronunciarle <No, ovviamente adesso non mi basterebbe, perché adesso io sto con te. Adesso io ho te>

<Ma vuoi dire che ti potrebbe capitare, di incontrare una ragazza che ti piace, d'aspetto, che magari si dice disponibile in quel senso….però tu non faresti niente perché stai con me. E' questo che vuoi dire?>

Lo vidi riflettere sulla domanda e tentennare.

<Non soppesare le parole, rispondi e basta!> avevo la voce lievemente acuta

Lui prima mi volle afferrare le braccia e chiudersele bene dietro di se e poi fare altrettanto con le sue, assicurandosi che non potessi scappare, prima di darmi una risposta..Sorrideva lievemente e già questo mi dava fastidio <Non ti rispondo>

<Perché!?>

<Perché non c'è un modo innocuo per rispondere a questa domanda. Ti arrabbieresti se dicessi si, perché significherebbe che potrebbe capitare che io mi senta attratto da un'altra, e ti arrabbieresti lo stesso se ti dicessi di no, perché non mi crederesti>

La sua logica era infallibile, ma non mi importava. Dopo, a mente fredda, avrei riflettuto sull'infantilità di pretendere la cecità assoluta del mio ragazzo, anche d'avanti a una fotomodella! Adesso la gelosia mi stava fondendo il cervello <Tu rispondi lo stesso!>

<E cosa vuoi che ti risponda?>

<La verità. Non mi arrabbierò!> Era una bugia, enorme e lo sapeva anche lui.

Fece un gran respiro <Si, è questo che voglio dire. Anche se incontrassi una bella ragazza, che mi attrae e anche se si dichiarasse disponibile, io non farei assolutamente nulla, perché ho te>

<Ma allora è vero, potrebbe capitarti di sentirti attratto da un'altra?> Lo so, lo so, era troppo infantile, ma non potevo frenarmi, Nico era mio e avrei voluto che guardasse me e solo me!

Lui mi afferrò di nuovo, mentre mi divincolavo per sciogliermi dall'abbraccio, aveva ancora un mezzo sorriso sulle labbra e questo mi faceva infuriare ancora di più <Non potrei mai sentirmi attratto da un'altra, come lo sono da te.>

Ero ancora irritata, ma mi fermai a riflettere un pochino <E questo mi dovrebbe bastare? A te basterebbe?>

<A quale delle due vuoi che risponda?> Ora non sorrideva più

Mi lasciai andare fra le sue braccia, poggiandogli la testa sulla spalla <A nessuna delle due, lascia perdere. Scusa è che sono….gelosa.> Quell' ultima parola la pronunciai come se fosse un'oscenità.

Lui lo notò sicuramente, ma non infierì. Mi tenne ancora più stretta, una mano alla base della schiena e l'altra scivolò più su fra i miei capelli, ne prese una manciata e tirandomeli leggermente mi fece sollevare il volto verso di lui. I suoi occhi accarezzarono il mio volto con desiderio e con un'altra emozione, molto più intensa, che non riuscì a definire. Quasi sembrava sofferenza. <Ma tu hai idea di quanto sei bella! E hai idea di quanto questo renda "a me" le cose difficili! Te ne accorgi o no di come ti guardano i ragazzi…> Scosse lievemente la testa, sempre con gli occhi fissi su di me <No. Non ti accorgevi nemmeno di come ti guardavo io!>

Aprì la bocca per dire qualcosa, ma non ne uscì una parola. Nico accostò le dita alla mia bocca e col pollice sfiorò, avanti e indietro, il labbro inferiore. Accigliato proseguì in quelle rivelazioni sconcertanti e bellissime <Sai che quando mangi, hai l'abitudine di controllare con la lingua se hai qualche mollica all'angolo della bocca?> Io scossi la testa.

<E quando abbiamo un compito in classe, tu poggi la testa da un lato e raccogli tutti i capelli dall'altra, scoprendoti il collo> Si

fermò con lo sguardo perso , come in un ricordo piacevole. <Una volta, io ero seduto dietro di te, e tu hai cominciato a giocare con un ricciolo di capelli che ti continuava a scivolare sulla nuca> Mi fissò nuovamente negli occhi, la sua espressione fintamente accigliata mi domandava se ero soddisfatta delle sue rivelazioni <A momenti consegnavo il foglio in bianco, tanto mi avevi ipnotizzato! Tu distruggi la mia pace mentale, mi fai diventare un somaro geloso e ancora ti chiedi se possa sentirmi attratto da un'altra più di quanto lo sia da te?> Un finto morsetto si trasformò in un lungo morbido bacio.

<Mi rendi felice Nico, tantissimo!> Avrei voluto stringerlo a me, baciarlo, accarezzarlo e lenire con le mie effusioni il suo orgoglio calpestato dalle sue stesse rivelazioni. Ma dovevo aspettare un momento più idoneo. Pazienza.

Alle undici suonò la campana. Quel giorno potevamo uscire prima, ma non tutti ce ne andammo, molti di noi avevamo acconsentito a dare una mano per preparare la sala da ballo in auditorium.

Nico era stato arruolato, vista la sua altezza, per appendere le decorazioni nei punti più difficili da raggiungere. <Nico, figliolo benedetto, vieni tu ad aiutarmi vuoi?> Ovviamente la domanda della prof era assolutamente retorica, non si aspettava certo un rifiuto!

Passando vicino alla scala, in cima alla quale Nico si stava dando da fare con chiodi e puntine, lo osservai in silenzio, da un punto di vista interessante... Aveva tolto la felpa e la t-shirt , che indossava sotto, si tendeva sui suoi flessuosi muscoli delle braccia, le gambe fasciate nei jeans erano lunghe e atleticamente muscolose... era una gioia per gli occhi e non potei fare a meno di ammirarlo con possessivo orgoglio.

Lui, forse sentendosi un pochino osservato, abbassò lo sguardo e vedendomi mi sorrise, con quel suo modo canagliesco e insieme tenero che non mancava mai di farmi tremare le gambe. Gli inviai un bacio e mi incamminai con Marty, verso il tavolo dove la prof distribuiva decorazioni e attrezzi vari.

Qualche minuto dopo, io e Marty, eravamo alle prese con cordoncini, fili e nastri da intrecciare e ritagliare. Ero concentrata nel ritagliare meticolosamente una forma, quando mi sentì sfiorare la testa da una mano. Alzai gli occhi e le spalle di Simon occuparono il mio campo visivo per un attimo, il tempo di stamparmi un bacio rumoroso sulla guancia. Istintivamente alzai gli occhi verso l'angolo opposto dove c'era la scala dove lavorava Nico, ma lui era di spalle.

Simon accorgendosi della cosa sorrise ironico <Cos'è geloso?>

<Non ricominciare ti prego…>

Simon alzò le mani in un gesto difensivo <Tranquilla ho già i miei problemi!> Sospirando e strofinandosi la nuca, accennò alla sua destra dove Stella seduta su una lunga panca, in compagnia del suo solito seguito di vipere, al quale sembrava essersi aggiunto qualche elemento nuovo, ci guardava con astio.

Anzi sinceramente sembrava guardare solo me con astio, perché quando il suo sguardo si spostava su Simon, allora diventava improvvisamente malinconico e struggente.

Guardai Simon che stoicamente cercava di far finta di niente <Non tornerai da lei?>

Lui spalancò gli occhi e mi guardò come se avessi detto la cosa più assurda del mondo.

<Ok, ok, scusa. E' solo che sembravate stare bene insieme e una volta che noi ci siamo chiariti, ho pensato che sareste tornati insieme.>

Lui mi guardò pensieroso, avevo l'impressione che stesse cercando di appurare se fingevo o gli stavo dicendo la verità. Poi mi sorrise, dolce e malinconico <Piccola, tu non hai idea del danno che hai fatto vero?> Scosse la testa <Lasciamo perdere.

Diciamo solo che non mi sarei dovuto mettere con lei fin dall'inizio>

Guardandomi diritto negli occhi e negandosi la possibilità di guardare altrove, proseguì arrossendo leggermente <Me ne vergogno, ma la verità è che l'ho usata per dimenticarti, per farti ingelosire e le ho fatto del male>

Adesso mi dispiaceva per Stella, dopotutto lei era stata una vittima in questa storia e non aveva colpa se si era innamorata di Simon. Certo, osservarla mentre tentava di incenerirmi con lo sguardo non era esattamente piacevole, però riuscivo a capirla <Immagino tu le abbia parlato e abbia cercato di scusarti con lei e di....>

<Non si può parlare con lei. Ci ho provato, non fa altro che piangere e inveire su....> Mi indirizzò uno sguardo imbarazzato.

<Su di me?> Ero sorpresa <Ma lo sanno tutti che sto con Nico adesso, io non sono un intralcio per voi>

Simon mi osservò preoccupato e indeciso, poi parve decidersi su qualcosa e accostandosi un po' di più mi parlò sottovoce, per non essere ascoltato dai ragazzi accanto a noi <Spero di sbagliarmi, ma credo che dia tutta la colpa a te per la rottura della nostra storia. Io sono stato onesto , le ho detto il perché stavo con lei e le ho chiesto di perdonarmi. Lei è dispostissima a perdonarmi, ma vuole anche che torniamo insieme, ed è qui che non ci troviamo esattamente d'accordo>

Io restavo perplessa <Scusa Simon se puntualizzo l'ovvio, ma non sono sicura di aver afferrato bene. Tu la usi per i tuoi scopi, la fai pure innamorare...>

<Non l'ho fatto apposta!> mi interruppe lui

Io lo guardai male e proseguì la mia tirata, come se non fossi stata interrotta <La fai pure innamorare, e quando le confessi la verità, lei ,invece di prenderti a schiaffi, ti perdona e ti propone di tornare insieme?!>

<Esatto, ma io non ne ho la minima intenzione. Non mi sento a mio agio con lei...>

<Beh, insomma quando vi sbaciucchiavate per i corridoi sembravi molto a ....>

<Fede>

<Ok scusa..va avanti.>

Lui mi guardò serio e poi proseguì <Insomma il punto è che lei pensa che sia colpa tua. Pensa che anche se stai con Nico, tenti di provocare me e dice in giro ...cose spiacevoli sul tuo conto>

Ora non mi dispiaceva più tanto per lei <E cos'è di preciso che dice in giro?> Chiesi con studiata calma.

Simon si infilò le mani in tasca e mi rispose accennando un lieve sorriso <Nulla a cui, chi ti conosce davvero crederebbe mai> E prima che potessi insistere aggiunse <Ti dico solo di stare attenta a lei, sembra un po' vendicativa. Se puoi cerca di starle lontana> Mi accarezzò lo zigomo con le nocche di una mano e andò via.

Tornai a osservarla, ora stava seguendo con gli occhi la direzione presa da Simon. Effettivamente un po' psicopatica lo sembrava, ma non ero molto preoccupata per me, cosa poteva farmi oltre a sparlare alle mie spalle? Ero più preoccupata per Simon, da quello che mi aveva raccontato e da come lo guardava , anche in quel momento, sembrava una persona capace di fare qualche pazzia. Che genere di pazzia, non riuscivo a immaginarlo, ma adesso che aveva ripreso a osservare me, non potei fare a meno di notare il profondo odio che sembrava nutrire nei mie confronti. Meglio non darle corda, mi voltai volutamente dall'altra parte e rivolgendomi a una ragazza accanto a me, le chiesi dell'altro nastro. Ma anche mentre intrecciavo i vari nastri colorati, avvertivo lo sguardo pesante e intriso di malevolenza che insisteva a rivolgermi, quasi che con la sola forza del pensiero potesse farmi sparire o peggio.

Scrollai le spalle dandomi della stupida, mi stiracchiai sulla sedia e intercettando casualmente lo sguardo di Simon , che dall'altra parte della stanza , faceva la stessa cosa, gli sorrisi salutandolo con un gesto casuale della mano. Spostai lo sguardo verso la scala, dove Nico stava ultimando gli ultimi agganci, lui già voltato verso di me mi indirizzo un bacio volante. Sorrisi felice e un po' impacciata, finché mi sentì gelare quando incrociai di nuovo lo sguardo di Stella. Mi guardava con gli occhi ridotti a fessure, e l'odio evidente che provava per me era tale, che riuscivo quasi ad avvertirlo sulla pelle. Capì, senza sapere come, che mi aveva osservato mentre salutavo Simon e poi mentre sorridevo a Nico e nella sua mente perversa, stavo sicuramente avvalorando la sua tesi e dando credibilità alle sue dicerie.

Mi alzai e cominciai a raccogliere le mie cose

<Vai via?> Marty, assieme a Diego, mi raggiunse con il suo zaino già pronto

<Si sono stanca, ci vediamo più tardi….hai detto alle otto?>

<Puntuali>

<Ok>

Mi avvicinai a Nico <Ne hai ancora per molto?>

Lui aveva un'espressione rassegnata e accennando con la testa alla prof mi disse <Dice che non può fare a meno di me, almeno fino a quell'angolo lì> e indicò l'estremità opposta della stanza.

<Poverino, vuoi che ti aspetti?>

<No, va casa ci vediamo più tardi, Diego passa prima da me>

<Ok> Ma anche mentre uscivo sapevo che qualcuno mi stava osservando, ne sentivo la negatività, la malevolenza. So che sembrava sciocco e superstizioso, ma avvertivo realmente il bisogno di Stella di farmi star male e rabbrividì leggermente, ma non mi voltai per verificare la mia sensazione, non ce n'era bisogno.

CAPITOLO 39

Nel pomeriggio quando mi chiamò Marty, forse per la decima volta, per ricevere l'ennesimo consiglio, stavolta per come acconciarsi i capelli, il mio malumore era del tutto sparito. <Hai dei ricci naturali da invidia, lasciali semisciolti con qualche ciocca ad arte qua e là, io farei così>

<E se me li stiro?>

<Ma non è un po' tardi? Tra meno di un ora Diego sarà già lì...> Sorrisi prevedendo la sua reazione

<No, non è possibile ma che ore sono…. o mamma mia, ma è tardissimo! Hai ragione Fede, ok vado, bacio.>

Aveva già riattaccato prima che riuscissi a ricambiare il saluto. Lanciai il cellulare sul letto e tornai a voltarmi verso lo specchio. Sorrisi. Ero compiaciuta del mio aspetto. Mi sentivo bella e attraente e non avvertivo il minimo accenno di imbarazzo, vergogna o peggio, senso di colpa. Un bel passo avanti rispetto a qualche mese prima, quando forse non avrei nemmeno voluto partecipare alla festa, né tantomeno indossare un abito come quello che indossavo in quel momento. Tutto, pur di nascondermi e non attirare gli sguardi maschili di chiunque.

Feci un bel respiro per verificare la tenuta della scollatura. Tutto a posto, meno male. La signorina del negozio, dove avevo acquistato l'abito, si era raccomandata di non indossare il reggiseno, perché la scollatura sulla schiena era troppo bassa per coprirlo e le strisce trasparenti dei reggiseni siliconati erano poco eleganti.

<Come sei bella Fede, ti sta benissimo, io senza reggiseno sembrerei una tavoletta per galleggiare, tu invece...>

Mi ero preoccupata a quel complimento e mi ero controllata meglio allo specchio <Non è che si nota che non lo porto?>

A quel punto era intervenuta la commessa e sistemandomi la scollatura aveva esclamato <No signorina, la sua amica vuole solo dire che il suo decolté non ha nessun bisogno né di rinforzi né di imbottiture e questo vestito le sta a pennello, senza bisogno di nessun artificio. E' semplicemente bellissima!>

L'abito nero, aveva una scollatura quadrata ma morbida, con delle sottili bretelline che dietro si incrociavano una volta, sotto le scapole. Scendeva aderente e a metà cosce si slargava leggermente fino ad appena sotto il ginocchio. Con le scarpe alte, raggiungevo almeno il metro e settantacinque…ma non era un problema con Nico, non l'avrei superato in altezza, sarebbe stato solo più accessibile per i baci! Mi osservai le labbra, sulle quali avevo spalmato un po' di gloss trasparente, agli occhi solo un tocco di mascara e pochissimo ombretto color antracite, sfumato con le dita. Avevo pettinato i capelli tutti indietro e avevo messo un sottilissimo cerchietto di metallo con piccolissimi cristalli. Ero pronta e appena in tempo, visto che in quel momento sentì il citofono. Scesi le scale, facendo attenzione per i tacchi, sentì delle risate e appena arrivata in visuale mi accorsi che erano scesi tutti: Marty, Diego e Nico.

Erano tutti e tre belli e sorridenti, ma Nico era bello da mozzare il fiato. Appena mi guardò, però, sembrò che il fiato fosse mancato anche a lui. Rimase lì imbambolato con la mano a mezz'aria, congelato nella posizione che aveva prima che io arrivassi nel suo campo visivo. Sorrisi e lui ricambiando, si ricompose in una espressione più sobria. <Sono senza parole! > Mi diede un bacio sulla guancia e mi prese per mano.

<Andiamo?> Marty e Diego accanto a noi, sorridevano sornioni e ironici..

<Aspettate, voglio un ricordo. Giratevi tutti e quattro verso di me e dite "cipolla"!> La nonna sembrava una ragazzina e sorrideva come noi.

<Perché "cipolla"?> chiesero quasi insieme Diego e Nico

Rispose il nonno pronto con la macchina fotografica<Perché per mia moglie "cheese" non vuol dire niente. Qualcuno per caso vuole contraddirla?>

<No, signor Michele, ci mancherebbe…>

<No, assolutamente>

<Pronti?>

Tutti stretti vicini e sorridenti gridammo in coro <"Cipollaaaa">

Arrivammo alla festa che era in pieno svolgimento, la musica filtrava attraverso la porta ma quando la aprimmo, ci investì in pieno assordante. Il deejay era il tipico artista da "Più rumore c'è più ci si diverte" ed effettivamente, per il momento, i ragazzi sembravano divertirsi, storditi dal rumore o semplicemente dall'ebbrezza di essere giovani e felici! Ci lasciammo subito contagiare dall'atmosfera euforica e ci lanciammo in pista, sorridenti e vibranti di quella aspettativa che solo a quell'età ti è permesso provare per tutto e anche per niente.

Per me fare parte di tutto ciò era un vero miracolo, mai avrei pensato di potermi sentire così felice e spensierata. Per tutti gli altri era qualcosa di normale e naturale, per me era un'autentica conquista.

Felice abbracciai Nico e lui continuando a ballare, solo con un ritmo più lento, mi sollevò da terra e mi fece girare una volta prima di rimettermi giù. Continuammo a seguire il nostro ritmo personale, occhi negli occhi. Sembravamo i protagonisti di quel film, icona del romanticismo negli anni ottanta forse, "Il tempo delle mele" dove i protagonisti ad una festa, erano gli unici a ballare un lento mentre gli altri, attorno a loro, erano scatenati a tutt'altro ritmo.

Gli altri ci osservavano e ridevano, ma a noi non importava nulla degli altri, c'eravamo solo noi e il nostro amore.

La Federica che ero stata e che ancora un po' ero, avrebbe avuto paura di quell'attimo di felicità perfetta, avrebbe temuto il momento in cui avrebbe rimesso i piedi per terra bruscamente o peggio il momento in cui tutto sarebbe crollato come un castello di carte. Già una volta, tanti anni fa, il mio mondo era crollato.

Ma non sarebbe accaduto di nuovo. Ne ero sicura e la mia felicità era troppo grande per poter sparire di nuovo nel nulla.

La Federica che ero stata però, era forse più corazzata nella sua freddezza, più protetta.

In quel momento la mia felicità, la mia gioia, il mio amore per Nico erano in piena fioritura e come un fiore, con tutti i suoi petali aperti e splendenti, ero vulnerabile. Il mio cuore gonfio di amore era esposto e indifeso e io non avrei mai pensato che invece avrei dovuto difenderlo.

Addossati alla parete, avevano sistemato i tavoli con i rinfreschi. Diego e Nico erano in fila per prendere qualcosa da bere, mentre io e Marty aspettavamo a lato della pista sventolandoci con la mano, cercando invano un po' di refrigerio. La serata era stata mite, ma lì dentro l'aria era veramente più calda e il movimento aveva accentuato la sensazione di calura.

Un soffio fresco e leggero, incredibilmente piacevole e benvenuto in quel momento, mi fece rabbrividire. Sorridente e con gli occhi socchiusi mi voltai verso la fonte di quel piacevole venticello che a quel punto si rafforzò, spargendosi anche sul mio viso accaldato e sudato. Aprì gli occhi e il volto di Simon apparve d'innanzi a me , talmente vicino che mi affrettai a indietreggiare di un passo. Accigliata, incrocia le braccia sul petto e lui abbassò un attimo lo sguardo prima di riportarlo subito sul mio volto.

<Non hai nessuna ragazza da importunare?> Gli chiesi ostentando serietà e buonsenso, stringendo gli occhi.

<Sei una favola Fede!>

Mi sentì arrossire, anche al buio lui dovette accorgersene e sorrise.

Voltai il volto di lato, sfuggendo il suo esame. Lui si impietosì mi sfiorò la mano per sollecitare la mia attenzione <Vado a vedere se c'è ancora qualcosa da bere, voi siete a posto?>

Riacquistata la mia calma, gli sorrisi anch'io <Si, grazie Simon siamo a posto.>

Prima di andare, Simon si voltò verso Marty, che era rimasta in silenzio tutto il tempo <Anche tu Marty stai molto bene!>

Marty sbuffò un sospiro divertito <Grazie Simon, è bello essere notati!>

Simon alzò le spalle con le mani rivolte in su, un'espressione fintamente contrita in volto e si allontanò.

A un tratto d'avanti l'ingresso dell'auditorium si era formato un piccolo capannello di gente e le voci li attorno crebbero di intensità.

<Che succede?> Diego e Nico erano arrivati con i bicchieri colmi e mentre ne prendevamo uno ciascuna, ci avvicinammo alla fonte di quella improvvisa confusione.

La prima persona che riconobbi, in quella bolgia, fu Stella. Aveva tutta l'aria del gatto che aveva mangiato il topo e la cosa non mi piacque per niente. Poi notai che mentre guardava me, teneva per mano una ragazza bionda che non conoscevo.

Il mio sguardo era tutto rivolto a Stella e non mi resi subito conto di chi, invece aveva attirato tutta quella attenzione. Poi però anch'io guardai nella stessa direzione degli altri attorno a me e mi accorsi che a calamitare gli sguardi di tutti, ragazzi e anche ragazze, era la ragazza bionda accanto a Stella. Se ne stava lì a conversare tranquilla, ostentando disattenzione per tutti, poi a un cenno di Stella, lei si voltò verso di me e a quel punto, mi accorsi di cos'era esattamente il motivo di tutto quell'interesse: ciò che indossava o meglio ciò che non indossava. Il suo abbigliamento consisteva unicamente in un pezzo di stoffa lucida e rossa, che si estendeva dalla linea orizzontale dei seni fino ad appena sotto il sedere. Sul davanti il vestito era percorso da un'unica cerniera da un capo all'altro, ma la cosa più vistosa di tutto erano i laterali del vestito, rivestiti di tulle trasparente per chiarire oltre ogni ragionevole dubbio che la ragazza non indossava biancheria intima, di nessun tipo. L'effetto era pazzesco, non si riusciva a toglierle gli occhi di dosso e mi accorsi che anche Marty, Diego e Nico avevano subito lo stesso effetto. Stavo per voltarmi e dare uno scossone, per lo meno a Nico, quando sentì una voce sottile e dolce, anzi no "melensa", rivolgersi dalla nostra parte <Nico, quasi non ti riconoscevo…come sei diventato "grande"!> Ogni parola   grondante   sottintesi.

CAPITOLO 40

Mi voltai appena in tempo per essere investita da un'ondata di profumo invadente, prima che la bionda si spalmasse tutta morbida e seducente su Nico e lo avvinghiasse con le sue unghie laccate rosse, facendogli abbassare la testa e stampandogli il suo rossetto cremisi proprio sulla bocca.

Panico. Non potevo crederci. Anche se con la mente registrai che Nico non aveva ricambiato l'abbraccio e che anzi aveva fatto un passo indietro, con gli occhi offuscati da una gelosia omicida, vidi solo Nico che baciava quella strega seminuda e poi sentì i fischi e gli incitamenti di tutti quelli che, attorno a noi, si stavano godendo lo spettacolo. Strinsi i denti per impedirmi di urlare e feci per andarmene, ma una mano mi afferrò il braccio e voltandomi mi accorsi che era quella di Nico, che intanto era riuscito quasi a divincolarsi. Quasi, perché "quella" gli teneva ancora una mano sul petto, mezza poggiata ancora a lui, come bisognosa di sostegno.

<Scusa Samantha ti dispiace?!> E così dicendo gli scostò la mano rudemente e io mi sentì un pochino meglio.

Ma quella, Samantha mi pareva di aver capito, si riprese subito e con fare sorridente e amichevole si rivolse a me <Che piacere conoscerti, sei la fidanzatina di Nico? Noi, sai, siamo…vecchi amici. Non ti ha mai parlato di noi?>

Non so cosa mi impedì di avventarmi su di lei con le unghie e con i denti, forse la mano di Nico, che ancora sul mio braccio fece ridimensionare la vastità della mia collera, ma con una noncuranza che di certo non mi apparteneva in quel momento, mi sentì rispondere <No, non mi ha mai parlato di te. Forse effettivamente sei proprio una "vecchia" amica e non si ricordava più!>

Detto questo, mi voltai e con un senso di gioia selvaggia, mi accorsi che Nico era accanto a me. Durò poco però, perché ora lui mi doveva spiegare per filo e per segno chi era quella, e doveva essere proprio bravo e veloce nella sua spiegazione, perché avevo tanta voglia di prendermela con qualcuno e lui, al momento, sembrava perfetto.

I miei tacchi riecheggiavano sul pavimento di marmo, man mano che ci allontanavamo dalla confusione. Arrivata in fondo alla sala mi voltai verso di lui e anche se ero sconvolta e arrabbiata, non volevo dare spettacolo, più di quanto avevamo già dato.

Certo non mi aiutava, guardare la faccia mortificata e sporca di rossetto di Nico. Presi un tovagliolo di carta da un tavolo dietro di noi <Pulisciti per cortesia, sei inguardabile!>

Nico prese a strofinarsi le labbra con lo sguardo fisso su di me, mi studiava cercando le parole giuste per spiegare. Ma Nico, sempre fedele a se stesso, non usava sotterfugi o eufemismi , e diretto come sempre esordì chiarendo tutto, prima che io potessi fargli qualsiasi domanda <Lei è Samantha, la ragazza del bagno... al secondo anno, lei era al quinto.>

Le immagini si susseguirono nella mia testa tormentose e irritanti. Loro nel bagno che facevano sesso, addossati alla parete. Le loro mani intrecciate, i loro corpi, le loro bocche unite. Anche se non avevo assistito alla scena, il bacio che quella gli aveva dato d'avanti a tutti poco fa, aveva reso tutto incredibilmente reale e doloroso. Non riuscivo neanche a guardarlo in faccia, un nodo doloroso mi opprimeva il respiro e avevo paura che se mi avesse guardato non avrei retto alle lacrime che premevano per uscire. Lui si avvicinò a me, lentamente come se temesse di vedermi andar via, se si fosse avvicinato in maniera più brusca. Io tenevo lo sguardo in basso cercando di sfuggire il suo e lui con la mano mi sollevò lentamente il mento, finché i nostri occhi non si incontrarono. Non c'era traccia di sarcasmo o ilarità nel suo tono <Mi dispiace per quello che è accaduto, mi ha colto di sorpresa e non sono stato pronto a reagire. Ma tu non puoi avercela con me, hai visto come sono andate le cose> Mi guardava serio e diritto negli occhi, sapevo cosa stava cercando di fare. Voleva essere sicuro che non gli nascondessi nulla, specialmente se la mia rabbia era in qualche modo rivolta a lui. Era così difficile essere razionale in quel momento, avevo tanta voglia di prendermela con lui, anche se obbiettivamente lui non aveva fatto nulla di male. Istintivamente optai per una via di mezzo <E sai perché ti ha colto di sorpresa, vero? Perché eri troppo impegnato a mangiartela con gli occhi!>

<Io non me la stavo mangiando con gli occhi, però si, ha attratto il mio sguardo, come ha fatto con tutti del resto, anche le ragazze la guardavano!> Cercava di tenermi le mani, ma io lo allontanavo.

<Certo, è praticamente mezza nuda!> Ma già ero più calma e mi rendevo conto di tante cose, come per esempio il fatto che tutta quella scena sembrava troppo perfetta, come se fosse stata creata ad arte per farci litigare. Pensai subito a Stella, poteva essere stata lei ad architettare tutto? Magari conosceva Samantha…certo lei in questo caso sembrava essersi prestata volentieri allo scherzo, sembrava addirittura entusiasta! Però se era così, adesso, litigando con Nico, stavo facendo il loro gioco!

Nico notò che mi stavo ammorbidendo un po' e provò ad abbracciarmi. Stavolta non mi scostai e gli poggiai la guancia sulla spalla, scivolando nel suo abbraccio <Vuoi che ce ne andiamo?>

<No, non voglio andarmene. Questa è la nostra scuola, la nostra festa e nostri amici. Non siamo noi quelli che se ne devono andare> Alzai lievemente la testa, con uno sguardo di sfida.

<Brava la mia Fede, a vederti non si direbbe, ma tu sei una combattente!> Nico sorrideva rilassato, adesso.

<Si, comunque non gongolare tanto tu e pulisciti bene, non ti bacio più fino a quando non sparirà ogni traccia di quella!> Ero ancora un pochino irritata, ma più rilassata.

<Ok, allora vado a ripulirmi>

Rimasi appoggiata al tavolo del buffet, mi sentivo addosso gli occhi compassionevoli di quelli che avevano assistito alla scena. Di certo in molti mi consideravano una stupida, per non aver preso a schiaffi Nico, ma obbiettivamente lui non aveva colpe e non avrei litigato con lui solo per dare loro soddisfazione e qualcosa in più di cui sparlare al ritorno delle vacanze di Pasqua.

Marty e Diego si avvicinarono <Come va?> Marty sembrava agitata quasi quanto me.

<Bene. Nico è andato a pulirsi la faccia> Mi accorsi che Diego con tatto ci lasciò sole.

<Sei stata fantastica Fede, io al tuo posto, penso che l'avrei presa per i capelli!>

<Sono stata tentata, te lo assicuro. Ma tu l'hai capito chi è vero?> Ogni tanto guardavo verso l'ingresso, per vedere se quella Samantha era ancora lì.

<Me lo ha detto poco fa Diego, lui l'ha riconosciuta subito, il furbo…a momenti gliele davo! Comunque dice che non è cambiata e che con Nico era sempre stata parecchio impetuosa!>

La guardai male <Si l'ho notato! Ma quanti anni ha? Venti? Ventuno?>

Marty mi prese a braccetto <Non ci pensare più Fede. Venti o ventun' anni quella è esattamente quello che sembra con quel vestito, non è nemmeno necessario insultarla! >

Sapevo che Marty cercava di tirarmi su il morale e cercai di sorridere <Si, vero? Hai ragione, sono sicura che è esattamente quello che hanno pensato i ragazzi vedendola con quel vestito addosso! Nessuno ha immaginato di spostare qualche millimetro di stoffa per vedere meglio, no assolutamente! Hanno pensato solo, che era solo una poco di buono e bisognava quindi evitarla, giusto?> un po' di ironia non guastava.

Anche Marty sorrise <Sicuro, come no!>

Poco più avanti sentimmo uno scoppio di risate e al centro di un gruppetto di ragazzi e poche ragazze, c'era ovviamente Samantha che gesticolava, raccontando qualcosa a chi la stava a sentire. Strinsi i pugni e mi costrinsi a voltarmi e Marty mi venne vicino. <Non facciamoci rovinare la festa, Ok?>

<Ok, però stiamole lontano, non voglio rischiare che inavvertitamente inciampi di nuovo su Nico. In quel caso penso che quella plastica che indossa le servirà per fasciarsi la faccia!>

La serata proseguì senza altri incidenti, però io restai comunque tesa. Non potevo fare a meno di controllare se Nico guardava dalla sua parte, ma non una volta mi capitò di coglierlo in flagrante. Dopo un po' mi sentì anche in colpa nei suoi confronti, per quella mancanza di fiducia. <Balliamo questa? Mi piace tantissimo> Gli chiesi tutta zucchero.

Nico mi sorrise tenero <Certo piccola>

Sulle note di *"Apoligise ft. One republic"* mi rilassai del tutto e mentre ballavamo non mi guardavo più intorno, non avevo nulla da temere. Accarezzai i suoi capelli, che si ondulavano appena sulla nuca, e scesi con le dita a sfiorare il suo collo. Lui mi baciò la guancia e poi piano, piano si accostò alle mie labbra. Dapprima fu un bacio dolce, poi di colpo cambiò e sentì crescere in lui il desiderio di pari passo col mio. Sentì le sue mani scendere lungo i miei fianchi per poi fermarsi bruscamente e afferrare una manciata di tessuto del mio vestito, come per frenare quella dolce discesa. Lo sentì ispirare bruscamente e anch'io di riflesso presi aria, eliminando del tutto lo spazio che ci separava e poggiando il mio petto sul suo torace. Mi sentivo al tempo stesso al sicuro e desiderata.

<Fede lo sai che sei bellissima, e che mi stai uccidendo?>

Io intanto accostai il naso al suo collo, che aveva un profumo talmente buono che invece di baciarlo avrei voluto mangiarlo o leccarlo....

<Quanto vorrei essere da qualche parte da soli...> Parlava con gli occhi chiusi, come a se stesso.

Baciarlo e leccarlo insieme mi parse l'idea migliore e così iniziai ad alternare le due cose…tanto eravamo al buio e sulla pista nessuno badava a noi.

Ora il suo respiro era parecchio affrettato, ma non accennava minimamente a scostarsi da me.

I suoi capelli mi solleticarono il naso e istintivamente mi avvicinai al suo orecchio per dirglielo, solo che poi mi distrasse il suo lobo e così, per sperimentare, decisi di mordicchiarglielo…dolcemente…

<Amore   vieni   cerchiamo   un   …>

CAPITOLO 41

Proprio in quel momento si accesero pian piano tutte le luci e i rappresentanti d'istituto salirono su una passerella alta per fare il loro discorso, che sicuramente doveva essere di una certa importanza, ma che in quel momento non poteva risultare, almeno per me e Nico, più inopportuno.

A malincuore ci avvicinammo agli altri. Marty mi afferrò la mano appena mi avvicinai <Mi accompagni in bagno...ho un problemino> mi sussurrò.

<Dove vai?> Nico sembrava a disagio e mi tirò a se.

<Che c' è?>

<Niente, non starci tanto però...> Sospirò e mi baciò leggermente sulle labbra, prima di lasciarmi andare.

Un attimo prima di entrare in bagno, mi voltai. Nico era ancora lì. Mi soffermai a guardarlo, le mani in tasca, la testa lievemente inclinata. Poteva sembrare una posa indolente e rilassata, tranne che per lo sguardo. Ancora rivolto a me, anche a quella distanza, mi comunicò un'intensità di desiderio che mi fece battere più forte il cuore. Lo amavo così tanto e lo volevo da morire, ma non era solo desiderio...era voler essere completamente in comunione con lui, volevo dargli tutto di me, perché lo amavo come non avevo mai amato nessuno.

<Che fai, ti sei imbambolata!?>

Faticai a distogliere lo sguardo, ma dopo un attimo seguì Marty in bagno.

<Guarda, la spallina destra da dietro> mi disse non appena entrammo <credo che si sia impigliata con i capelli e si è sganciata...>

Afferrai subito il problema e cercai di sbrogliare il nodo che si era formato tra i suoi capelli e il gancio della spallina del reggiseno <ma come hai fatto a …aspetta non ti muovere che ho quasi fatto> Armeggiai qualche altro istante e alla fine riuscì a rimettere il passante della spallina nel gancio, senza più capelli.

<Fatto>

Lei si controllò un attimo allo specchio e poi si voltò e mi sorrise raggiante <Ho deciso di farlo con Diego!>

Per un attimo mi spiazzò, poi capii e le restituì il sorriso <Davvero? E' quello giusto?>

<Si e lo amo tanto!>

<E tu eri quella..aspetta, aspetta cito testuali parole "non sono fatta per i grandi sentimenti o emozioni"?> Non potei fare a meno di prenderla un pochino in giro.

<Lo so, ma non mi riconosco più in ciò che dicevo una volta> arrossì leggermente, lei che non arrossiva mai!

<Marty è una cosa bellissima, sono contenta per te> e la abbracciai.

<E tu e Nico?>

Sorrisi perché mi aspettavo la domanda <Penso che se avessimo dove andare, lo faremmo stasera stessa!>

Marty mi guardò sorridente e sorpresa <Davvero?>

Sapevo cosa mi stava chiedendo <Non ho nessun timore, solo tanto desiderio… davvero! Mi sento libera e voglio amarlo, con tutto quello che sento qui> Misi una mano sul petto <E' la cosa più meravigliosa del mondo, provo amore, desiderio, ansia ma anche gioia…e la cosa più bella è che non ho nessuna paura di provare queste emozioni, "voglio" provarle…mai più mi priverò di provarle. Non mi sono mai sentita così viva…>

<Oh Fede sono così felice per te, sei la mia migliore amica e non sai quanto è stato brutto, in tutti questi anni, vederti soffrire, tenerti tutto dentro e non poter fare niente per aiutarti> Ora era lei ad abbracciarmi

<Ti voglio bene>

<Anch'io tanto>

Non so chi partì prima ma a un tratto ci ritrovammo a ridere, senza una ragione precisa, poi ci separammo e dopo un ultima controllatina allo specchio, ci avviamo all'uscita del bagno ancora sorridenti.

Incontrammo Diego, subito fuori dal bagno, quasi fosse stato appostato lì, ad aspettare che Marty uscisse. Ma capì subito che qualcosa non andava, Diego era si d'avanti la porta del bagno, ma guardava dall'altra parte della stanza, verso l'ingresso della palestra, accigliato.

<Dov'è Nico?> gli chiesi

Lui fece un salto, come se gli avessi urlato nelle orecchie e si mise una mano sul petto, come uno che sta per avere un infarto <Mi hai fatto saltare in aria...> e sorrise un po' isterico e palesemente a disagio.

<Dov'è Nico?> tornai a chiedergli, guardandolo negli occhi.

Lui continuava a sfuggire il mio sguardo e furtivo, lanciava veloci occhiate ancora all'ingresso della palestra.

Mi voltai anch'io in quella direzione, ma non notai nulla di insolito.

Poi qualcuno, accanto a noi, sbuffò una mezza risata e voltandomi mi accorsi che guardava nella nostra direzione e non era l'unico a farlo. Molti ragazzi e ragazze a gruppetti ci guardavano e ridevano, anzi "mi" guardavano! Mi voltai ancora verso Diego che, ancora una volta, guardava ansioso verso la porta della palestra. Poi a un tratto si voltò verso di me e presomi il braccio, mi indicò il tavolo dei rinfreschi <Vieni con noi Fede, andiamo a bere qualcosa….>

Mi divincolai guardandolo male <Me lo vuoi dire dov'è Nico?>

<Fede dai per favore…Nico ci raggiunge dopo…>

<Ma che vuol dire "ci raggiunge dopo"! Io ….> Mi interruppi, guardandomi attorno e anch'io come attratta da una calamita, guardai verso quella porta. Quasi non mi accorsi che si era avvicinato anche Simon e che stava parlando a bassa voce con Diego, ma non mi importava nulla di quello che avevano da dirsi. Mi voltai e cercando di non correre, mi diressi verso la palestra.

Non sapevo perché esattamente mi stessi dirigendo da quella parte, cosa mi aspettassi di trovare e soprattutto perché mi sentissi così agitata, mano a mano che mi avvicinavo.

Sapevo solo che non potevo fermarmi, che dovevo aprire quella porta verso cui tutti guardavano…

Arrivata in fondo, poggiai le mani sul "maniglione antipanico", un respiro, poi spinsi ed entrai.

Avvenne tutto così in fretta, che in seguito stentai a ricordare esattamente l'ordine degli eventi.

La palestra era completamente al buio, il suono della musica arrivava fin lì, ma ovattato.

Azzardai qualche passo sulla destra, con le mani a tastare il muro in cerca della luce… dei passi affrettati dietro di me, mi fecero voltare e anche nella penombra riconobbi Simon che mi afferrò dalle spalle, cercando di tirarmi indietro.

<Che fai…lasciami!> Non capivo perché mi stava tirando indietro in quel modo.

<Vieni via ti prego…poi ti spiego…> bisbigliava e tentava ancora di trascinarmi fuori di lì.

Ma prima che potessi chiedergli ancora spiegazioni, per il suo strano comportamento, un rumore soffocato o un bisbiglio affrettato mi fecero voltare verso il buio, verso la presenza di qualcun altro che avvertivo accanto a noi…. E poi qualcuno accese le luci.

Dapprima rimasi un attimo abbagliata, ma subito dopo la scena che mi si palesò davanti, mi fece spalancare la bocca, senza che però nessun suono riuscisse a venirne fuori.

Sul materasso per i salti alla sbarra, a pochi metri da me e Simon, c'era Samantha a cavalcioni su Nico, "il mio Nico".

Il suo osceno vestito era aperto fino all'ombelico, i suoi seni in bella mostra all'altezza del volto di lui.

Sulle labbra, dove il rossetto era tutto sbavato, un sorriso di finto imbarazzo ma per nulla intimidito.

Volevo urlare, piangere, spaccare qualunque cosa, ma più di tutto volevo che quello fosse solo un brutto sogno. Un orribile incubo dal quale mi sarei svegliata da un momento all'altro…ma poi guardai Nico, il volto stravolto da un emozione che non seppi interpretare, sicuramente colpa, con la faccia e il collo della camicia sporchi di rossetto….stavolta quelle macchie non sarebbero venute via, mai più.

Il cuore mi batteva così forte che sembrava scoppiarmi, lacrime indesiderate presero a scorrermi sul viso copiose e insopportabili. Non volevo piangere, volevo colpirlo, fargli male…. Volevo, volevo che quel dolore sordo al petto sparisse e volevo sparire anch'io…Stavo tremando, non vedevo più niente, ma sentivo le braccia di Simon attorno a me, che mi tenevano stretta da dietro e piano piano indietreggiava, per farmi uscire.

<Vieni Fede, ti porto via> con la mano mi teneva la testa inclinata, sulla sua spalla e mi ostruiva la vista, ma mi accorsi

comunque che non eravamo più soli, un gruppo di ragazzi e ragazze, davanti alla porta, alcuni sghignazzanti altri solo sorpresi, avevano visto tutto.

<Aspetta Fede, non è come pensi!> Nico tentava di rialzarsi dal materasso molleggiato, scostandosi da Samantha, provocando altre risate, fischi e qualche battuta.

Simon non mi fece fermare e oltrepassando quelli davanti alla porta, cercò di portarmi via velocemente, ma la voce di Nico ci raggiunse ancora una volta <Fede, maledizione ASPETTA!!>

Mi irrigidii, ma fu Simon a voltarsi e rispondere <Nico, maledetto idiota, lasciala in pace!>

<Non ti immischiare Simon, non sono cazzi tuoi!> Nico ci aveva raggiunto, la sua voce era vicinissima, ma non volevo guardarlo, non alzai neppure la testa dalla spalla di Simon.

Simon gli voltò ancora le spalle e tenendomi stretta a se, fece qualche altro passo verso l' uscita, prima che Nico mi afferrasse il braccio e strattonandomi verso di lui mi facesse voltare la testa.

<Lasciami. Lasciami, non mi toccare, MI FAI SCHIFO!!!> gridai guardandolo in faccia, sporco di rossetto ovunque, dove lei l'aveva baciato, dove lui si era lasciato baciare.

<Fede ti posso spiegare…vieni con me…> mi supplicava lui.

Le sue stupide, stupidissime parole provocavano, dietro di noi, scoppi di risate e battutine, ma lui non ci badava, continuava a guardarmi negli occhi e a propinarmi assurde spiegazioni. Non ci potevo credere, pensava davvero che fossi così stupida, così ingenua… La rabbia incontenibile che provavo, mi diede la forza di reagire <Toglimi le mani di dosso, Nico, ADESSO!> urlai fuori di me.

<No, maledizione, NO tu devi venire via con me….> urlava lui con la voce roca e irriconoscibile.

Simon si voltò così velocemente da sbilanciarmi in avanti. Si stagliò tra di noi e fronteggiò Nico, ora, con le braccia rigide lungo il corpo, lo sguardo cupo e minaccioso che aspettava solo un'occasione per picchiarlo. Occasione che non tardò ad arrivare quando Nico lo spintonò all'indietro per oltrepassarlo.

Un pugno in piena faccia lo fece appiattire sul muro, con il labbro spaccato , ma si riprese subito e si lanciò su Simon con un'espressione talmente feroce da far paura.

Mi coprì gli occhi, non potevo guardare, come era possibile che fino a qualche minuto prima, quella fosse stata una delle serate più belle della mia vita e che ora si fosse trasformata in un incubo!

Marty mi venne vicino pallida e spaventata, mentre Diego e qualcun'altro stavano cercando di separarli.

Mi sentivo addosso gli occhi di tutti e non era per niente piacevole.

Voltai le spalle a Marty e mi incamminai alla ceca, da sola verso l'uscita. Camminavo come un automa, un passo dopo l'altro avrei raggiunto l'uscita e sarei tornata a casa, lontano da quello in cui non potevo ancora credere, ma che sapevo essere solo la realtà. Una realtà a cui avevano assistito in molti….era orribile, umiliante, e schifoso.

Come avevo fatto a non capire? Come avevo potuto credere di poter competere con una ragazza più grande, più bella, più esperta….Un nodo opprimente mi soffocava, mi guardai attorno in cerca di riparo, un posto dove nascondermi, dove nessuno potesse vedermi piangere e deridermi, dove sparire con il mio dolore…

Una mano afferrò la mia e mi trascinò fuori di lì, fuori dall' auditorium, fuori dalla scuola… i rumori attorno a me si affievolirono sempre più, fino a sparire. L'aria fresca della notte mi fece rabbrividire finché una giacca calda mi venne messa sulle spalle. Allora mi voltai e accanto a me c'era Simon, l'espressione cupa ma determinata, mi aprì lo sportello della sua macchina e io senza pensarci su un istante mi infilai dentro e mi rannicchiai nel sedile. Tirai le ginocchia su e cercai di avvolgermi meglio nella giacca, ero gelata e mi accorsi di battere i denti. Non poteva fare così freddo, ma io mi sentivo come se acqua gelata mi stesse scorrendo nelle vene. Un attimo dopo salì anche lui, mise in moto e partì. Non sapevo dove mi stesse portando, ma andava bene così. Volevo solo allontanarmi da quello che era accaduto, come se la distanza potesse, in qualche modo, affievolire il mio dolore.

Dopo qualche minuto o qualche ora, non saprei dire esattamente, ci   fermammo.

CAPITOLO 42

Anche se avevo gli occhi aperti non avevo guardato la strada che avevamo percorso, adesso tentai di mettere a fuoco le immagini al di là del finestrino e solo allora mi accorsi che eravamo al mare.

Lo vidi scuro e agitato, sentì le onde infrangersi sugli scogli e respirai quell'aria umida e salmastra.

Mi voltai verso di lui, anche se non riuscivo a guardarlo negli occhi perché temevo di leggergli pietà o peggio <Sono proprio una stupida, tu sicuramente penserai che …>

<Shh non sei tu la stupida Fede, questo te lo posso assicurare>

<Si invece, tutta la scuola ha visto quanto lo sono! Non ci posso credere, come ha …potuto…> Le parole mi si bloccarono in gola, al ricordo della scena che mi si era presentata davanti, cercai di ingoiare le lacrime ma non ne fui capace e senza controllo mi accasciai su me stessa, scossa dai singhiozzi.

<No piccola, ti prego non piangere, non per lui, vieni Fede, vieni qui amore….> Simon mi prese e mi accoccolò su di lui come fossi una bambina. Con un braccio mi stringeva a se e con l'altro tentava di asciugare le mie lacrime. Ma più lui tentava di consolarmi, dicendomi che non era colpa mia e che Nico era stato uno stupido, per ciò che aveva fatto e più io stavo peggio. Non volevo sentirmi dire che era lui quello che ci perdeva, non volevo ascoltare chi mi diceva che lui non meritava le mie lacrime, perché la verità era che ero solo io ad essere perdente, sconfitta, indesiderata …non amata. Tutto quello che volevo era svegliarmi da quell'incubo in cui Nico non mi amava, non mi aveva mai amata e scoprire che invece mi amava eccome e mi desiderava, desiderava solo me e nessun'altra.

Volevo ritrovarmi fra le sue braccia, volevo la sua bocca sulla mia, le sue mani su di me, perché io volevo dargli tutto di me, tutto il mio amore, quell'amore che in quel momento mi stava incenerendo il cuore e mi scavava dentro una voragine, un vuoto freddo e buio nel quale mi sentivo precipitare senza un appiglio senza nessuno a cui importasse....

Le mani di Simon lievi, mi scesero lungo la schiena, per poi risalire in una dolce carezza consolatoria ed io come un assetato in cerca d'acqua nel deserto, affondai ancora di più nel suo abbraccio e armeggiando per liberarmi della giacca, gli cercai le labbra implorando un po' di quell' amore che mi era stato negato...

Lo sentì irrigidirsi un attimo e poi il suo respiro divenne sempre più affrettato e irregolare, mentre lo liberavo dalla cravatta e gli aprivo la camicia.

Ad occhi chiusi, infilai le mani dentro la camicia aperta e gli accarezzai il torace caldo e rassicurante.

Appoggiai la bocca sul suo collo dove una vena pulsava veloce, strofinai piano la guancia, il naso scendendo lentamente e cecamente fino al centro del suo torace, dove gli sentì il cuore battere forte...

Il mio cuore, invece stava rallentando, era come se lo stessi curando, lo stessi nutrendo, stessi lenendo il suo dolore...il mio dolore, con l'amore che stavo chiedendo a Simon.

Anche se teneva le mani ferme, ai lati del corpo e non tentava di baciarmi a sua volta, capivo dal suo respiro e da come batteva veloce il suo cuore, che non mi avrebbe rifiutata, non mi avrebbe negato l'amore che gli chiedevo.

Non riuscivo però a guardarlo negli occhi, perché non gli stavo solo chiedendo conforto, contatto e calore. I miei baci e l'ansia delle mie mani, sul suo corpo, erano animati dalla disperazione, dalla rabbia, dalla solitudine e dalla delusione.

Lo so, era meschino, ma non volevo pensarci, preferivo fissare lo sguardo sulla pelle che andavo scoprendo lentamente e con intenzione, assaporando il piacere del potere che lui mi dava, soccombendo alle mie carezze.

E non potevo nemmeno chiudere gli occhi, perché non volevo rivedere quelle immagini che mi avrebbero di nuovo spezzato il cuore all'infinito, fino a quando non ci sarebbe stato più nulla da spezzare e annientare…

Era vendetta quella? Non saprei dirlo. Sapevo solo, che l'ardore che stavo risvegliando in lui, era come un dolce balsamo, sulle mie ferite aperte e fresche, e non riuscivo a farne a meno.

Le sue mani a un tratto mi afferrarono i fianchi, rude e possessive nella loro stretta, era come se in realtà non volesse toccarmi ma, allo stesso tempo non riuscisse a farne a meno.

Poi, con la stessa repentinità, salì a prendermi il volto, cercando di sollevarlo verso di se, ma io sfuggì ancora il suo sguardo e piegando la testa di lato iniziai a baciargli il collo, l'orecchio e intanto con le mani liberai la sua camicia dai pantaloni, con fretta e disperazione… non volevo che mi fermasse…non volevo che anche lui mi rifiutasse.

Allora fu lui a cercarmi la bocca e iniziò a baciarmi con passione e totale abbandono, come se anche lui non volesse pensare, non volesse riflettere sulle ragioni che ci spingevano l'uno fra le braccia dell'altro. Invase la mia bocca con baci sempre più impetuosi, sentì l'intrusione della sua lingua che affondava nella mia bocca, come se cercasse i più profondi recessi della mia anima…

<Fede fermami… ti prego…ti prego dimmi…di smettere….> Ansimava sul mio collo e con le mani vagava sui miei fianchi e sulla schiena. Percepivo il suo desiderio trattenuto e allora lo strinsi forte a me, cercando disperatamente di annientare il suo autocontrollo, che ormai era l'unica cosa che mi separava dal baratro dove volevo precipitare, quel luogo dove, anche solo per pochi istanti di piacere, non avrei più sofferto e non avrei più rivisto Nico che toccava e baciava un'altra, un'altra che non ero io e che non sarei mai più stata io.

Fu allora che Simon mi prese il volto fra le mani e fissandomi diritto negli occhi, lesse tutto questo e molto altro…

<Dio! Che cosa sto facendo!>

Scossi la testa, cercando di negare l'evidenza e trattenendo le lacrime che mi offuscavano la vista, mi rannicchiai su di lui, le braccia strette attorno al suo collo <Ti prego, non dirmi no, non rifiutarmi anche…>

<Anche tu..> Con tono amaro completò la mia frase, che tutto spiegava.

Annaspai con le parole, continuando a ingoiare le lacrime che continuavano a salirmi agli occhi <Mi dispiace Simon…. È che sto così…male e non voglio…pensare…ricordare…non voglio…soffrire…>

<Lo so piccola, lo posso capire ma… ma io voglio molto più di questo> Con un sospiro si poggiò la mia guancia sul petto e affondò la bocca nei miei capelli aggrovigliati e dopo qualche istante di silenzio, proseguì ancora <E' la cosa più difficile che abbia mai fatto, ma non posso permetterti di farlo, te ne pentiresti già domani e a me non rimarrebbe comunque niente, tranne il rimorso per aver approfittato di te quando eri più vulnerabile> La sua voce era quieta ma risoluta.

<Scusa, non avrei dovuto farlo…quanto mi dispiace, in realtà volevo solo usarti,…Dio è terribile… per annientare ciò che provo…e questo è bruttissimo, proprio come ciò che mi ha fatto Nico!> Piano, piano stavo prendendo coscienza di ciò che avevo avuto intenzione di fare e mi sentivo sempre più disgustata di me stessa e piena di vergogna.

<O mio Dio, sono una persona orribile e tu avresti tutte le ragioni per non rivolgermi più la parola, abbandonarmi a me stessa, fare finta di non avermi mai conosciuta…> Cercai di scostarmi, ma lui mi trattenne e posandomi un dito sulle labbra, bloccò la valanga di accuse che ancora volevo rivolgermi.

<Tranquilla, non sono arrabbiato….forse devo darmi una calmata…ma va tutto bene..>

Capendo a cosa stava alludendo, mi sentì avvampare le guance e cercai di nuovo di scostarmi da lui, ma ancora una volta mi trattenne a se abbracciandomi <Stai qui…> mi disse con voce dolce e rilassata <Tra un po' ti riaccompagno a casa, si è fatto tardi ormai>

Rimanemmo così, abbracciati e in silenzio per un po', a goderci il rumore delle onde e i nostri respiri sempre più quieti e rilassati.

<Simon, perché mi sei venuto dietro e mi hai fermato quando stavo aprendo la porta della palestra?>

<Sapevo che erano li dentro.>

<Cioè? Li avevi visti andare via insieme, mentre io ero in bagno?> gli chiesi incredula

<In realtà io non li ho visti andare via. Mentre tu parlavi con Diego però, ho notato che sia lui che molti altri, tra cui anche Stella, continuavano a guardare te e l'ingresso della palestra, come se si aspettassero chissà cosa…poi ho parlato con Diego, che mi ha detto tutto, ma sinceramente non era difficile fare due più due, specialmente quando ho notato che lui cercava di trattenerti dall'andare in palestra>

<Che spettacolo orribile ho dato di me…tutti che ghignavano, fischiavano e si scambiavano battutine…sembravo..>

<Non sei tu quella che ha dato spettacolo e forse hai notato solo quelli che hanno riso di te, ma ti assicuro che molti invece erano schifati e sbalorditi per quello che ti aveva fatto Nico. Ti posso garantire, in prima persona, che se tu fossi stata mia, non sarei certo andato a cercare altro, te lo assicuro. E lo stesso lo pensano in tanti…Ancora mi chiedo cosa sia passata nella mente di quell'idiota>

<Non per giustificarlo, non lo farei mai, ma forse, "nella mente di quell' idiota", come l'hai chiamato tu, è passata una stupenda bionda, con un corpo mozzafiato e solo un pezzetto di tessuto che la separava dalla nudità?> Un po' sorpresa, mi resi conto, che dopo tutto quel pianto, riuscivo a fare almeno un po' di ironia.

Simon mi mise un dito sotto il mento, sollevando il mio volto imbronciato verso il suo <Non hai nulla di meno rispetto a quella, a parte la volgarità. Sei bella da togliere il fiato e stasera,… fermarmi è stata la cosa più difficile della mia vita.…e so già che più tardi mi prenderò a schiaffi e rimpiangerò e rivivrò ogni istante che abbiamo passato qui insieme> L'intensità con la quale mi guardava non dava adito a dubbi, lui mi amava ancora e io avevo avuto intenzione di approfittare del suo amore per stare meglio. Mi sentivo malissimo, ora, a tutto il resto, si aggiungeva anche il senso di colpa nei suoi confronti…

<Non lo fare> disse scuotendo il capo

<Fare cosa?> gli chiesi

<Non sentirti in colpa per stasera…non per me>

Io abbassai lo sguardo, non sapevo cosa rispondergli.

<Avevi tutte le ragioni per cercare un po' di conforto, dopo quello che è successo e sono contento che tu abbia scelto me, anche se mi rendo conto che non è stata certo una scelta ragionata. Sappi però che è solo perché ti amo ancora…che non sono andato fino in fondo, chiunque al mio posto avrebbe perso la testa e domani ti saresti sentita ancora peggio> Il suo sguardo su di me, diretto e sincero ad assicurarsi che gli credessi.

So cosa stava cercando di fare, cercava di farmi stare meglio e gliene ero grata, ma al tempo stesso mi aveva ricordato che c'era ancora un domani da affrontare, un domani senza Nico, perché lui mi aveva tradito e ciò che pensavo provasse per me, in realtà non era nulla, se era stato capace di tanto. Mi ero soltanto illusa che, le parole che non mi aveva mai detto erano comunque sottointese, ma la verità era che avevo fatto tutto da sola, mi ero creata una storia d'amore inesistente. Probabilmente per lui ero solo un'avventura, un passatempo… Non aveva mai detto di amarmi. Non lo aveva mai fatto e adesso mi sentivo così stupida per averlo creduto. Cercai di chiudere tutto dentro di me, in un recesso nascosto, che avrei aperto più tardi, quando sarei stata sola e quando non avrei potuto ferire nessun'altro con il mio latente egoismo.

<Grazie Simon, per tutto> Stavo per dirgli "sei un vero amico" ma mi fermai appena in tempo.

<Se è solo questo che posso avere da te, amicizia, allora vorrà dire che me la farò bastare> Evidentemente aveva sentito anche ciò che avevo taciuto.

Lo abbracciai stretto, stavolta un vero abbraccio fraterno <Ti voglio bene Simon, davvero>

Un sospiro, lento e rassegnato <Anch'io te ne voglio e te ne vorrò…sempre> Mi disse stringendomi, a sua volta, stretta a se.

CAPITOLO 43

Mi svegliai con un terribile cerchio di dolore in testa, era presto ancora, ma in ogni caso non c'era scuola perché erano cominciate le vacanze di Pasqua. Mi guardai intorno e anche se il ricordo della serata mi invadeva già la mente, come ondate corrosive di veleno, cercai di rimanere distaccata e guardarmi dal di fuori, come se il dolore non toccasse proprio me, il mio cuore, la mia anima ma solo qualcuno che mi somigliava. Era qualcosa che mi era sempre riuscito facile fare, che in passato mi aveva aiutato ad affrontare ciò che non riuscivo ad accettare.

Ma non ci riuscì. Non ne ero più capace.

Avevo aperto il mio cuore ad emozioni di cui prima avevo avuto timore, e quella porta una volta aperta non si poteva più richiudere. Ero vulnerabile adesso. Ero stata così felice, sulla mia nuvola perfetta, che non avevo pensato che l'amore quando ferisce lo fa sul serio…e io mi sentivo ferita a morte.

Un groppo in gola mi serrò il respiro e senza che lo avessi permesso, lacrime silenziose scesero giù bagnando il cuscino. Non potevo ancora credere a quello che era accaduto, come mi ero potuta sbagliare così clamorosamente su Nico e sui sentimenti che pensavo provasse per me. Davvero ero stata così ingenua? O era stato lui ad essere talmente bravo a mentire, da ingannare tutti? E se era così, se al mondo esistevano persone così avvezze alle menzogne e al tradimento, da sembrare sincere, io sarei mai riuscita a fidarmi di nuovo di qualcuno, abbastanza da….? No, era un pensiero che non riuscivo ancora a formulare, non adesso quando ancora il mio cuore, anche se offeso e calpestato, si ostinava a desiderare che Nico tornasse da me, a implorare il mio perdono, con mille giustificazioni e promesse a cui avrei voluto disperatamente credere.

Mi voltai verso la sedia, dove la sera prima avevo buttato i vestiti, in cerca della borsetta che avevo con me, ma non era lì. Poi ricordai di averla lasciata da qualche parte alla festa, dentro c'era il mio telefonino. Chissà se aveva provato a telefonarmi o se c'era qualche messaggio….

Chiusi gli occhi a quei pensieri molesti, anche se ci fossero state telefonate o messaggi, non avrei dovuto nemmeno leggerli, perché desideravo disperatamente credere alle sue scuse.

Cos'era che mi aveva urlato ieri sera? "Ti posso spiegare..non è come pensi?" Sbuffai amareggiata e delusa, la classica frase del marito colto in fragrante con l'amante! Poteva fare di meglio…

Mi rigirai nel letto, inquieta e nervosa, e quel mal di testa non mi dava tregua. Mi alzai, magari avrei preso qualcosa per quel dolore…per l'altro non c'era nulla da fare, solo aspettare…

Due ore e una *efferalgan* dopo, sopra le note a tutto volume del cd che beffardamente intonavano un monito che sembrava proprio rivolto a me "l'amore non è un privilegio…è solo abilità" e io evidentemente quell'abilità non ce l'avevo, suonarono alla porta. I nonni erano usciti e con la scusa del mal di testa, non avevo dovuto mentire, per spiegare la mia faccia lugubre.

Risposi al citofono con voce fredda e dura. Anche se tentavo di non pensarci, dentro di me desiderio e timore si alternavano. Volevo che venisse a chiedermi perdono, anche se sapevo che non sarei riuscita a perdonarlo. Poi però speravo che non venisse mai a chiedermi perdono, perché desideravo disperatamente credere alle sue spiegazioni, perdonarlo e fare come se niente fosse accaduto fra di noi. Insomma stavo impazzendo? Probabilmente.

<Ciao Fede sono io, mi apri?>

Era Marty, mannaggia! Le lasciai la porta aperta e andai verso il balcone che dava all'esterno…avrebbe seguito la musica e mi avrebbe trovata.

<La abbasso un pochino?> Mi chiese per prima cosa, riferendosi allo stereo.

<Non spegnerla però>

Lei pigiò due, tre volte il pulsante del volume e prese in mano la custodia del cd che c'era lì accanto. Me lo aveva regalato Nico, la prossima settimana saremmo dovuti andare al concerto e io avevo insistito perché lui imparasse almeno qualcuna delle canzoni….per poterle cantare insieme, una volta lì. E lui mi aveva accontentata, anche se quando cantava, sembrava un gatto a cui avevano investito la coda…Basta, basta, basta.

<Come stai?>

<Un'altra domanda?>

<Scusa>

<Di niente> Decisamente non ero di compagnia.

Eravamo sedute sul dondolo in giardino e io non riuscivo a nascondere la delusione perché lei non era Nico, e insieme la rabbia per quel mio desiderio masochista. Me ne stavo lì, rannicchiata sul dondolo a guardare il vuoto e a desiderare l'impossibile. Ero decisamente patetica, ma non mi riusciva di fare altro.

Controvoglia spostai lo sguardo su Marty, che accanto a me, mi guardava con preoccupazione ed evidente disagio, quasi fossi un animale selvatico che se infastidito potesse morderla. La vedevo però fremere per qualcosa, qualcosa che voleva dirmi ma non sapeva come. Però sembrava spaventata più che preoccupata, effettivamente mi ero spaventata anch'io quando mi ero guardata allo specchio stamattina: il viso stanco e gli occhi rossi e cerchiati, non ero proprio un bello spettacolo.

<Dai> le dissi passandomi le mani sul viso e portandomi i capelli all'indietro <Sono così mostruosa stamattina?>

<Perché?> Mi fa lei sorpresa

<Beh, mi guardi come se avessi paura che possa morderti…>

<No, no Fede, non è questo, è che ti vorrei raccontare una cosa e non so se vuoi sentirla>

<Riguarda Nico?> Sospetto, desiderio e tanta paura...tutto insieme.

Marty fece cenno di si con la testa <Ma se non vuoi ascoltarmi posso capirlo...anche se penso che dovresti farlo però> la voce sottile e ansiosa.

<E dai Marty come faccio a dirti di no, se mi dici così!> Sollevai le ginocchia al petto e mi accoccolai sul sedile imbottito, la guardai imbronciata e risoluta, tanto peggio di così non potevo stare <Dai, avanti, spara!>

Evidentemente lei non aspettava altro e non si fece pregare <Quando te ne sei andata, ieri sera con Simon, non puoi immaginare cosa è successo! Ci sono voluti quattro ragazzi per trattenere Nico...Pensavano tutti che voleva inseguire Simon per picchiarlo, ma lui voleva raggiungere te. Sembrava un pazzo...non l'ho mai visto così, faceva paura...se l'è presa con chiunque gli stesse accanto e a momenti si picchiava anche con Diego, perché lui gli ha detto che se l'era cercata!>

Anche se avevo bevuto ogni parola, come un'assetata, le risposi ostentando strafottenza <E cosa si aspettava? Un applauso? Diego è un bravo ragazzo, normale che gli ha detto ciò che pensava. E poi lui si meritava...> la mia voce si incrinò appena, non volevo più piangere ma era difficile fingere con Marty, lei mi conosceva troppo bene.

Marty ignorò volutamente le lacrime che tentavo di non versare e rovistò nella sua borsa. Un attimo dopo mi porse il mio telefonino <Ha squillato tutta la notte, almeno fino alle quattro...è arrivato anche qualche messaggio>

Non ci potevo credere, lei doveva aiutarmi ad essere forte, a non soccombere alla necessità che avevo di credere a Nico e a qualunque scusa mi avesse rifilato, non mettermi sotto il naso la tentazione che più desideravo <Come puoi farmi questo? Hai la

minima idea di quanto vorrei leggere i suoi messaggi e lasciarmi convincere dalle sue spiegazioni? Per quanto assurde possano essere, vorrei solo poterci credere...> La guardai arrabbiata <Tu c'eri, li hai visti! LEI ERA PRATICAMENTE NUDA, fra le sue braccia..> Non ce la facevo, non riuscivo neanche a parlare, mentre le immagini mi si accavallavano nella mente nitide e taglienti come lame. Con gli occhi appannati cancellai, uno per uno, senza neanche aprirli i messaggi di Nico, erano cinque....e le telefonate, trentanove. Il telefono emise un bip e si spense, la batteria era scarica. Lo lasciai cadere sul cuscino accanto a me.

Marty scuoteva il capo <Mi dispiace se ti arrabbi, ma te lo dico lo stesso..... non avresti dovuto cancellarli senza leggerli. Tu non l'hai visto ieri sera, quando si è reso conto che te ne eri andata via in macchina con Simon, ha preso a calci il cancello, ha imprecato...sembrava un altro. Sicuramente non il Nico che conosco io e ....>

Il citofono suonò e anche se il mio stupido cuore innamorato sussultò, io mi ostinai a non cedere <Non aspetto nessuno, non rispondo...>

Ma Marty si era già alzata ed era corsa a rispondere e ad aprire al posto mio, quando la raggiunsi stava già aprendo la porta e in lontananza vidi Nico percorrere il vialetto d'ingresso verso di noi.

Il cuore mi stava scoppiando <Come hai potuto! Perché l'hai fatto?>

Lei si voltò leggermente verso di me prendendomi la mano, la sua espressione era contrita, ma allo stesso tempo un sorriso speranzoso aleggiava sul suo volto <Spero con tutto il cuore di non sbagliarmi, se è così mi ringrazierai. Ciao Fede.> Detto questo se ne andò, lasciandomi sola d'avanti la porta con Nico, che   intanto   mi   aveva   raggiunto.

CAPITOLO 44

Rimasi li, con lo sguardo basso e incredulo. Non riuscivo a sollevare la testa, non riuscivo a costringermi a guardarlo in viso per paura che lui vi leggesse sopra lo stupido e patetico amore, che nonostante tutto provavo ancora per lui.

<Cosa vuoi?> chiesi brusca, rivolta ai suoi piedi.

<Posso entrare?..>

<No! E' una cosa lunga? Ho da fare!> Mi costrinsi ad alzare lo sguardo di sfuggita e poi mi affrettai ad afferrare la maniglia della porta.

<Fede…guardami ti prego…> La sua voce roca, aveva un tono supplichevole e insieme disperato, che non gli avevo mai sentito prima.

Alzai lentamente lo sguardo su di lui e quello che vidi intenerì subito il mio stupido cuore. Aveva un aspetto orribile, forse peggiore del mio: i capelli spettinati, gli occhi rossi e lucidi come se avesse la febbre, la maglietta bianca di cotone, in disordine e stazzonata come se ci avesse dormito. Teneva le braccia leggermente piegate, lungo i fianchi, rigide nello sforzo di tenerle ferme. Dio… tremavo, divisa tra la voglia di correre fra le sue braccia e quella di picchiarlo e farlo uscire da casa mia e dalla mia vita.

Sollevò le mani verso di me, per poi ritirarle di scatto e ficcarsele in tasca, teso e nervoso.

<Non so da dove cominciare, mi sembra un incubo…ma ti giuro Fede che non è andata come credi…>

Ancora quelle odiose parole….

Non ressi, non riuscivo a stare lì a sentire la storiella che mi voleva rifilare e a desiderare di crederci contro ogni logica. Mi voltai e feci per chiudere la porta, ma lui la bloccò con la mano aperta <Ascoltami...ti prego..>

Lo lasciai nel corridoi e mentre mi dirigevo in cucina, gli urlai contro, senza voltarmi <Abbi almeno il coraggio di dirmi la verità!>

Sentì la porta d'ingresso sbattere e un attimo dopo lui entrò in cucina, come una furia. Si fermò sulla soglia e con un sospiro lo vidi cercare di trattenere la sua rabbia <Se mi lasci parlare….. due minuti….dammi due minuti, io ti posso spiegare!> tentava di mantenere un tono quieto, ma si vedeva che gli costava. Meglio così pensai, non era giusto che solo io fossi arrabbiata!

Mi appoggiai al tavolo, incrociando le braccia e cercai di mantenere uno sguardo distaccato, come se non mi importasse ciò che aveva da dire. Mi obbligai a guardarlo in faccia <Ti ascolto, però sbrigati!>

<Ti dirò "i fatti" Fede. Solo quello che è veramente accaduto. Possono raccontare a scuola tutto quello che vogliono, ma la verità è solo quella che sto per dirti> I suoi limpidi occhi grigi si fissarono nei miei e anche se lo desideravo, non riuscì a distoglierli dai suoi. <Ti giuro, su quello che ho di più sacro al mondo, su quello che vuoi, che non ti ho tradito e che non ho mai avuto intenzione di farlo…> Alzò la mano verso di me, bloccando sul nascere le mie rimostranze di scetticismo e contemporaneamente fece un passo avanti, uno solo, e poi si fermò. Lo vidi deglutire, prima di proseguire, ma sempre senza distogliere gli occhi dai miei.

<Quando sei andata in bagno, con Martina, si è avvicinata Samantha e mi ha chiesto se poteva parlarmi. Le ho detto di si, che l'ascoltavo, ma lei ha insistito per spostarci un po' più in là, perché ci guardavano tutti, ed effettivamente era vero. L'ho seguita fino alla parete opposta, dove c'era la porta della palestra> Si fermò un attimo, assicurandosi che lo stessi ascoltando. Io

pendevo praticamente dalle sue labbra. Con le mani mimava la scena, come se la stesse rivivendo <Io ero poggiato alla porta e lei dapprima ha cominciato a scusarsi per il bacio che mi aveva dato, d'avanti a te e poi all'improvviso mi si è buttata addosso>

Mentre parlava, sembrava agitato e i dettagli che raccontava, mi rendevano la scena non solo reale ma anche credibile. <Ora… la porta della palestra, lo sai che ha quel maniglione con l'apertura a spinta, no? Si è aperta….e non so come, ma dopo aver fatto qualche passo all'indietro, ho perso l' equilibrio e …sono caduto. Lo so, è stupido, sembra una barzelletta, ma ti giuro che è così che è andata!> Mi guardava infervorato dal suo stesso racconto, la schiettezza del suo sguardo e la disperazione nel tono a testimoniare che la vittima, di quella situazione, era stato lui, tanto quanto me. Quindi proseguì, continuando il racconto di quello che sembrava sempre più uno scherzo maligno e meschino ai nostri danni <Dietro di me c'era il materasso per i salti e non ho fatto in tempo a caderci sopra, che lei ha fatto lo stesso, tentando contemporaneamente di baciarmi…>

Era andata così? Potevo davvero credergli? Oh Dio, lo volevo disperatamente! Gli feci un cenno per dirgli di andare avanti, che aveva la mia attenzione. La mia totale attenzione, sospirai dentro di me.

Lui si passò le mani sul viso, sfinito da quel racconto e forse anche dalla notte insonne, che doveva aver passato <Ho cercato di liberarmi di lei e intanto sei entrata tu…> Esitò un istante e poi con un sospiro proseguì <Questa, Fede è l'unica cosa di cui mi vergogno: sono stato preso dal panico a quel punto. Tu non potevi vedermi, ma io si e in quel momento ho pensato soltanto a quanto compromettente potesse apparirti la scena se ci avessi visti…e …sono rimasto zitto, sperando che uscissi…mi dispiace, mi dispiace….non dovevo, lo so, ma non ho fatto nulla di male…ma la paura di perderti, pur non avendo colpe, mi ha paralizzato> Si avvicinò di un passo e poi un altro ancora <A quel punto qualcuno ha acceso le luci>

Mi guardava diritto negli occhi, senza esitazioni. Il suo sguardo diretto e sincero, mi diceva che non aveva nulla da nascondere. Fece un altro passo ancora e si fermò, le sue mani a pochi centimetri dai miei fianchi, tremavano leggermente ma non mi sfioravano.

Morivo dalla voglia di correre fra le sue braccia, ogni cellula del mio corpo, il mio cuore e persino la mente mi dicevano che non mentiva, che le cose erano andate esattamente come mi aveva raccontato lui. L'orgoglio però mi fece esitare. Strinsi le labbra in una smorfia amara, non volevo cedere subito e stupidamente cercai di appigliarmi agli odiosi dettagli che ricordavo <Lei aveva tutto il vestito aperto...> Piagnucolai

<Non me ne ero neppure accorto, ti giuro, l'ho notato quando hanno acceso la luce...e quando ho visto il tuo viso....Dio...mi sono sentito morire.> Un altro passo e adesso si trovava a un soffio da me.

Mi accasciai su di lui, con un singhiozzo disperato e le sue braccia mi avvolsero con impazienza e tormento. Le sue mani si muovevano a scatti su di me irrequiete e possessive come se anche lui, come me, volesse assicurarsi che non era un sogno e che era tutto vero. Mi baciò con avidità, la fronte, le guance, la bocca e il collo, mentre io cercavo di ricambiarlo, tenendogli il volto fra le mani e baciandolo a mia volta con uguale urgenza e passione.

<Mi dispiace, mi dispiace da morire...ma è tutto vero. Quando ho temuto di averti perso, ho creduto di impazzire!> Mentre parlava, sempre guardandomi negli occhi, lo sentivo tremare e l'emozione che mi comunicò fu tanto feroce quanto tenera e mi sentì travolgere dall'amore immenso che provavo per lui e dal sollievo, perché ero stata proprio ad un passo dal perderlo. Mai più, mai più avrei dubitato di lui, mai più, giurai silenziosamente, scivolando ancora nel suo meraviglioso abbraccio, aspirando il suo odore familiare e intrecciando le dita dietro il suo collo, fra i suoi capelli. Quello era il paradiso, non c'era nulla al mondo di più perfetto.

La sua voce, interrotta da piccoli baci che mi sfioravano il collo, mi giunse come un dolce mormorio <Ieri notte, sono tornato a piedi fino a casa..> altri baci e poi proseguì <Ho preso la moto e sono venuto qui, ti ho aspettato che erano quasi le tre....> Mi abbracciò stretta e la sua voce mi giunse un po' attutita <Capisco, capisco perfettamente che avevi bisogno di qualcuno con cui sfogarti...avevi tutte le ragioni....dimmi...dimmi solo che non è successo niente con Simon, dimmi solo questo... e mi basterà>.

Mi ero sbagliata, quello non poteva essere il paradiso. Quello era l'inferno!

Ancora avvinta nel suo meraviglioso e caldo abbraccio, mi sentì gelare. Strinsi i denti e chiusi gli occhi, rimasi immobile, cercando invano di rallentare il battito furioso del mio cuore. Ero solo una vigliacca, che cercava di rubare ancora qualche istante di felicità al destino, che evidentemente non ci voleva insieme. Dio, che cosa avevo fatto! Non riuscivo neppure a spiegarlo a me stessa, come potevo raccontarlo a lui?

Mi resi conto, che anche lui si era leggermente irrigidito. Pian piano si sciolse dal mio abbraccio e pose le sue mani sulle mie spalle. Con un sorriso incerto sulle labbra, scrutava il mio viso <Dai Fede, perché non dici niente? Così mi spaventi!>

Tentai debolmente di scostarmi da lui. Come potevo guardarlo negli occhi, quegli occhi che non mi avevano mai mentito e che sapevano leggere così bene dentro di me, e confessargli ciò che era successo con Simon? Ma lui non mi permise questa vigliaccheria, mi prese il volto fra le mani e guardandomi diritto negli occhi mi chiese a denti stretti e a voce bassa, ma dura come l'acciaio <Ti ha....toccata? Ti....ha ....baciata?> Ogni parola pronunciata come se si staccasse un brandello di carne, la sua sofferenza palpabile come un ferro rovente sulla pelle.

Feci un impercettibile cenno di assenso con la testa. E lui, anziché lasciarmi andare e indietreggiare orripilato, curvò invece di più la mani intorno al mio viso, con infinita dolcezza <Lo ammazzo, è

un maledetto vigliacco…Ha approfittato di te, quando eri più vulnerabile…Bastar….>

<No, no…non è andata così…> Staccai le sue mani dal mio volto e mi allontanai di un passo. Anche se tutto stava andando a scatafascio, anche se dentro mi sentivo una ingrata vigliacca, non potevo mentire così. Simon non lo meritava e neppure Nico. Lui mi aveva dato tutto, tutto il suo amore e sempre e solo la verità! Non potevo ricambiarlo con menzogne, solo per uscirne pulita….Qualcuno una volta mi aveva detto che la verità mi avrebbe reso libera, ed era questo che volevo….essere libera di amarlo, senza bugie e inganni.

<L'ho baciato io per prima….sono stata io a cominciare, lui non voleva. Ha…ha cer…cercato di respin…germi!> Balbettai l'ultima frase, combattendo con le lacrime che cercavo di non versare…

Lui mi guardò, stringendo gli occhi come se avessi parlato in una lingua sconosciuta, poi pian piano vidi la consapevolezza apparire sul suo volto, trasformandoglielo in una maschera di dolore e rabbia.

Il suo corpo si irrigidì in una posa fredda e sprezzante e lo sguardo che mi rivolse era colmo di disprezzo, o almeno così mi parse in quel momento, perché non avevo mai visto sul suo viso, quell'espressione feroce.

<Non ti azzardare a piangere!> Mi urlò con cattiveria, puntandomi un dito contro.

Ingoiai le lacrime, trattenendo il respiro. Chiusi gli occhi e quando li riaprì, sobbalzai al suono della porta sbattuta con forza. Mi inginocchiai per terra e piansi tutte le lacrime che credevo ormai di non avere più. Quanto si può soffrire per amore? Quanto intensamente e per quanto tempo. Ti dicono sempre che a quest'età tutto ti sembra più grande di quello che è, e che poi crescendo, ti accorgi che dopotutto quelle non erano vere sofferenze. Cazzate! Erano solo tutte cazzate! Mi sentivo morire, mentre ascoltavo il rombo della sua moto allontanarsi, sentivo il cuore spezzarsi in mille pezzi, un dolore talmente intenso da essere fisico e reale. Strinsi le mani al petto, mentre la voce dallo stereo arrivava fino a me, inconsapevole del mio dolore:"...e stavo attento a non amare prima di incontrarti e confondevo la mia vita con quella degli altri...non voglio farmi più del male amore, amore..."

Non saprei dire per quanto tempo rimasi lì per terra, a volte piangendo e a volte fissando semplicemente il vuoto, rimuginando all'infinito su tutto quello che era successo e torturandomi, ripensando a quello che avrei potuto dire e fare diversamente. A un certo punto smisi anche di pensare, me ne stavo lì a respirare...e basta. La sottile pelle attorno agli occhi mi tirava e bruciava, irritata dalle lacrime che avevo versato ancora e ancora. Ora non c'erano più lacrime. Ero come entrata in uno strano stato di torpore in cui si stava straordinariamente bene. Non era rassegnazione però. Per rassegnarsi bisognava saper accettare il corso degli eventi, rendersi conto di non poter più far nulla per cambiarli. Questo ancora non ero in grado di accettarlo. Per il momento però mi ero come prosciugata, di lacrime, sensazioni, sentimenti.

Mi alzai in piedi e guardai l'orologio sulla parete, erano passate da poco le tre. Solo più tardi mi resi conto che ero rimasta lì per terra per delle ore, in quel momento invece, realizzai solo che i nonni sarebbero rimasti a pranzo da amici loro. Feci per chiudere la porta del balcone, quando mi accorsi che il mio telefonino si trovava sul cuscino del dondolo, lo presi e lo misi sotto carica, premendo contemporaneamente il pulsante di accensione. La parte di me, logora e sofferente, non ancora sazia di lacrime, pensò ai messaggi cancellati e sperò che magari, per errore fossero rimasti ancora in memoria. Ovviamente non era così, il display era pulito. Ma non mi permisi di rimuginare oltre sulla cosa. Avevo giorni interi per farlo.

Un bip lampeggiante...un messaggio, era di Marty "Allora come è andata? Spero di aver fatto la cosa giusta! Marty "

Risposi subito, restando ferma lì in piedi, usando una sola mano, per muovermi il meno possibile. Temevo che un movimento eccessivo potesse riscuotermi e avrei ricominciato a soffrire, a piangere e a torturarmi con i "se" e i "perché". " E' andata male. Non è colpa tua, non ti eri sbagliata. P.S. Non chiamarmi per ora, non voglio parlarne. Fede." E premetti invio.

CAPITOLO 45

Lo sanno tutti. Quando un adolescente soffre per amore….apriti cielo! Non c'è nessuno, adulti soprattutto, che ti può capire o consolare, tantomeno dire la cosa giusta. Il mondo, di colpo, diventa un posto orribile dove stare e tutto quello che si ha voglia di fare è crogiolarsi nel proprio dolore, ascoltare musica e guardare film, che se è possibile ti facciano stare ancora peggio. Era vero, lo sapevano tutti….tutti tranne i miei nonni! Loro poverini, delle crisi sentimentali di un adolescente, non ne sapevano nemmeno l'esistenza. Il motivo era che, fino a qualche mese fa, io non vivevo esattamente come una qualunque ragazza diciassettenne esposta a "questo tipo di intemperie". No, per niente. Io mi ero creata il mio bozzolo protettivo, fatto di freddezza e distanza, che funzionava alla grande, contro questo tipo di problema. Fino ad allora, quindi per loro, era stato relativamente facile, occuparsi di me. Adesso però non era più così, ed eccomi qui quindi in una valle di lacrime, singhiozzi disperati e profondo pessimismo. La nonna e il nonno non sapevano più che pesci pigliare e dopo due giorni, di tentativi consolatori andati clamorosamente a vuoto, telefonarono a Marty, inviando l' SOS che mai avevano pensato che sarebbe capitato loro, di dover inviare un giorno!

Marty entrò nella mia stanza buia con una certa circospezione, anche lei del resto non mi aveva mai vista in quello stato. Alzai appena lo sguardo verso di lei, ma non dissi niente. Mi rannicchiai meglio sotto il lenzuolo, avvicinai il barattolo di nutella vuoto, dal quale potevo tentare ancora di grattare qualche cucchiaino di endorfine e rivolsi la mia attenzione alla tele, dove uno Scamarcio, bagnato come un pulcino sotto la pioggia, guardava la sua ex ragazza mentre andava via con un altro….

<Dimmi che non stai guardando "Tre metri sopra il cielo"!> La voce di Marty grondava scetticismo e incredulità.

<Non sto guardando " Tre metri sopra il cielo"> risposi atona.

<Ma nemmeno ti piace Scamarcio!>

<Non è questo l'importante!> Sospirai, la nutella era proprio finita!

<Illuminami, ti prego. Cos'è l'importante?> Marty cercava fra i cuscini, i cd e dvd sul letto un po' di posto per sedersi.

<Solo il finale, non voglio il lieto fine che prende solo in giro chi guarda il film. Io voglio il triste fine, non esiste il lieto fine, non ha nessun significato…serve solo a illudere….le povere ragazze…che si…fidano…e credono alla…be…bella favola…del ca….> Le ultime parole, del mio delirante monologo, finirono soffocate dalle lacrime e dal lenzuolo, che ormai era più che altro un grande fazzoletto!

Marty però non era dell'umore adatto a farsi commuovere. Sbrigativamente mi porse un pacco di fazzoletti di carta e mentre io mi ripulivo la faccia, lei cominciò a radunare i cd sul letto, prese il telecomando, spense la tele e alla fine, cosa peggiore di tutte, aprì le serrande e permise alla luce accecante di un primo pomeriggio primaverile di invadermi la stanza, accecandomi. A un certo punto sentì il rumore del getto della doccia e subito dopo Marty era di nuovo di fronte a me con un'espressione estremamente battagliera negli occhi. <Prima di tutto alzati a vai a farti una doccia, poi mi racconti per filo e per segno cosa è successo con Nico e...> Mi fece un segno intimidatorio con l'indice, per farmi tacere all'istante <…E poi, usciamo da qui e insieme andiamo a tranquillizzare quei due adorabili vecchietti che non sanno più cosa pensare e che non sanno cosa ne è stato della loro adorabile, tranquilla, matura, assennata nipotina!>

<Mi sono innamorata…ecco cosa mi è successo, cosa c'è da comprendere!>

<Si, ma loro non sanno che in te "il risveglio dei sensi" è avvenuto da poco e che quindi non sai gestire meglio queste cose…>

<Ti prego, ora non fare la saccente….quanti anni hai tu, trenta?!>

<Non è questo il punto e lo sai. Per certe cose ho avuto più esperienze io…anni direi, tu è come se avessi cominciato ieri. Adesso muoviti! >

Guardandola storta mi alzai e di malumore e mi diressi in bagno. E io che credevo di avere una vera amica! Avrebbe dovuto unirsi al mio dolore, piangere, disperarsi contro il destino e mangiare nutella assieme a me, non obbligarmi a uscire dal mio stato di abbrutimento volontario. Che amica!

Due ore dopo, Marty conosceva in dettaglio i motivi del mio totale abbattimento e sconforto. Non le avevo taciuto nulla, per vergogna o orgoglio. A questo punto doveva essersi pienamente resa conto di tre cose: a) ero una persona indegna e amorale, per ciò che avevo tentato di fare con Simon b) non meritavo l'amore di Nico, e infatti lo avevo perso, perché ero stata prontissima a dubitare di lui e ultimo, ma non meno importante c) tutti i miei problemi nascevano dal fatto che mi ero ostinata a "voler uscire dal guscio", per così dire e provare ciò che tutte le ragazze della mia età provavano. E allora che mi lamentavo a fare? Mi aspettavo il suo abbandono da un momento all'altro. Ma, i minuti passavano e lei era ancora li. I minuti passavano e lei non mi aveva ancora mandato a quel paese. Era passata anche l'ora in cui andavamo in piscina (e lei non perdeva mai una lezione) e lei era ancora li, accanto a me. Che amica! Stavolta non era un pensiero sarcastico.

<E' tutta colpa mia, quello che è accaduto. Non merito il tuo conforto. Sono un caso senza speranza e…>

<No che non sei un caso senza speranza, hai solo bisogno di qualcuno, come me, che ti faccia vedere le cose nella giusta prospettiva. Sei troppo coinvolta per riuscirci.> La sua voce chiara e tranquilla mi dava speranza.

<E qual' è la giusta prospettiva?>

Lei si mise più comoda, sulla poltrona di fronte al mio letto <Innanzitutto, chiunque e sottolineo chiunque, avrebbe pensato male, dopo quello che è successo ieri sera...>

<Si, ma Nico avrebbe...>

Annuendo, Marty mi parlò sopra <Si invece, anche Nico avrebbe frainteso la situazione, esattamente come abbiamo fatto tutti noi.> Aspettò che avessi compreso le implicazioni di ciò che aveva detto e proseguì , sicura di sé, come Ally Mc Beal quando, vincente, concludeva un'arringa <Quindi, da questo ne deriva che tu avevi ogni diritto di farti consolare, anche da Simon se lui era disposto. Eri sconvolta, ti sentivi tradita e presa in giro dal ragazzo che amavi. Chi potrebbe biasimarti per ciò che hai fatto?>

Giusto era proprio come diceva lei, ero totalmente e assolutamente dalla sua parte, cioè dalla mia.

<E quindi cosa dovrei fare?> Chiesi all'oracolo.

Lei sorrise un attimo, cogliendo il cambiamento del mio stato d'animo <Quindi, secondo la mia modesta opinione...per ora dovresti farlo sbollire un po' e poi dovresti parlargli e spiegargli meglio la situazione e il tuo punto di vista. Chiedergli per esempio, cosa avrebbe fatto lui al tuo posto e...e soprattutto chiarirgli che tu non provi proprio più nulla per Simon, perché secondo me, lui è un po' insicuro su questo punto...dopotutto la vostra storia è cominciata perché tu volevi far ingelosire Simon. Sono sicura che questo è ancora il suo tallone di Achille.>

Rimasi un attimo in silenzio, riflettendo. Aveva ragione, adesso che vedevo le cose più lucidamente senza i fumi accecanti della disperazione, mi rendevo conto che tutto poteva ancora aggiustarsi... Nico teneva a me, me lo aveva dimostrato in diverse occasioni e avrebbe capito. La speranza mi riempì il cuore e io di colpo mi sentì più leggera e molto più felice di qualche ora prima.

Mi avvicinai alla sponda del letto, quel tanto che bastava per afferrarle le mani <Cosa ho fatto di buono per avere un'amica come te? Non ti merito!>

<Si invece> Disse lei ricambiando la mia stretta <Tu sei la stessa dolce ragazzina che, anche con tutto il suo bagaglio di insicurezze e problemi, non ha esitato a sedersi accanto a me, il primo anno delle medie, mentre nessuno voleva farlo in quanto ero più larga che alta…>

<Non è vero tu non….>

Ma Marty non mi permise di interromperla <Tu sei quella che, per non farmi sentire a disagio, ti portavi per merenda carote e mele e facevi la dieta assieme a me, anche se tu non ne avevi bisogno. E non parliamo di quella volta, quando hai picchiato quel bulletto di seconda media, che mi prendeva in giro…Che poi, come hai fatto a uscirne viva, non l'ho mai capito!>

Mi strinsi nelle spalle sorridendo <Gli ho messo paura, non c'era stato bisogno neppure di picchiarlo..>

<E come?>

<Gli ho detto che la mia vecchissima nonna faceva le "fatture" e se non la smetteva gliene facevo fare una brutta che gli durava fino a diciott'anni….>

<E lui ci ha creduto?> chiese Marty incredula.

Alzai le spalle dandomi un po' di arie <Io sono stata molto convincente…ma lui non era esattamente una cima!>

Marty sorrise impressionata, poi tornò un po' seria <E i miei genitori? Se non fosse per te e per le tue periodiche "visite a scopo persuasivo" non mi avrebbero mai permesso di tentare la strada dell'accademia…sarei già inscritta, a mia insaputa, a medicina! Tu sei la persona più forte e coraggiosa che conosca, sei onesta, sincera e leale e nonostante …le brutture della vita, non hai perso il sorriso, non sei cinica e credi nell'amore. E anche quando non ti aprivi con gli altri, per la paura che avevi dei contatti fisici, ti sei però aperta con me, che ero insignificante e piena di complessi, mi hai aiutato a crescere perché hai creduto in me, fidandoti di me e hai guardato oltre il mio aspetto, dandomi quella fiducia di cui

avevo bisogno, senza che neanche te l'avessi chiesta.. Come puoi dire che non mi meriti, sono io che resterò sempre un po' in debito con te e se per aiutarti devo prendere Nico e chiuderlo da qualche parte assieme a te…tu dimmi solo quando e io organizzo!>

La sera, con i nonni cenammo in veranda, l'aria era tiepida e pensai che anche per loro, fu abbastanza piacevole riavermi di nuovo "normale". C' era però nell'atmosfera qualcosa di strano. I nonni si mostrarono amorevoli e sorridenti, ma poi a un tratto si guardavano negli occhi e inspiegabilmente tacevano. Qualcosa di sicuro li turbava e se si trattava della stessa cosa che aveva fatto piangere la nonna qualche sera prima, allora l'argomento era di sicuro la zia. Ma anche stavolta non ebbi il coraggio di chiedere e così preferì fingere di non accorgermene.

Più tardi in camera mia fantasticavo su quando sarei ritornata con Nico, in testa e nelle orecchie i *the Flag* cantavano *"You found me"* e io pensavo che tutto si sarebbe risolto per il meglio e che nell'immediato futuro non ci sarebbero state catastrofi. Presi il telefonino e cercai di resistere alla tentazione di mandargli un messaggio…ma non ce la feci.

"Mi manchi" scrissi e premetti invio. Solo questo, non volevo assillarlo ma volevo che sapesse che lo pensavo, che lo amavo e che non vedevo l'ora di perdermi di nuovo nel suo abbraccio. Buttai il telefonino sul letto, lontano da me per non avere altre tentazioni e aprì il computer. Non c'erano mail, tantomeno sue….dovevo pazientare. Vagai un po' nell'etere….poi chiusi tutto, ma prima di spegnere, sul desktop una cartella attrasse la mia attenzione. L'ultima volta che Nico era stato a casa, mi aveva scaricato delle foto di noi, che aveva in memoria sul telefonino e sulla sua fotocamera da un sacco di tempo, diceva. La aprì e la prima foto che mi si presentò d'avanti era una mia di qualche anno prima, potevo avere tredici, quattordici anni al massimo…sorridevo all'obiettivo facendo le boccacce, dietro di me si intravedevano dei sedili imbottiti…e ricordai che eravamo in gita, doveva essere al secondo anno. Andai avanti, altre foto di me e Marty, me e Nico, in quest'ultima non stavamo ancora insieme….eppure avevo accettato il suo braccio sulla spalla e dall'espressione non sembravo a disagio. La guarigione per me era arrivata dopo, eppure non avevo mai temuto il suo tocco e la sua amicizia, sincera e spontanea, mi aveva coinvolto senza che me ne accorgessi….forse anche per questo lo amavo, per quel suo modo diretto di affrontare la vita, senza maschere e senza falsità. Aveva sempre un sorriso per tutti, per lui il bicchiere era sempre mezzo pieno e non viceversa…. E aveva voluto me… musona, paurosa, fredda e distaccata….mi aveva voluta nonostante tutto e fin da allora. Aveva visto in me, ciò che non avevo mostrato mai a nessuno, aveva guardato oltre la maschera che avevo indossato e aveva trovato la vera me. Altre foto, scatti di momenti qualsiasi: I miei compagni di classe durante una partita, io che mi affogavo con una coca troppo gassata, lui al mare con gli amici, io con gli occhi chiusi col sole che mi inondava la faccia e ancora io che ridevo, che parlavo all'orecchio di qualcuno, che gli facevo un cenno di no con la mano…..e poi ancora foto più recenti di me e lui insieme. Dio quanto lo amavo e quanto mi mancava, sperai con tutto il cuore di non averlo perso e di avere ancora un'altra possibilità di dimostrargli quanto lo amavo e quanto fosse importante per me. Guardai il cellulare, sul letto, ancora silenzioso. Sospirai, per quella sera dovevo ancora accontentarmi della   sola   speranza.

CAPITOLO 46

Mancavano solo due giorni alla fine delle vacanze e siccome Nico non si era ancora fatto sentire, quei due giorni per me divennero pesanti come macigni. Le provai tutte per non pensarci: feci giardinaggio con la nonna, preparai una ciambella allo yogurt, con una ricetta trovata su internet che prometteva "solo" 450 calorie a porzione, solo! Feci il cambio di stagione, misi in ordine tutte le mie borse e pure quelle della nonna; pure lei non scherzava a quantità....La mente però continuava a volare da lui, che però perseverava nel suo silenzio stampa! Poi pensai che forse non aveva ricevuto il mio messaggio! Succede certe volte, no? Mi chiusi in camera e riflettei sul da fare. Marty mi aveva raccomandato di non assillarlo, ma era più forte di me e poi se effettivamente non aveva ricevuto il mio precedente messaggio allora non contava, giusto? Stavolta però, pensai di spedirgli una mail, una piccola....giusto per provare con un altro canale di comunicazione.

Riflettei parecchio, prima di scrivere poche significative parole, in cui cercai di trasmettergli tutto il mio amore e il rammarico per come erano andate le cose: "Non so cosa darei, per rivivere tutto e fare le cose diversamente. Mi dispiace non aver avuto abbastanza fiducia in te e mi dispiace tantissimo aver agito d'istinto, senza prima riflettere. Mi sono fatta guidare dalla rabbia e dal bisogno di vendicarmi e ti giuro che me ne vergogno tantissimo! Dammi almeno la possibilità di spiegarti. Fede." Aggiunsi una faccina triste, poi la tolsi....troppo pietosa, aggiunsi un cuore che pulsava....bleah troppo cretino! Tolsi tutto e inviai la mail. E ora c'era solo da aspettare, come se fosse facile! Ma non feci in tempo a voltarmi che il "notificatore" di incredimail, che nel mio caso, era un cucciolo che leccava lo schermo, mi indicò una mail in arrivo: era lui e diceva solo poche parole: "alle tre, sotto casa tua". Un sorriso di pura gioia mi salì alle labbra, non ci potevo credere. Tra meno di due ore avrei rivisto Nico e forse tutto si sarebbe sistemato, non potevo credere alla mia fortuna...il destino mi dava una seconda possibilità, dopo tutto il casino che avevo combinato!

Trascorsi un'ora pensando a cosa avrei potuto dirgli e la mezz'ora restante a prepararmi. Decisi di indossare i jeans e una maglietta leggera con le maniche lunghe, magari avremmo fatto un giro in moto, quindi presi anche la giacca. Non erano neppure le tre e sentì il citofono, tesi le orecchie in ascolto e dopo qualche istante sentì la nonna chiamarmi.....ero agitatissima, peggio del primo appuntamento! Quando mi chiusi la porta alle spalle e lo vidi poggiato sulla moto, col casco sul braccio e gli occhiali da sole, quasi svenni dalla tensione. Mi sembrava perfino più bello, più alto...più tutto! Forse erano stati i giorni di separazione o forse l'incertezza di non sapere se era ancora mio.

<Ciao Nico> gli sorrisi un po' impacciata

<Ciao Fede> mi rivolse una rapida occhiata, dalla testa ai piedi e poi mi indicò la panchina qualche metro più in là...

Lo seguì incerta e con la giacca in mano, mi sentivo pure un po' stupida. Avevo dato per scontato che saremmo andati da qualche parte e invece lui voleva solo parlarmi e per pochi minuti, visto che ci stavamo andando a sedere su una panchina sotto casa. Decisamente non prometteva bene.

<Come stai?>

<Insomma e tu?>

<Sono stato meglio....però in questi giorni ho avuto modo di riflettere e ...> Dovetti interromperlo, non sapevo perché, ma quella frase che poteva andare a parare da tante parti, secondo me, andava a parare male, molto male!

<Ascoltami Nico, l'altra sera non ho avuto modo di spiegarti. Io pensavo che tu mi avessi tradito!> feci una pausa, guardandolo intensamente per essere sicura che comprendesse appieno le mie parole <Ero sconvolta e non ho ...baciato Simon in piena coscienza, cioè si, sapevo che lo stavo baciando, ma non ci ho riflettuto su, mi sono lasciata guidare...dalla furia e dal dolore e non ragionavo e....ho sperato che tu potessi capirmi, visto come sono andate le cose. E' vero, io non ho avuto abbastanza fiducia in

te ma ci tengo a te, moltissimo e non voglio perderti e ...> "perché, perché non riuscivo a confessargli il mio amore?" Solo allora mi accorsi di essermi avvicinata a lui e di avergli anche messo una mano sulla sua, lui però anche se non scostò la mano, non fece neanche alcun gesto per prenderla e improvvisamente mi mancò il coraggio e ritrassi le mani in tasca.

Lui sembrava immensamente interessato all'asfalto sotto i nostri piedi e non alzò lo sguardo, quando iniziò a parlare <Fede come ti ho detto, ci ho riflettuto e ho capito le ragioni, per cui hai fatto quello che hai fatto...però il problema è che non riesco ad accettare il fatto... che sia successo con Simon> le sue parole sembravano graffiarlo dentro, tanta era la sofferenza che gli leggevo negli occhi.

<Cosa vuoi dire, che se succedeva con un altro ragazzo, sarebbe stato diverso? Sarebbe stato meglio?> Ero incredula e disorientata. Se soffriva quanto me, perché diceva quelle cose?

<Si, in un certo senso, sarebbe stato meglio!> Ora mi guardava apertamente, quasi sfidandomi a contraddirlo.

<Perché?!> Quasi gridai, tanto ero frustrata.

Lui sospirò, forse per la fatica di tirarsi fuori le parole <Perché con lui hai un passato! Perché di lui eri innamorata e perché noi non ci saremmo neppure messi insieme, se tu non avessi tentato, in passato, di...riconquistarlo! Ecco perché! Ma non capisci? C'è sempre lui di mezzo, c'era prima e c'è anche adesso, maledizione...e...io non saprò mai se in fondo tu vorresti un'altra possibilità con Simon, se noi continuiamo a stare insieme!> I suoi occhi sembravano volere memorizzare ogni dettaglio di me, lo vedevo e lo percepivo, ma le sue parole erano assurde!

Lo guardai amareggiata <Cosa vuoi dire Nico? Parla chiaramente, non vorrei aver capito male!>

Lui scosse la testa e guardò di nuovo l'asfalto, gli alberi, il cielo...tutto tranne me <Voglio dire, che non stiamo più

insieme….fino a quando non avrò la certezza che tu non voglia un'altra possibilità con Simon…adesso che sai di poterla avere!>

<Ma non ti basta che io sia qui? E' a te che ho scritto quella mail, non a Simon! Cosa devo fare per dimostrartelo e perché tu lo capisca?> Avrei fatto qualunque cosa per dimostrargli il mio amore…se solo lui me ne avesse dato la possibilità.

Mi guardò sconfitto e terribilmente malinconico, come se fossi stata io ad imporgli quella stupidissima prova <Fede ascoltami, tu mi sei piaciuta fin da subito, fin dalla prima volta che mi hai rivolto la parola, mi hai fatto sentire speciale….eri chiusa pressoché con tutti, ma io riuscivo a farti ridere e cercavi la mia compagnia e anche se già allora avrei voluto molto di più, ho capito che chiedendotelo avrei perso quel prezioso rapporto che avevamo, perché tu non eri pronta. Vedevo in te una fragilità che mi inteneriva e insieme mi attirava, ma non ho mai tentato di farti la corte ….perché qualcosa dentro, mi diceva che avevi più bisogno di un amico. Mi sono accontentato di esserlo e ti ho vista crescere e sbocciare, bella…bella da togliermi il fiato e poi…poi ti sei innamorata di Simon. Il resto lo sai, ma quello che non sai è che …ci tengo troppo a te, per stare nell'incertezza. Forse non te ne rendi conto e magari inconsciamente vuoi tornare con Simon….io devo esserne sicuro, perché mi sembra di impazzire quando lo vedo accanto a te e quando penso a quello che è accaduto l'altra sera. Io lo faccio anche per te…tu non puoi sapere se….>

<Basta! BASTA!> Fu più forte di me, dovetti fermarlo. Mi aveva appena fatto la dichiarazione più bella e insieme più crudele del mondo….perché, perché amare doveva essere così complicato! <Vuoi una pausa? E' così che si dice giusto? Ok, facciamo questa pausa! Godiamoci qualche settimana o mese di sofferenza reciproca….visto che ci tieni tanto. Però sappi e non lo dico tanto per dire…che io non ho mai "amato" Simon! Ne ero infatuata, si…ma neppure lo conoscevo! Ti assicuro che è imbarazzante parlare di queste cose con te, ma….alle ragazze, e credo anche ai ragazzi, capita di prendersi una cotta per qualcuno, senza che ci si abbia parlato neppure una volta. Ed è esattamente quello che è

successo a me!> Gli puntai un dito contro, pressandoglielo sul petto <Di te, stupido idiota, invece sono innamorata!> Ecco, l'avevo detto finalmente ed ebbi la soddisfazione di vedergli spalancare gli occhi a quelle parole. Ma dopo un istante mi guardò quasi scontento, con gli angoli della bocca rivolti in basso. Ma non volli lasciarmi scoraggiare dalla sua reazione inaspettata, lui doveva sapere cosa provavo per lui <Amo il tuo aspetto, ma amo anche la tua sincerità, il tuo essere sempre diretto anche a discapito della diplomazia, amo il modo in cui sai leggermi dentro, quasi sempre… e come mi fai sentire al sicuro….Anche prima di metterci insieme, quando eravamo solo amici, ho subito capito che con te sarei stata sempre al sicuro e senza saperlo ti amavo già. Amo questo di te e molto altro ancora….ma tu vuoi … "la prova del nove" giusto?> Mi alzai e lui fece altrettanto, disorientato dalle mie parole e forse incredulo <Va bene, facciamo come vuoi tu….ma non metterci tanto a capire quel …cavolo che vuoi capire…e > di slancio lo baciai, poggiandogli le mani aperte sul petto, un bacio morbido ma punitivo, ad occhi chiusi, talmente veloce che, quando mi staccai, lo colsi impreparato al distacco e profondamente dispiaciuto, se avevo ben interpretato il desiderio frustrato che mi pareva di leggere nei suoi occhi <ricordati di questo mentre fai le tue riflessioni!>

Detto questo mi voltai e rientrai a casa arrabbiata, incredula e se non mi fossi trattenuta, nella foga di sbattere il cancelletto, credo che lo avrei divelto dai cardini, tanta era la furia che mi sentivo. Uomini, valli a capire!

CAPITOLO 47

Il rientro a scuola, dopo le vacanze, non fu dei più felici. Tutti mi guardavano, chi più chi meno, con condiscendenza, curiosità e certe volte con divertimento. O almeno così mi sembrava. Insomma in quel momento ero l'attrazione principale, l'argomento del giorno…o come lo si voglia chiamare. Evidentemente al mondo non c'erano più guerre, era stata trovata una cura universale per tutte le malattie e la crisi economica internazionale era già cosa vecchia. Tutti parlavano di noi, di me e Nico e di quello che era accaduto alla festa prima delle vacanze, di Samantha e del suo "show". Qualcuno giurava che l'avevo aspettata fuori e che l'avevo fatta picchiare da Simon, qualcun'altro si diceva certo che invece l'avessi picchiata personalmente. Tutti erano al corrente dell'accaduto e se per caso qualcuno diceva di non saperne niente, perché magari alla festa non era neppure venuto….come minimo passava per uno sfigato! Tutti comunque, avevano un opinione sull'argomento e mi sorprese apprendere che, contrariamente a ciò che avevo creduto, la maggior parte pensava che Nico fosse un mascalzone e che non mi meritava. Molti mi dimostrarono apertamente la loro simpatia e questo rendeva ancora più difficile e imbarazzante ciò che mi apprestavo a fare. Avevo raccontato a Marty la conversazione avuta con Nico e lei aveva concordato con me nel sostenere che gli uomini, certe volte, erano proprio incomprensibili e che per convincere un testone, come l'esemplare di cui ero follemente innamorata, occorrevano misure drastiche.

<E di preciso cosa vorresti fare?> Mi chiese, mentre ci dirigevamo in palestra.

<Avevo pensato di andare alla partita di oggi pomeriggio…> Le dissi, mentre con gli occhi seguivo la figura di Nico, in pantaloncini e maglietta, come gli altri suoi compagni,che si dirigeva al campetto, dove c'erano gli allenamenti, per quelli che facevano parte della squadra.

<Ma a te non piace il calcio e non ne capisci un'acca!> mi disse Marty con la sua solita diplomazia.

<Una volta! Ma adesso, mi sono documentata al riguardo: c'è un portiere per ogni squadra, davanti alla porta e l'attaccante, della squadra avversaria, che riesce a fare gol ha fatto un punto!> le risposi tutta sostenuta e soddisfatta.

<Tutto qui? Non sai altro?> mi chiese incredula e lievemente divertita.

<Perché che c'è da sapere oltre! L'importante è che capisca quando applaudire e fare il tifo per Nico!>

Marty accennò verso lui che era appena entrato nel campetto <E vi siete visti stamattina?>

Anch'io lo stavo osservando <Si, ci siamo visti all'entrata. Mi ha fatto un cenno ed è entrato…sembrava a disagio>

<Ci credo, tutti a scuola lo guardano male! Anch'io mi sentirei un tantino a disagio…> poi Marty mi guardò interrogativa, mentre posavamo gli zaini nello spogliatoio femminile <Ma cosa hai intenzione di fare in pratica?>

Mi aspettavo già molto prima quella domanda e alla fine era arrivata, le sorrisi <Anche a costo di rendermi ridicola farò un tifo sfegatato per lui, alla partita….Ho fatto anche un cartello, poi te lo faccio vedere. E ho detto si alla festa che Miriam farà dopodomani alla casa al mare, lì proverò un approccio più diretto…e poi…>

Marty mi guardava sorridente e sbalordita <Insomma quel poveretto non avrà scampo! E dimmi quand'è che sei diventata così coraggiosa "principessa Xena"? Hai idea di quanto questo ti attirerà addosso l'attenzione di tutti?!>

Mentre lei parlava mi ero cambiata e uscendo la testa, dal collo della maglietta, le risposi come di certo non avrei fatto qualche tempo fa <Si, sono consapevole di tutto ciò. Ma sai cosa ti dico? Non me ne importa nulla, di quello che penseranno di me. Certe

volte, le cose non basta chiederle cortesemente, per ottenerle e se ci tieni davvero devi lottare. Mai più in vita mia, accetterò qualcosa che non voglio senza lottare, con le unghie e con i denti e con qualunque mezzo a mia disposizione, purché lecito. La vita è il dono più prezioso che ci sia stato fatto e se la si vive senza amore, senza emozioni, anche quelle che ti fanno piangere e stare male….allora non ne vale la pena! Mi sono persa anni bellissimi, chiusa nella mia paura del mondo, ma ora non lo permetterò più. Se la vita morde…io la morderò ancora di più!.....Chi l'ha detta questa frase?> chiesi a Marty, perplessa da quella reminescenza.

<Qualcuno in una canzone…mia madre credo abbia il cd.> Mi rispose distrattamente, mentre mi sorrideva <E' bello vederti così combattiva e piena di vita, chi potrebbe resisterti?>

<Appunto, spero per il suo bene che non faccia il difficile! A quel punto dovrei usare le maniere forti!>

<Quasi mi fa pena, poverino!>

<Chi?> chiesi con calma pericolosa

<Nessuno, nessuno…>

Il calcio era effettivamente più complicato di quanto avessi pensato. Tanto per cominciare non sapevo nemmeno da quale parte del campo sedermi per fare il tifo. Meno male che Diego giocava nella stessa squadra di Nico e che quindi Marty sapeva dove andare. Mi guardai attorno, notando la nutrita folla di ragazzi e ragazze sugli spalti, evidentemente mi ero persa un mondo a parte, non venendo mai a vedere le partite. In pratica c'era quasi tutta la scuola e pure qualche genitore, qua e là. Volevo tirare fuori il mio cartello, ma prima volevo vedere se ce ne sarebbero stati altri. Vidi Nico in campo con gli altri, ma lui non mi aveva ancora vista. La squadra avversaria, sempre composta da membri del triennio, era allenata dal professor Saitta che in quel momento urlava qualcosa a un ragazzo, alto come un armadio e che stava gesticolando in direzione di Nico. Da quella distanza, non si capiva il problema, ma a un tratto si avvicinarono altri membri delle due squadre e, non so perché, ma sembrava che tutti parlando indicassero sempre Nico, il quale con le mani sui fianchi e un'espressione corrucciata sembrava voler sfidare il mondo. Ma forse stavo interpretando tutto male io, da quella distanza non si sentiva nulla.

<Ma ce l'hanno con Nico?> Mi urlò Marty in un orecchio

<Allora sembra anche a te, vero?>

Lei si strinse nelle spalle e io ritornai con lo sguardo a lui. La discussione sembrò animarsi sempre più e a un certo punto si avvicinò anche il professore Muscolino, che allenava la nostra squadra. Strinsi gli occhi al sole cocente che da quella direzione mi accecava un pochino. <Ma perché anche i suoi compagni di squadra ce l'hanno con lui? >

Marty mi guardò vacua <E che ne so! Non so neppure perché stanno discutendo…>

Le urla dei professori, a un certo punto, arrivarono fino a noi e poi tutti tornarono nella loro metà campo correndo. Nico però rimase isolato dagli altri. Non capì se dipendesse da lui stesso o meno, la partita ebbe inizio però e non ci pensai più. L'azione, così si diceva, venne subito portata avanti dai nostri e Nico prese quasi subito possesso della palla, a metà campo, diretto verso la porta, fece un passaggio e poi la palla gli fu restituita quasi subito, ma un po' più avanti e poi…e poi non capì più niente. Lui tirò, la palla in aria fece una curva veloce e angolata e andò diritta in rete, ma subito dopo Nico era a terra, con una mano premuta sui reni. L'arbitro aveva fischiato per il gol, ma anche lui, come me, non aveva visto cosa o chi avesse atterrato Nico. Nessuno, nemmeno i suoi compagni di squadra, lo aiutò a rialzarsi, ne si complimentò con lui per il gol che, ora che ci pensavo, era come passato in sordina. Nessuno aveva applaudito, incitato o qualunque cosa si faccia in questi casi. E io ero talmente rimasta colpita, da quello che era accaduto in campo, che ormai il momento era sfumato.

<C'è qualcosa che non va...> Marty scandagliava il campo, con aria assorta.

<Che vuoi dire?> Le chiesi un po' apprensiva.

Marty mi guardò un istante, prima di rivolgere di nuovo l'attenzione ai giocatori e a Diego, fermo fra i pali della nostra porta <Lo hanno atterrato subito dopo il gol e già questo è scorretto, anche se l'arbitro non se ne è accorto, ma i suoi compagni non sono intervenuti....nemmeno per il gol e poi...>

<E poi....?>

Si guardò attorno, fra le facce sugli spalti attorno a noi <Nessuno ha applaudito...>

<Si, questo l'ho notato anch'io, pensavo per via del fallo...>

<Appunto, quello avrebbe dovuto farli urlare ancora di più. Mi sa di ...cospirazione! Secondo me, ce l' hanno con lui!> Marty annuiva convinta della propria deduzione.

<Ma perché dovrebbero avercela con....> Mi interruppi, quando un giocatore con una spallata poderosa, aveva di nuovo atterrato Nico....e l'arbitro non aveva notato nulla! Di nuovo!

<Ehi, ma sei ceco!> Urlai e a un tratto tutta l'attenzione fu incentrata su di me, anche quella di Nico che intanto si era rialzato, lanciando uno sguardo omicida al bulldozer che lo aveva spinto a terra.

Visto che anche Nico si era accorto di me, dopo il mio urlo, gli mandai un salutino di incoraggiamento con la mano.

A quel gesto, attorno a noi espose l'inferno!

"Te lo meriti stronzo!" urlava qualcuno. "Ma va a lavare vetri buffone!" gridava qualcun'altro. E poi cartelli e striscioni, tutti pieni di insulti ed epiteti contro Nico.

Una ragazza che nemmeno conoscevo, addirittura mi passò un cartello con la scritta "Nico ti odiamo tutti!" e dicendomi <Fatti coraggio Fede, siamo tutti dalla tua parte> mi strizzò l'occhio, con fare amichevole.

Ero sbalordita e terrorizzata insieme e tornando ad osservare l'azione in campo, realizzai ciò che stava succedendo <Ma questo è un sabotaggio!....Guarda, me lo stanno riempiendo di botte!> piagnucolai rivolta a Marty.

<Lo vedo…> fu la sua laconica risposta.

<Smettetela, non ha fatto niente di male> Urlai, rivolta a chiunque fosse disposto ad ascoltarmi, cioè in pratica nessuno.

Ero veramente convinta che ciò che era successo alla festa, prima delle vacanze di Pasqua, avesse divertito i ragazzi a mio discapito, ma la realtà era ben diversa a giudicare da quello che stava avvenendo sotto i miei occhi. I miei compagni di scuola, o per lo meno quelli presenti a quella partita, si erano coalizzati per ridicolizzare Nico e fargli così pagare lo scotto per il "tradimento" che aveva perpetrato pubblicamente nei miei confronti. Nessuno di loro, ovviamente, sapeva come erano veramente andate le cose e neanche sembrava interessato a saperlo. A quanto sembrava, era molto più interessante la versione corrente!

Io e Marty assistemmo impotenti allo svolgersi di quella dannata partita, che durò addirittura novanta minuti! Per aggiungere beffa al danno il punteggio finale fu 1 a 0 per noi, ma a nessuno sembrava importare che l'unico gol segnato era stato opera di Nico. Quando tutti i giocatori in campo si dirssero negli spogliatoi io, lasciando Marty indietro, riuscì ad intercettare Nico. Gli sbarrai la strada e dovetti segnalargli la mia presenza sventolandogli una mano sotto il naso, perché lui procedeva a testa bassa, abbattuto e arrabbiato e probabilmente non aveva voglia di parlare con nessuno. Appena sollevò lo sguardo su di me, mi si strinse il cuore: aveva uno zigomo tumefatto e gonfio, la bocca imbronciata e lo sguardo corrucciato. Se al quadro, aggiungevamo il fatto che era anche tutto sporco, infangato e spettinato poteva sembrare senz'altro reduce da una maxi rissa, più che da una semplice partita di calcio tra liceali! Gli sfiorai mortificata lo zigomo e lui chiuse gli occhi a quel gesto, rimanendo immobile sotto il mio tocco esitante <Mi dispiace, io non pensavo che….l'ho detto che non avevi fatto nulla di male, ma nessuno mi stava a sentire…> la mia voce sfumò in un mormorio, mi sentivo responsabile, anche se in realtà sapevo di non avere colpe. Nico aprì gli occhi e mi fece un sorriso storto <Non ti preoccupare, evidentemente sei più popolare di me, in questa scuola. E poi come si fa…a non amarti?> Prese la mia mano e la allontanò gentilmente dal suo viso, ma invece di lasciarla la trattenne nella sua. <E così, sei venuta a vedermi giocare?>

Lottai per mantenere un'espressione neutra, perché la sua prima domanda mi aveva spiazzato. Lui mi amava? Era questo, ciò che aveva inteso dire? Ma non ebbi modo di riflettere sulle sue parole, perché lo sfioramento del suo pollice sul dorso della mia mano, mi stava facendo scoppiare il cuore. Ciononostante provai a racimolare un po' di contegno e di ragionevole indignazione, relegando a più tardi le riflessioni <Si, sono venuta per vederti giocare! E prima che tu dica che non ne capisco nulla di calcio….> gli dissi, puntandogli un dito contro <sappi che mi sono documentata al riguardo e da ora in poi, seguirò sempre le tue partite!> sembrava quasi una minaccia e forse lo era.

<Me lo prometti?> bisbigliò lui, a due centimetri dalla mia bocca.

Feci si con la testa. All'improvviso avevo la bocca completamente asciutta. Tutto quello a cui riuscivo a pensare era quanto mi sarebbe piaciuto, scivolare tra le sue braccia, riavviargli i capelli indietro e poggiargli le labbra su quel brutto livido che proprio non si era meritato.

Lui invece fece un passo indietro, mi lasciò la mano e prendendosi lo scollo della maglietta, accennò una smorfia di disgusto <Devo andarmi a fare la doccia. Grazie per essere venuta, è stato bello…nonostante tutto> ed entrò nello spogliatoio, prima che potessi rispondergli.

Sospirai frustrata, ma più che mai decisa a non lasciarmi scoraggiare. Pazienza, mi dissi, c'era sempre la festa del giorno dopo. Poi però, mi ricordai che Miriam ci aveva invitato, me e Nico, prima del "fattaccio". E se adesso, non lo voleva più alla festa? Se anche lei, come gli altri, aveva preso in antipatia Nico e avesse deciso di ritirare il suo invito? A quel punto sarebbe stata del tutto inutile la mia presenza lì, visto lo scopo che mi ero prefissato. Mi voltai scrutando la folla alla ricerca di Miriam e fortunatamente la vidi subito e la raggiunsi.

<Ciao Miriam, come va? Ti volev...>

<Ciao Federica! Come stai? Ti sei ripresa un pochino, dopo la festa?> Mi guardava con occhi impietositi e premurosi. Dovevo dare un taglio a quella situazione, non potevo permettere che tutti pensassero il peggio di Nico.

<Si, sto molto meglio adesso…soprattutto perché…> sorrisi per rendere più leggera la confessione che stavo per farle <..beh, sai in realtà Nico non ha fatto niente di male…>adesso avevo la sua totale attenzione, anche se stava cominciando a guardarmi come se stessi blaterando assurdità. Mi sforzai di continuare <…sai non è stata colpa sua,…quella Samantha gli si è buttata addosso e lui non….> Mi mancò la voce, perché ora Miriam mi guardava come se fossi una povera stupida, non solo degna di pietà ma anche di commiserazione.

<E tu gli hai creduto? Fedeeerica…è normale che si sia giustificato, no? Un uomo colto sul fatto….come hai potuto credergli? Il fatto è che tu non hai molta esperienza…> Continuò a sciorinarmi le sue perle di saggezza, la sua psicologia spicciola, il tutto condito con piccole pacche di conforto sulla spalla. Era inutile perorare la mia causa con lei, decisi. Però dovevo ottenere comunque che lo rinvitasse alla festa.

<Ascoltami Miriam, forse hai ragione tu…> le dissi sbrigativa <…ancora non lo so, però volevo chiederti un favore. Devi invitarlo alla tua festa, domani sera….per favore io…> tentai di improvvisare < voglio metterlo alla prova, io potrei….>

<Vuoi farlo ingelosire!> Affermò lei, ora con aria cospiratoria e soddisfatta insieme. Colsi subito la palla al balzo, era l'unica possibilità per ottenere ciò che volevo.

<Si esatto, voglio farlo ingelosire, come hai detto tu.> Annuì con convinzione

<Brava, fai bene. Quel bastardo se lo merita....noi ragazze siamo tutte dalle tua parte e anche i....>

<Scusa ho fretta, Marty deve darmi un passaggio per tornare a casa. Allora lo inviti...cioè voglio dire, di nuovo?>

<Certo, puoi contarci. Questa è una nobile causa! Tranquilla lascia fare a me.>

<Grazie e a domani! Ciao>

<Ciao cara>

Almeno questa era fatta, restava ora "solo" da escogitare cosa potevo inventarmi con Nico. Forse lui mi amava, di certo teneva tanto a me. Ma rimaneva il fatto, altamente irritante che lui si ostinava a rimanermi lontano. Nelle sue assurde intenzioni, voleva darmi la possibilità di rimettermi con Simon, se questo era quello che veramente desideravo. Il fatto che gli avessi detto, a chiare lettere, che non ero affatto interessata a Simon, non sembrava sortire alcun effetto su di lui. Il sacrificio che si era autoimposto era la cosa più assurda, stupida e inutile che potesse fare. Io volevo lui, avevo sempre voluto lui. Lo avevo scelto e accettato come amico con una fiducia incondizionata, prima ancora di scoprire come fare ad avere fiducia nel prossimo. E quando la nostra amicizia era diventata amore, qualcosa dentro di me si era come "aggiustata", come quando trovi quel pezzo di puzzle che ti completa un'intera scena. Tutto era stato, fin da subito la cosa più perfetta che mi fosse mai capitata nella mia vita. Non avevo nessuna intenzione di mollare, non quando intuivo che forse anche lui mi amava e se dovevo lottare anche per lui ....beh, l'avrei fatto! Non sapevo da dove venisse tutta quella grinta e forza, io stessa certe volte stentavo a riconoscermi. Forse ero cresciuta o forse, quella forza era sempre stata dentro di me, solo che per tanto tempo era rimasta atrofizzata e mortificata da un passato che mi aveva lentamente schiacciato e annullato, ma a cui non avrei mai più dato quel potere. Mai più.

CAPITOLO 48

La villetta di Miriam si trovava all'interno di un villaggio chiamato "Limoneto" sul lungomare di Vaccarizzo. Sebbene facesse abbastanza caldo per essere solo Maggio e diversi ragazzi fecero il bagno, io non mi unì a loro. In quel tratto di mare il San Leonardo aveva la sua foce e l'acqua doveva essere freddissima, almeno per me. Rimasi seduta sulla spiaggia a guardare gli altri divertirsi, mentre uno splendido tramonto, rosso e oro, sembrava prendersi gioco di me nella sua perfezione, quando in quel momento, di perfetto non c'era proprio nulla. Abbassai la testa a guardare il mio nuovo costume "rosso", che a parte il colore non aveva nulla di speciale. Non aveva le coppe imbottite come i push- up delle mie amiche né la mutandina coi laccetti. Era un semplice triangolino, con lo slip normale a vita bassa, ma sapevo che a Nico sarebbe piaciuto, per lo meno se si fosse degnato di venire…. Sospirai, forse per la milionesima volta e testarda, mi convinsi a sperare ancora, magari sarebbe venuto in serata. Le feste nella casa al mare di Miriam cominciavano sempre di pomeriggio, ma duravano un po' oltre la mezzanotte, c'era ancora tempo.

Un ombra accanto a me, oscurò il sole. Sollevai lo sguardo piena di speranza, presto disillusa, quando mi accorsi che si trattava di Simon. Sospirai di nuovo e tentai di sorridergli, lui non centrava nulla con i miei problemi e tra l'altro non sapeva neppure che quello che era accaduto alla festa era stato tutto un grosso equivoco, orchestrato probabilmente da Stella, la sua ex.

<Il rosso ti dona> Mi disse prima di sedermisi accanto.

<Grazie> gli risposi un po' più brusca di quanto avessi voluto.

Lui, notando il mio tono poco amichevole, parve risentirsi <Se ti disturbo, basta dirlo!> disse accennando a rialzarsi.

Lo fermai, prendendogli un braccio <Scusami, scusami tanto Simon. Resta, non mi disturbi affatto, è solo che… > Avrei tanto voluto confidarmi con lui, ma se c'era una persona assolutamente inadatta, con cui confidarmi, quella era sicuramente Simon, per così tante ragioni che non si potevano neppure contare.

Lui si lasciò nuovamente cadere accanto a me, sulla sabbia morbida ma compatta e leggermente umida. Incrociò le braccia, poggiandosele sulle ginocchia piegate <E' solo che....cosa?>

<Lascia perdere...sono un caso disperato!>

<Non lascio perdere invece! Ti ho promesso la mia amicizia, puoi fidarti di me. Confidati!> mi disse, guardandomi con occhi solenni e pieni di aspettativa.

Eravamo amici, adesso, pensai. Ero stata assolutamente sincera con lui. Che male c'era a confidarmi? Se era lui stesso a chiedermi una prova, della fiducia e dell'amicizia che ci eravamo promessi? In pochi minuti gli raccontai cosa era accaduto con Nico, la sua versione dei fatti e la sua decisione di lasciarmi per darmi modo di rivedere i miei sentimenti per lui e per Simon stesso. A quest'ultima parte del mio resoconto, gli vidi sgranare gli occhi, con espressione sgomenta. Stringendomi nelle spalle, tacqui e lo guardai augurandomi che mi interpretasse, lui che era maschio, quel comportamento per me assolutamente incomprensibile.

<Cercherò, per quanto mi è difficile, di essere obbiettivo: o è pazzo e basta, oppure è pazzo d'amore...per te> e annuì, sorridendo alla mia espressione sconvolta.

<Ma è stupido, inutile ....e ...a me non verrebbe mai in mente di proporre una cosa del genere. Ma che avete nella testa voi ragazzi e poi dite che sono le donne incompr...>

<Buona, buona...> mi fece lui, alzando le mani in alto <Non ho detto che è una cosa che anch'io farei...anzi quasi sicuramente, non la farei mai. Però sto provando a mettermi nella testa di Nico e credo di poter immaginare la sua insicurezza, per quanto riguarda noi due...soprattutto dopo che tu...sei stata così sincera su quello che è accaduto...dopo...> l'ultima frase suonava vagamente come un rimprovero.

<Non avrei potuto fare altrimenti, non potevo stare con lui e tacergli il mio…comportamento…> Che imbarazzo, forse dopotutto non era stata una brillante idea confidarmi con lui. Incrociai le braccia scoraggiata.

Lui mi mise un braccio intorno alle spalle, stringendomele amichevolmente <Su, non abbatterti, vedila così: basta lasciar passare un po' di tempo e lui rendendosi conto che noi non ci rimettiamo insieme…perché, noi non ci rimettiamo insieme, vero?>

Mi voltai verso di lui, allarmata, solo per rendermi conto che mi stava prendendo in giro, sorrisi, mi rilassai e gli diedi una spallata amichevole.

Lui mi diede un'ultima stretta, sorridendo <Beh, sai com' è… chiedevo…non si sa mai!> E si alzò, guardandosi intorno e stiracchiando le braccia in alto. Poi a un tratto, sempre guardando avanti e utilizzando un tono fintamente discorsivo, mi disse <Non ti voltare Fede, c' è Nico…>

<Dove?> Stavo per alzarmi, ma la sua voce mi fermò all' istante.

<Non alzarti così, come se fossi stata sorpresa a fare qualcosa di male! Non faresti altro che confermare i suoi dubbi!> Continuava a parlarmi, come se stessimo conversando del tempo e intanto calciava, intorno a se, la sabbia e le piccole telline trasportate fin lì dalle onde.

<Dov'è? > gli chiesi più calma, aveva ragione lui, se fossi saltata su in piedi e fossi corsa da lui, ansiosa di giustificare la presenza di Simon lì con me, avrei ottenuto l'effetto contrario a quello che desideravo.

<E' rientrato. Era affacciato sul terrazzo della casa…> Sembrava volesse aggiungere altro, ma non lo fece. Mi porse la mano che afferrai per rialzarmi, affondando leggermente nella sabbia. Mi spazzolai i granelli che mi erano rimasti attaccati sui pantaloncini e quando rialzai lo sguardo, Simon mi sorrideva sereno e amichevole <Vai avanti, io vado a salutare degli amici!>

<Ok e grazie.>

<Quando vuoi> e si allontanò verso la riva, continuando a calciare la sabbia, evidentemente colpevole di qualche delitto!

Quando, poco dopo, rientrai in casa, non c'era traccia di Nico da nessuna parte e nessuno sembrava l'avesse visto. Poi, quando ormai scoraggiata, mi ero convinta che forse Simon si era sbagliato, la voce di Marty mi ridiede speranza <Ci hai parlato con Nico?>

<Dov' è?> Mi sembrava di aver ripetuto quella domanda decine di volte ormai.

<E' andato con Diego e gli altri a prendere le pizze....ma perché non l'hai visto? E' stato qui tutto il pomeriggio>

Chiusi gli occhi per la mia stupidità. Avevo passato il pomeriggio in spiaggia, pensando che se Nico fosse arrivato prima o poi sarebbe uscito, non avevo pensato che magari, vedendomi dal terrazzo, lui avesse intenzionalmente voluto evitarmi....e per giunta, mi aveva anche visto con Simon!

<Che succede?>

<Credo che mi stia evitando...> sospirai scoraggiata <Maledizione! E' così testardo....non so più cosa fare...> Mi lasciai sprofondare nel divano e Marty mi si accoccolò accanto. Il suo conforto silenzioso era piacevole, ma non riusciva a sciogliere il nodo di paura che mi si era formato in gola. Avevo tanta paura di perderlo. Ed era paradossale sapendo che ci amavamo così tanto...almeno io sapevo di amarlo da morire.

Ma come si fa a fare capire a qualcuno che lo ami, quando né le parole, né i fatti sembrano convincerlo? E poi, pensai, che forse anche lui aveva paura...paura di non avermi completamente e di non riuscire ad accontentarsi di niente di meno. E quando hai paura non sei razionale, io lo sapevo bene. Come quando si hanno quelle fobie per i ragni o simili, è inutile spiegare razionalmente al malcapitato quanto quel minuscolo insettino sia innocuo, la paura ha la meglio comunque sulle facoltà mentali. Ma allora cosa potevo fare per rassicurarlo? Questa e altre mille domande mi vorticavano in testa, come api impazzite e fu un sollievo quando Marty mi scrollò per svegliarmi. Mi ero appisolata e i miei pensieri si erano confusi coi sogni, possibile? Oppure, avevo continuato a pensare mentre dormivo? Mi alzai, stiracchiandomi e Marty mi passò lo zaino <Ci andiamo a cambiare?>

<Ok...> Mi guardai intorno, ma di Nico neanche l'ombra.

La serata trascorse senza che io e Nico ci incrociassimo, neppure una volta. I ragazzi con le pizze arrivarono e a nessuno sembrava importare che Nico non fosse con loro. Per orgoglio non chiesi neppure più, sembravo una povera scema e un po' patetica, dopotutto io ero stata "cornificata" da lui o questo, era quello che tutti pensavano. Mi voltai verso la finestra del terrazzo, dal quale una leggera brezza rinfrescava la stanza, satura dell'odore delle pizze e degli schiamazzi dei ragazzi più esuberanti. Qualche coppia si era isolata sul divano o sul dondolo nel patio, per scambiarsi effusioni e io riportai lo sguardo fuori, attratta dal silenzio e dalla solitudine...per me non c'era altro. Camminai nel buio, inseguendo il rumore delle onde e poi lo vidi.

All'inizio pensai di sbagliarmi, era tutto il giorno che lo cercavo inutilmente e adesso mi sembrava troppo bello per essere vero. Ma non mi ero sbagliata, era lui. Lo riconobbi dal modo in cui si passò una mano fra i capelli portandoseli indietro, dalla postura delle sue spalle, diritte anche se stava seduto con le braccia sulle ginocchia e da tutta una serie di particolari che di lui conoscevo e amavo. Maledizione, maledizione...quanto odiavo sentirmi così impotente ed era tutta colpa della sua testa dura! Avrei voluto scuoterlo, colpirlo e poi...baciarlo, baciarlo e ...accidenti a lui!

Lo raggiunsi e mi lasciai scivolare accanto a lui di mala grazia. Lui mi guardò per un attimo che mi parve eterno, gli occhi stretti e intensi sembravano volermi incenerire. In un istante passò in rassegna il vestito di lino stropicciato che indossavo, prima di riportare lo sguardo sul mio viso. Aveva tutta l'aria di aver passato una pessima giornata, come la mia, e la cosa mi fece arrabbiare ancora di più. Feci per prendergli una mano, ma lui si liberò come infastidito. Questo mi mortificò e non tentai oltre di avvicinarmi a lui. Però non riuscivo a impedirmi di parlargli. <Ma che ti ho fatto? Perché fai così? Ti ho cerc....>

<Come mai non sei insieme a lui?> Neppure mi guardava ora e la sua voce era tagliente come una lama.

<Perché è qui che voglio stare, con te!> persino alle mie orecchie la mia voce risuonò orribilmente stanca, mi sembrava di combattere contro i mulini a vento.

<Eppure è con lui, che sei stata tutto il pomeriggio, no? Allora, la fiamma si è riaccesa? Tutti felici e cont....>

<Ma perché fai così? Stai rovinando tutto...> Ora stavo praticamente urlando e mi alzai di scatto e con rabbia, allontanandomi un po' da lui.

<Pensi che mi diverta?> mi urlò, alzandosi anche lui <Pensi che goda, a pensare la mia ragazza....fra le braccia di un altro....maledizione vorrei....spaccare qualcosa! Vorrei crederti e basta! Vorrei crederti e fare come se nulla fosse successo, ma non ce la faccio! E' più forte di me, la gelosia mi rode dentro....e non so come controllarmi e non mi piace essere così...io non sono così> Respirava a denti stretti, a raffiche violente <Io mi fido della gente e mi fido di te, ma so...io so per certo, che se non ti do la possibilità di capire davvero, cosa ancora provi per lui, poi continuerei a chiedermelo e a dubitare e non posso stare con te in questo modo... amandoti come io ti amo e chiedendomi se per te è lo stesso...>

"Oh Dio! L'aveva detto. Finalmente aveva detto di amarmi! Ma allora perché cercava di farsi...anzi di farci male?"

<Ma anch'io TI AMO! Non basta che te lo dica...che te lo giuri?> Quella distanza invalicabile che ci separava mi faceva impazzire. Era come se un muro trasparente, ma solido ci impedisse di comunicare. Possibile che le mie parole non avessero lo stesso impatto, che invece avevano le sue su di me? Oppure,

semplicemente lui non mi credeva. Possibile che volesse proteggermi dalle mie stesse scelte?

Possibilissimo, mi risposi. Se lui voleva darmi la possibilità di rimettermi con Simon, se questo era ciò che volevo, analogamente magari, pensava che gli dicevo di amarlo solo per convincerlo e che in fondo non volevo ferirlo, con ciò che invece provavo per Simon. Se quel contorto ragionamento era effettivamente la causa dei nostri problemi, allora significava che l'amore gli aveva fatto andare in tilt il cervello! Maledizione dov'era finito il ragazzo calmo, sorridente e sfacciato che conoscevo?

<E allora dimmi questo Fede...> la sua voce adesso era un rassegnato borbottio <perché sei andata da lui? Perché proprio da lui? Perché è di questo, che io non riesco a farmene una ragione, sapere che tu sia corsa da lui e ti sei lasciata ba...>

<Ma non sono corsa da lui! E' successo....non ricordo neppure come mi sono ritrovata nella sua macchina...> il nodo che mi opprimeva la gola mi impediva di parlare, ma volevo spiegare, volevo che capisse <...o maledizione! Cosa vuoi che ti dica! Mi dispiace, so che non serve a nulla dirlo ma è così, vorrei tornare indietro e fare le cose diversamente, ma non si può! Tu stai male? Anch' io sto male, ma lasciare che ciò che è successo ci divida...lasciare che il passato condizioni il tuo futuro...Nico...ti posso assicurare che non è mai un buon affare! Io lo so, lo so maledettamente bene....> Lui non riuscì a replicare a queste mie ultime parole, forse comprendendo, che non stavo più solo parlando di noi due e mi guardò con quel suo modo particolare, come se riuscisse a leggermi dentro e quello che dovette vedere, doveva averlo scosso e preoccupato perché mi si avvicinò e tentò di abbracciarmi. Ma io non volevo la sua pietà, per ciò che lui aveva intuito di me, volevo il suo amore, incondizionato e sincero e se non era pronto ancora ad accontentarmi, allora non avevo più nulla da dirgli, perché in quel momento mi sentivo terribilmente svuotata e sconfitta. Se lui aveva deciso di non credere nel nostro amore, io non potevo fare nulla, non in quel momento comunque.

<Fede...>

La sua voce mi arrivò attutita dal rumore delle onde, ma non mi fermai e non rallentai. Se mi amava e se mi voleva accanto, allora non doveva aspettare nessuna rivelazione o verità nascosta. Lo desideravo da impazzire ma perderlo, in quel momento, forse era l'unico modo, per fargli capire quanto si sbagliasse e quanto inutile fosse il suo ostinato comportamento.

CAPITOLO 49

Per un attimo osservando la sveglia pensai di essermi
addormentata e che avrei fatto terribilmente tardi a scuola…prima
di ricordare che era domenica. Mi rigirai nel letto per un po', poi
sentendo i nonni in cucina pensai di approfittarne per fare
colazione assieme a loro, visto che non succedeva quasi mai. Scesi
in pigiama e non dovevo avere un bell'aspetto dal modo in cui mi
osservò accigliata la nonna.

<Non hai ancora fatto pace con Nico?> esordì lei.

Viva la diplomazia, pensai <No, non ancora. C'è il caffè?> chiesi
subito, cercando di non farle approfondire il discorso. Ma non ce
ne fu alcun bisogno, perché mentre la nonna mi preparava una
tazza di caffè macchiato, come piaceva a me, il nonno aveva delle
novità da comunicarmi e non ne sembrava particolarmente
entusiasta.

<Sai Fede da stasera gli zii verranno a stare da noi….per un po'>
Il nonno pronunciò la frase, con la stessa espressione che avrebbe
avuto in viso, se avesse preso una medicina particolarmente
amara, ma non poteva immaginare quanto quella frase cambiava
tutto per me. In una parte del mio cervello continuai a recepire
informazioni: sarebbero arrivati all'aeroporto intorno alle sette di
sera, non si sapeva ancora per quanto sarebbero rimasti, ma si
presumeva per tanto, visto che la banca aveva requisito loro la
casa che gravava ancora di parecchi anni di mutuo da pagare, e
poi ancora il lavoro dello zio…licenziato da tanti mesi…. Intanto
dentro di me era il caos: avevo il corpo percorso dai brividi, come
se avessi la febbre, il cuore mi batteva come un tamburo impazzito
e la necessità di non mostrare loro il mio turbamento interiore mi
faceva tremare le mani.

Mi alzai di scatto, facendo quasi ribaltare la sedia <Scusa nonno,
non mi sento troppo bene…>

<Tesoro stai male? Aspetta che salgo...> la nonna si alzò, per venirmi dietro.

<No, nonna non ce ne è bisogno...solo un po' di mal di pancia..> e mi chiusi la porta alle spalle, respirando affannosamente e cercando, al di là della paura e della disperazione, di pensare a cosa fare, pensare a cosa dire, per evitare tutto quello che stava accadendo. Ma sapevo già che non c'era nulla che potessi fare ormai, l'aver taciuto così a lungo, mi aveva messo in una bruttissima posizione e adesso mi sentivo braccata, in trappola. Mi morsi la mano per fermare il tremito che mi faceva battere i denti e il dolore mi schiarì momentaneamente i pensieri. Imposi al mio respiro di tornare normale o quasi. Dovevo pensare, riflettere e capire cosa potevo fare, per evitare quella convivenza, perché tutto in me si ribellava alla cosa. Il mio istinto di sopravvivenza mi suggeriva di scappare il più lontano possibile...ma dove potevo andare? E i nonni cosa avrebbero pensato? E se avessi raccontato loro cosa era successo? Ma già mentre formulavo il pensiero sapevo che non potevo farlo, avrei rovinato loro la vita e alla zia....e poi le domande: perché avevo taciuto così a lungo? Non sapevo spiegarlo neppure a me stessa, come avrei fatto a spiegarlo a loro? E il nonno...o mio Dio lo avrebbe ucciso! Cosa dovevo fare? Cosa? Cosa? Le domande mi vorticavano in testa, confondendomi e spaventandomi e i ricordi, i terribili ricordi che tentavo di trattenere, spingevano crudeli ed inesorabili sulla soglia della mia coscienza. Mi sedetti sul letto con la testa tra le mani, respirando, respirando e continuando a farlo, ancora e ancora, finché cominciai a sentirmi un po' più lucida. Ok, pensai, tra circa otto ore avrei rivisto quel volto che mai più avrei voluto riavere davanti. Non solo, avrei vissuto "nella stessa casa" con lui. Lo avrei avuto davanti la mattina prima di andare a scuola, a pranzo, il pomeriggio quando sarei stata a casa...e la sera e poi...la notte, avrebbe dormito sotto il mio stesso tetto. Subito il mio sguardo saettò verso la serratura della porta, mi alzai e con violenza afferrai la chiave e la strinsi fra le dita. Il mio pugno chiuso, attorno a quel freddo metallo mi schiarì le idee. "La forza" con la quale stringevo la chiave, mi ricordò che non ero più una bambina di nove anni, impaurita e terrorizzata da qualcosa che non aveva neppure compreso, ma che per istinto aveva ripulso, come

qualcosa di sporco e indegno. Dimenticare e tacere, solo questo aveva saputo fare quella bambina, ma non adesso, non più, mai più! Va bene, mi dissi, avrei affrontato anche quello. Ma per quanto? No, quella domanda era meglio non pormela, avrei affrontato un giorno alla volta, un momento alla volta.

Feci un gran respiro suggellando la decisione presa, mi alzai in piedi e andai allo specchio. Avevo il volto arrossato e gli occhi lucidi, il mio pigiama stropicciato nascondeva quel corpo che maturando, mi aveva spaventata e indotta a nasconderlo. Quante battaglie avevo combattuto per poter vivere normalmente e tutto per colpa sua! Sua era la colpa, mai era stata mia, anche se lo avevo pensato per tanto tempo. Raddrizzai le spalle e rinnovai la promessa, mai più l'avrei permesso, senza combattere. Avrei controllato la mia paura davanti a lui e gli avrei subito fatto capire che non avrebbe potuto fare più i suoi comodi, piuttosto l'avrei ammazzato con le mie stesse mani. Vieni pure bastardo, ma stammi alla larga o te ne farò pentire!

La giornata trascorse come in un sogno confuso e veloce, un momento prima avevo appena ricevuto quella terribile notizia e un momento dopo mi trovavo sul divano, col cuore che quasi mi scoppiava per la tensione e le mani sudate, mentre sentivo in corridoio le loro voci, quelle dei nonni e della zia, e la sua....odiata e mai dimenticata.

Concentrai tutta la mia attenzione sulla zia, così diversa da come la ricordavo. In qualche modo, anche se più vecchia sembrava come rimpicciolita e molto fragile. Era parecchio dimagrita e le braccia che tese verso di me, sembravano pronte a spezzarsi, se strette un po' troppo <Federica....come sei bella, fatti abbracciare!>

Il suo abbraccio sapeva di talco e vaniglia e anche se più bassa e più piccolina di me, il suo fare materno mi mise subito a mio agio e ricambiai l'abbraccio sinceramente.

<Guarda come si è fatta grande, Gianni! E' alta quanto te! Sono passati così tanti anni....> E mentre la zia lasciandomi si rivolgeva

allo zio, il mio sguardo gelido si posò su di lui, che però non stava guardando me o per meglio dire, non mi stava guardando in faccia. Il suo sguardo strisciò su di me, sulle mie gambe, sui miei fianchi e poi su, con meticolosa e nauseante lentezza, fino ad incontrare i miei occhi…e un attimo prima che la consapevolezza apparisse in lui, una smorfia di disappunto e delusione era comparsa sul suo viso, come se si aspettasse di vedere ancora una bambina e non avendola trovata, ci fosse rimasto male. Questo, almeno, fu ciò che mi suggerì la sua espressione delusa.

Anche se mi ripugnava anche il solo sfiorarlo, gli tesi la mano, per stringere la sua nel più impersonale e veloce dei modi….non mi sarei lasciata abbracciare da lui, come aveva fatto la zia e avevo giocato d'anticipo, così come mi ero preparata a fare quel pomeriggio. Nessuno sembrò trovare nulla di strano nel mio modo di salutarlo, né lui diede segno di aver notato la cosa. Meglio così.

A cena, a parte le chiacchiere di prammatica iniziali, la conversazione languì. C'era molta tensione nell'aria, soprattutto fra il nonno e lo zio <Allora Gianni che programmi hai? Hai già preso qualche contatto con i tuoi vecchi colleghi?>

Strano che nella mia memoria di bambina, la zia mi apparisse tanto diversa rispetto ad ora e che lui invece mi sembrasse così uguale ai miei ricordi. Tranne qualche spruzzata di grigio sulle tempie, sembrava non essere cambiato, in quegli anni. <Non ho più avuto contatti con loro…come potrei adesso farmi vivo solo per il bisogno?>

<Perché? Non è che a te manchi la faccia per fare certe cose, no?>

<Michele…> la nonna cercò di rabbonire il nonno.

<Papà! Come puoi dirgli una cosa simile?> la zia sembrava mortificata e insieme impaurita e saettava lo sguardo dall'uno a l'altro, ma sembrava che ad impaurirla fosse solo lo zio.

<Signor Michele…> le parole che ostentatamente sottolineavano che non c'era familiarità fra di loro <cos'è vi diamo già fastidio?

L'avevo detto ad Angela che non saremmo stati i benvenuti….che non è mai stata lei la figlia prediletta e che….>

<Mia figlia è e sarà sempre la benvenuta in questa casa, sei t….>

<Basta! Michele, ora basta! > Con la mano la nonna tentò di calmarlo e farlo risedere <…non è il momento questo per rinvangare il passato. Venite vi mostro la vostra camera…sarete stanchi no?> E li accompagnò di sopra, nella stanza che aveva preparato per loro. La zia accennò un sorriso nella mia direzione, mentre lo zio era già a metà delle scale.

Avevo sempre saputo che non correva buon sangue tra il nonno e lo zio, ma non ne conoscevo le ragioni. Anzi mi ero sempre tenuta volontariamente lontana da tutto ciò che lo riguardava. Adesso però che vivevamo nella stessa casa, quella mia ignoranza sull'argomento era diventata inutile. Guardai il nonno interrogativa e lui scosse il capo <No Federica, ci manca solo questo e tua nonna mi scuoia vivo…>

<Non ti è mai piaciuto…perché?> insistetti io.

Uno sguardo triste attraversò il suo viso, mentre si passava ripetutamente le mani sulla faccia, come per lavare via dei brutti ricordi. La sua voce, all'inizio mi giunse da dietro lo schermo delle sue mani, chiuse a pugno, davanti alla bocca <Era solo una bambina, quando se l'è presa…Aveva quindici anni e lui venticinque…e già questo….> Mi guardò indeciso se proseguire o meno e poi a bassa voce aggiunse <Avrei potuto cambiare idea se lui l'avesse amata…ma la verità è che non l'ha mai resa felice…Tu non puoi capire, perché eri troppo piccola, ma la tua mamma ci raccontava di quando la zia veniva a stare da voi e poi…gli mancava il coraggio per lasciarlo e tornava indietro…tante, tante volte…Uno così, non cambia mai! E…Scusa, non dovevo parlare con te. Vai a dormire Federica che domani c'è scuola e se la nonna si accorge che mi sono confidato con te…> Mi fece un sorriso stanco e anche se avrei voluto saperne di più, non insistetti oltre. Quelle poche parole, che si era lasciato sfuggire, erano per me molto più indicative di quanto poteva immaginare.

Più tardi a letto, riflettendo su ciò che mi aveva raccontato il nonno, capì che quella non sarebbe stata una convivenza difficile solo per me e non sapevo esattamente per quale ragione, ma ne fui confortata. Il sapere che lo zio non era propriamente ben visto dai nonni mi dava forza. In quel momento tuttavia, di forza, me ne sentivo ben poca. La tensione della cena mi aveva sfiancata e anche se crollai a letto stanca e con il collo e le spalle rigide e indolenzite, non riuscì a prendere sonno. Nel silenzio della casa mi parve di cogliere stralci di frasi bisbigliate e anche se sapevo che era la mia immaginazione la sua voce sembrava rivolgersi a me. "Vieni piccola,…così, muovila cosi" gridavo, ma la voce non mi usciva e lui era così vicino, così vicino….

Mi svegliai, ansimando e guardandomi attorno con gli occhi sbarrati scattai in piedi, come una folle, andai alla porta e girai due volte la chiave nella serratura, poi presi la chiave e la misi sotto il cuscino, ma sempre avvolta nella mia mano….e mentre le prime luci dell'alba rischiararono la mia stanza, mi resi conto di non essermi più addormentata e che ormai era troppo tardi per farlo. Da ora in poi, pensai, quella era la mia nuova vita e in qualche modo dovevo farcela, non potevo lasciarmi schiacciare dalla paura. Scacciai con rabbia le lacrime che mi salivano agli occhi e mi raggomitolai su me stessa. Avrei tanto voluto che mamma e papà fossero vivi, avrei raccontato tutto subito e rovesciato sulle loro spalle quel fardello insopportabile, sentendomi di certo terribilmente egoista…ma l'avrei fatto, non sarebbero passati quegli anni. Ma loro non c'erano più e i nonni….non so, forse non li ritenevo abbastanza forti, per affrontare questo, oppure ero incapace di vedere me stessa affrontare tutto…le domande…le domande…Il solito circolo senza fine.

Una lacrima solitaria scivolò sulla mia guancia e pensai a Nico, al suo abbraccio forte e sicuro, al nostro amore e a quello che non avevo più…. Lui avrebbe capito? Ciò che neanche io sapevo ben spiegarmi, lui sarebbe stato in grado di comprendere? Ma era inutile chiedermelo….lui non voleva più stare con me, per adesso e forse…se avesse saputo, se avesse conosciuto i dettagli di quell'evento….. no, era meglio non preoccuparmi anche di questo, non in quel momento in cui tutto mi si prospettava nero e cupo.

264

CAPITOLO 50

Uscì dalla mia camera, vestita di tutto punto, guardinga e attenta a non fare rumore sulle scale. Se ero fortunata, non avrei incontrato nessuno in cucina, soprattutto lui. Avrei preso una tazza di latte e… il rumore di posate mi mise in allarme, prima di rendermi conto che si trattava solo della zia che, avvolta in una consunta vestaglietta di cotone lilla, si stava versando del caffè dalla bricca fumante. Vedendomi mi fece il cenno di versarmene un po' e risposi annuendo silenziosamente, rilassandomi un pochino.

<Ci aggiungo del latte?> Mi chiese, prima di sedersi accanto a me.

<Grazie> La guardavo dal bordo della mia tazza, cercando in lei, senza trovarle, somiglianze con la mamma.

Anche lei, timidamente ricambiava il mio esame <Non puoi immaginare quanto somigli a tua madre, quando aveva la tua stessa età! Tranne naturalmente..> Aggiunse sorridendo e carezzandomi una mano <per questi splendidi occhioni blu! Quelli li hai presi dal tuo papà!>

Sorrisi anch'io al suo complimento <Grazie me lo dicono in molti…ma mi fa sempre piacere, sapere di somigliare loro. Ormai, i miei ricordi sono per lo più le foto e …>

<Avevo dimenticato che qui in Sicilia avete questa barbara abitudine di alzarvi all'alba!> La voce sbadigliata dello zio che scendeva le scale ci fece trasalire. Per un attimo, vedendo le sue gambe pelose e nude, scendere le scale avevo pensato fosse il nonno.

Ma lui non sarebbe mai sceso in boxer e canottiera in cucina, lo zio evidentemente si sentiva molto più a casa sua, di quanto avesse lasciato intuire la sera prima.

Anche la zia, mi accorsi, aveva notato il suo abbigliamento, ma a parte uno sfuggevole sguardo al marito, non commentò la cosa, non davanti a me per lo meno.

<Io devo andare, è tardi per me...> mi alzai, lasciando il mio caffè-latte a metà.

<Così presto vai a scuola? Quando mi arriva la macchina, ti accompagnerò io così...>

Anche se non mi aspettavo la sua sfacciata proposta, lo interruppi, rispondendogli pronta come se mi fossi esercitata <Non c' è bisogno! Io vado in autobus...>

<Si, ma con la macchina...>

<Grazie lo stesso, ma preferisco l'autobus! > Il mio tono risolutivo e deciso stupì me per prima, ma ebbe l'effetto desiderato su di lui. Anche se ostentò indifferenza, in realtà capì, dal modo in cui strinse le labbra che non gli aveva fatto per niente piacere. Lo intuì anche dal modo sgarbato con cui trascinò una sedia e si ci sedette sopra.

Quando ripassai dalla cucina per uscire, dopo aver preso lo zaino in camera, lui era ancora lì, ma da solo. Entrai in tensione, ma cercai di mantenere i miei movimenti rilassati, mentre sentivo di nuovo il suo sguardo strisciarmi addosso lento e invadente. Anche adesso, come la sera precedente, notai sul suo viso quella smorfia di disappunto, come se ciò che vedeva non fosse propriamente di suo gradimento, ma nondimeno il suo esame continuò. Mentre tiravo su la zip della felpa e mi mettevo lo zaino in spalla, con tutto il coraggio che riuscì a racimolare gli rivolsi uno sguardo duro e ostile, in cui misi tutto lo sdegno che provavo per lui ed incredibilmente...lui mi sorrise. Odiosamente e oscenamente, per ciò che lessi nella sua espressione, lui mi sorrise e continuò a farlo anche mentre gli sbattevo la porta d'ingresso in faccia, nella mia vigliacca ritirata. Lui sapeva che io sapevo, che io ricordavo! E la cosa, anziché preoccuparlo, lo faceva sorridere! Era peggio di come avessi pensato. In qualche modo speravo nell'indifferenza comune, ma questo suo atteggiamento, mi fece capire quanto mi fossi sbagliata. Rabbrividii nella brezza mattutina e non solo per il freddo. Percepivo ancora il suo sguardo viscido su di me. Dovevo stare ancora più attenta a non rimanere sola con lui. Anche se non ero più una bambina indifesa, non ci tenevo a verificare ancora di cosa fosse capace quel mostro e di cosa sarei stata capace io, se solo mi avesse messo una mano addosso.

A scuola quella mattina fui incapace di concentrarmi su alcunché. Marty mi rivolgeva sguardi ansiosi, ma non ebbi modo di comunicare con lei se non durante la ricreazione.

La sua reazione, a ciò che le raccontai del mio fine settimana da incubo, fu quella che mi aspettavo: impotente e inorridita mi strinse a se, comunicandomi silenziosamente il suo appoggio e il suo affetto.

<Ma sei proprio sicura di non voler raccontare nulla ai tuoi nonni?>

Quella domanda mi tormentava tutti gli istanti della giornata <E cosa gli dico Marty? "Ah nonno, mi sono dimenticata di dirti che otto anni fa lo zio mi ha molestato?" Credi che sia così facile? Sai cosa comporterebbe per loro? Per mia zia? Per me? E se non mi credessero? Perché, perché non ho mai raccontato niente? Non lo so neppure io! Io....>

Mi accorsi di ansimare e piangere solo quando Marty mi abbracciò e asciugò le mie lacrime con la manica della sua maglietta <Scusami, io non posso immaginare cosa vuol dire tutto questo per te! Dimmi solo che ti rivolgerai a me, per qualunque cosa. Ti starò vicino e ti appoggerò qualunque decisione prenderai e se...>

<Fede, cosa è successo!>

Serrai gli occhi, sentendo la sua voce e anziché rispondergli, strinsi ancora di più le braccia attorno a Marty e tenni la testa ostinatamente voltata dall'altra parte.

<Senti Nico, lasciala in pace! Non è il momento!>

<Che vuol dire "non è il momento"! Fede che hai? Puoi parlare con me, io ti…> la preoccupazione riverberava nel tono della sua voce.

<Lasciami stare, va bene? > Mi voltai verso di lui, con tutta la rabbia che sentivo per il suo distruttivo comportamento e per tutto quello che mi stava accadendo in quel momento <Hai detto che non vuoi stare con me? Bene, allora fatti gli affari tuoi! Se non sai neanche tu quello che vuoi, allora sei l'ultima persona al mondo di cui ho bisogno! Non so che farmene di "un amico" come te! > E corsi via, perché se l'avessi guardato in faccia, sarei andata invece diritta fra le sue braccia, a elemosinare un po' di quell'amore che mi stava negando, con tanta ostinazione. Maledizione a lui!

Dopo quella discussione non ebbi più contatti con Nico e la cosa mi distruggeva ogni giorno un poco di più. Lui mi mancava in maniera viscerale, come può mancarti un braccio amputato, ma non avevo la forza per riavvicinarmi a lui, per perorare ancora la nostra causa, per ribadirgli quanto lo amavo e quanto lo avrei voluto vicino. E oltre alla forza, pian piano andava via anche la speranza, mentre mi sentivo precipitare, ogni giorno di più, in un tunnel buio e senza uscita.

La convivenza con gli zii divenne sempre più penosa, per tutte le persone coinvolte. Molte volte facevo in modo di passare l'intera giornata fuori, tra la scuola, la piscina e i compiti a casa di Marty. Ma sempre più spesso, mi capitava di assistere alle litigate tra il nonno e lo zio. Al nonno non andava giù il fatto che lui non avesse ancora preso alcun contatto, con i vecchi conoscenti, per avere un qualche posto di lavoro e neanche aveva provato a cercare un lavoro temporaneo. Questo, comunque non gli impediva di andarsene in giro, tutto il giorno, con la macchina che aveva insistito per farsi spedire, anziché lasciarla in custodia in qualche deposito a Milano, cosa che sarebbe stata sicuramente molto più economica.

La zia invece era stata molto fortunata, perché aveva ottenuto un lavoro part- time in un asilo nido privato in zona, così da potercisi recare in autobus tutte le mattine e due volte la settimana anche i pomeriggi. La cosa però sembrò creare ancora più tensioni, sia fra il nonno e lo zio, sia fra gli zii stessi.

Una sera, che i nonni erano stati invitati a cena da amici loro, rincasando li sentì discutere o meglio sentì lo zio inveire contro di lei. Dalla voce rauca e strascicata che aveva, capì all'istante che doveva essere un po' alticcio. <Cos' è, ti senti migliore di me, perché hai trovato un lavoro del cazzo? Perché mi paghi la benzina? Ti ho mantenuta per diciotto anni, senza che tu abbia mai alzato quel tuo culo secco! E quel vecchio sciancato di tuo...>

<Smettila per favore...> sussurrò la zia che mi aveva intravisto, mentre cercavo di oltrepassare inosservata l'ingresso della cucina, e lanciandomi un occhiata preoccupata, inavvertitamente attirò su di me la sua attenzione.

<Chi c'è? La principessa sul "pisello"?> La sua orribile voce in falsetto mi fece accapponare la pelle.

<Smettila, lei non centra niente...>

<Come no!> Lo vidi avvicinarsi a me, trascinando i piedi e guardandomi con gli occhi lucidi di alcol e ...qualcos'altro <Lei è la figlia perfetta, della tua perfetta sorella! Da quanto abiti qui, Federica? Da sette anni? Da otto? Non mi pare che nessuno si lamenti, no? Per noi è diverso però...>

<Smettila, smettila ma cosa dici? Federica era una bambina! Era....>

<Una bella bambina sola...poverina, sei voluta venire a stare con i nonni, eh? Ti sei fatta bene i conti e nemmeno lo sapevi, vero? > Mi guardava diritto negli occhi, mentre accorciava sempre più la distanza fra noi <Ma ora non sei più una bambina...> le sue parole alle mie orecchie avevano qualcosa di osceno e di ripugnante <...sei una donna...> bisbigliò quasi solo con le

labbra, mentre i suoi occhi percorrevano febbrilmente il mio corpo
<…anche tu dovresti guadagnarti da vivere, è giusto…>

Ero senza fiato e senza rendermene conto ero indietreggiata, fino
ad avere le spalle al muro.

<Ora basta! Sei ubriaco! Non sai quello che dici! Vieni…> la zia
lo prese per un braccio, trascinandolo un po' lontano da me <vieni
via, andiamo…> lui le poggiò una mano sulle spalle e senza
distogliere gli occhi da me, le infilò una mano dentro la
camicetta…

Un violento conato di vomito mi salì in gola, mentre salivo i
gradini a quattro a quattro e feci appena in tempo ad aprire la
porta del bagno, prima di rimettere i resti della cena a casa di
Marty. Lasciando l'acqua che scorreva nel lavandino, andai alla
porta e girai la chiave due volte, prima di toglierla e infilarla,
come di consueto, sotto il cuscino. Sarebbe stata un'altra lunga
notte!

CAPITOLO 51

Il test di matematica, del giorno dopo, andò malissimo. I numeri continuavano a danzarmi davanti agli occhi, privi di qualunque significato razionale. Marty non poté aiutarmi perché la prof ci aveva allontanate, ma anche se mi si fosse seduta accanto non credo che avrei avuto qualche possibilità. Erano giorni che non chiudevo occhio e la mancanza di sonno, unita all'abbondanza di caffeina mi avevano resa irascibile e costantemente di malumore. Prima dell'inizio del test avevo persino mandato al diavolo Marty, perché continuava a tormentarmi chiedendomi di andare a parlare con Nico, che a quanto sembrava non la smetteva più di informarsi su di me. Lei gli aveva detto, sbrigativamente, che avevo problemi in famiglia e che era meglio se mi lasciava in pace, ma lui non era dello stesso parere e continuava a torturarla e lei…di riflesso, torturava me <Parlaci un minuto, è preoccupatissimo per te…prima che entra la prof…> continuava a sussurrarmi all'orecchio.

Mi voltai di scatto, con gli occhi fuori dalle orbite <Si, certo e cosa gli racconto? Che diavolo gli racconto, me lo sai dire tu?> le urlai

<Fede…non te la prendere con me, io…>

<E allora stammi lontana anche tu, e non mi rompere!>

Adesso che Marty mi stava lontana e, timorosa di quello che avrei potuto dirle, non mi rivolgeva neppure la parola, ero proprio pentita per le parole dure che avevo usato con lei. Lei che era l'unica con cui potessi confidarmi e che mi era rimasta sempre accanto, soprattutto durante quelle orribili ultime settimane.

Camminavo per i corridoi, senza meta, durante la ricreazione. Nessuno mi si avvicinava, evidentemente ce l'avevo scritto in faccia "attenzione morde!". Meglio così, non avevo voglia di fare conversazione, né di ascoltare discorsi insulsi sul test, la fine dell'anno scolastico, le vacanze, i ragazzi, i vestiti, i costumi o qualunque altra stupidaggine riguardo alla vita che andava avanti, nonostante io ogni giorno, vivessi in un incubo, terrorizzata all'idea di addormentarmi in casa mia, fare una doccia senza aver prima controllato cento volte che la porta fosse chiusa a chiave e non rientrare mai, mai a casa prima di essere certa che fossero rientrati tutti. Comunque, da quando gli era arrivata la macchina, capitava spesso che fosse lui a non essere in casa e mentre tutti, soprattutto il nonno, si chiedevano dove passasse tutte quelle ore, io ero solo felice che non fosse lì a condividere il mio spazio e a contaminarmi l'aria.

Accadeva sempre più spesso che la bella cucina della nonna, una volta il suo tempio del cucinare, fosse avvolta da una nube di fumo e dal puzzo di sudore e birra. A nulla era valso ogni tentativo, diplomatico da parte della zia, e decisamente autoritario da parte del nonno, per fargli togliere l'abitudine di fumare in casa. Non si dava neppure il disturbo di rispondere.

Una sera, dopo l'ennesima sfuriata del nonno che, alla fine impotente di fronte allo sguardo implorante della zia, aveva preferito portare la nonna a fare una passeggiata sul lungomare, la zia aveva tolto le bottiglie di birra vuote sul tappeto e gli aveva detto di salire almeno in camera, se aveva intenzione di fumare ancora, visto che dava fastidio a tutti.

Prima che lui rispondesse, io stavo già muovendomi per levarmi di torno, ma il modo in cui la guardò mi fece fermare. Lui l'aveva osservata come se fosse stata una cacca di cane che gli era rimasta attaccata alle scarpe <Ma perché non ti togli dai coglioni, eh? "Dai fastidio a tutti…fuma fuori"….e non rompere…> le aveva detto. Poi, aveva notato la mia presenza silenziosa, vicino alle scale e ancora mi aveva rivolto quello sguardo viscido <Ecco, fai come la nostra Federica, lei non si lamenta mai…lei si, che sarà una buona moglie. Vero? Diglielo tu, Federica alla zia che un uomo ha bisogno…> Poi, come se fosse rimasto fulminato, si bloccò e si alzò di scatto. Scalzo, coi soli jeans addosso, si avvicinò a me, con la sigaretta in mano e la bottiglia della birra nell'altra e iniziò a guardarmi con gli occhi stretti a fessura <Ma dimmi un po', non mi dire che hai il ragazzo tu?> Scrutava ogni mia minima espressione, per cogliere eventuali bugie, ma io non avevo la minima intenzione di rispondergli, né di incentivarlo a continuare quella farsa.

<Io vado a dormire> dissi, rivolgendomi alla zia, come se lui non fosse neppure presente.

<Allora ce l'hai, non è vero? Certo, non sei mica più una bambina tu> Continuava a parlare, anche se gli avevo già voltato le spalle e iniziato a salire i primi gradini. <Ehi, sto parlando con te! E' questa l'educazione che ti ha insegnato tuo nonno? Certo…e ti permette pure di avere un ragazzo e chissà che cosa fate…>

<Gianni, vieni qui…sei di nuovo ubriaco…>

<Io, ubriaco? Siete voi rincoglioniti…tutti quanti…quella c'ha il ragazzo e nessuno la tiene d'occhio…>

<Smettila, Federica è grande e sa….>

Ma lui non la lasciò terminare e con un movimento troppo veloce, per uno che reputavo fosse ubriaco, mi bloccò il braccio sul corrimano della scala.

Panico. E silenzio, a parte il rumore delle bottiglie che la zia aveva ripreso a togliere dal pavimento. Non riuscivo a staccare gli occhi dalla sua mano, dalle sue dita sul mio braccio. Il peggior incubo che diventava realtà! Il suo sguardo era fisso sull'ultimo bottone della scollatura della mia polo e quando parlò, una zaffata di alito puzzolente di birra mi invase le narici, scuotendomi dal mio torpore. Scossi il braccio, per scrollarmi quella mano, ma lui non mollava.

<Fate le cosacce, non è vero?> Mi sussurrò piano <E tu …te ne stai buona…e zitta> Annuiva, sorridendo e con le labbra mimò la parola "brava!". Poi a voce più alta disse <C' è bisogno di una figura paterna, per questa ragazza, tuo padre è troppo vecchio, per far caso a certe cose> continuò, rivolto alla zia che forse era andata in veranda a buttare le bottiglie.

<Lasciami il braccio…..> gli sussurrai a denti stretti

<Potrei essere il sostituto del tuo papà, che ne…>

<Tu!...> liberandomi il braccio, lo spinsi con entrambe le mani sul petto, provando un'immensa e nauseante repulsione, a toccare la sua pelle priva di maglietta <Tu non potresti neanche lavargli le scarpe e…> presi fiato, perché l'odio che provavo sembrava quasi soffocarmi <Non ti azzardare, mai più a nominarlo, schifoso bastardo!> Salì di corsa le scale, lasciandomi alle spalle il suo orribile sorriso soddisfatto.

Ora, ripensando all'incubo che era diventata la mia vita desiderai, solo per un istante, di essere morta anch'io, nell'incidente di mamma e papà. Piansi, appoggiata alla parete del corridoio della scuola e mi abbracciai, scossa da singhiozzi senza freni. Non so neanche per quanto tempo rimasi lì a piangere e ci misi un po' ad accorgermi che non ero più sola e che le braccia che mi sostenevano, non erano le mie. Fu il suo profumo a riscuotermi e senza neanche alzare gli occhi per guardarlo, gli feci scivolare le braccia intorno al collo, afferrando con le dita manciate dei suoi capelli, dietro la nuca ed esercitando una lieve pressione per fargli abbassare la testa verso di me, pregando e supplicando in silenzio che non mi rifiutasse. Lui non lo fece, non mi negò quel bacio di cui, in quel momento, avevo bisogno come l'aria e insieme a questo mi ridiede speranza e amore, quell'amore che, per come mi baciò, sembrava esplodergli dentro e consumarlo, così come stava facendo con me.

Sempre abbracciati, ci sedemmo sui gradini che portavano all'uscita delle auto della scuola, che in quel momento erano deserte e ci offrivano un po' di privacy. Non smisi di tenerlo stretto a me e non tentai di guardarlo in viso, per paura di scorgervi ancora dubbi e ripensamenti, volevo solo stargli il più vicino possibile, assorbire quanta più felicità e gioia da quell'istante che non sapevo quanto ancora sarebbe durato.

Lui mi accarezzò il viso, i capelli, mi baciò le guance, gli occhi e le labbra ancora e ancora, ardente e trattenuto, tenero e violento insieme. Anche Nico, come me, sembrava voler prendere più possibile da quell' istante. Poi piano, piano ci separammo, quel tanto che bastava per guardarci in faccia e il sorriso dolce, pieno di speranza e amore che mi rivolse, mi fece vergognare per ciò che avevo desiderato pochi minuti prima. Anche solo per quell'istante di perfetta felicità, valeva la pena di essere viva.

<Fede, piccola tu mi devi dire cosa ti sta succedendo! Marty dice che hai problemi in famiglia, ma che tipo di problemi possono ridurti così? Mi sono torturato immaginando le cose più brutte. Stanno male? I tuoi nonni hanno qualche problema di salute? Oppure ....>

Scossi la testa, negando silenziosamente le sue supposizioni. Come facevo a guardarlo in faccia e rivelargli lo schifo nel quale vivevo? Come facevo a mettere a nudo la parte più orrenda di me, del mio passato, con lui che era invece la cosa più bella che mi fosse mai capitata nella vita? Ma come sempre lui riusciva a leggere dentro di me e ciò che vide nei miei occhi, lo fece irrigidire e tremare, lo notai persino nella mano che stringeva la mia, prima di lasciarmela per prendermi il volto e rivolgerlo al suo, senza vie di fuga.

<Stiamo parlando di quello che ti è successo da bambina?> La sua voce sussurrata era forzatamente e innaturalmente calma <E' di questo che stiamo parlando? Tu dimmi solo si o no> Il suo volto, a pochi centimetri dal mio, era leggermente arrossato, sugli zigomi e sul setto nasale e gli occhi lucidi di un'emozione violenta ma trattenuta.

Feci appena un cenno affermativo con gli occhi, ma a lui bastò.

<Chi?> solo questa parola e la valanga di significati che si portava dietro.

Ripensandoci adesso, a distanza di tanto tempo, avrei taciuto qualcosa, qualche dettaglio troppo crudo e indecente, i miei penosi pensieri di colpa e responsabilità, i miei dubbi, le mie insicurezze, quelle con cui ero cresciuta, quelle che mi avevano accompagnato da tutta la vita. Sicuramente avrei taciuto le mie paure, quelle per superare le quali avevo avuto bisogno di uno specialista e sicuramente avrei dovuto tacere sui dettagli della mia convivenza attuale con lui, con mio zio. Ma in quel momento non era a lui, a Nico, che stavo pensando, ma solo a me stessa e a quanto mi sentissi meglio a raccontargli tutto, a lui che era la persona al mondo di cui mi fidavo di più. A lui a cui avevo dato fiducia, persino prima di imparare a farlo con gli altri.

Stretta nel suo abbraccio, lo sentii sospirare tremante e posare lieve le labbra sulla mia testa, prima di sentirgli pronunciare, con voce assolutamente fredda e spietata, le parole che non avrei mai più dimenticato <Voglio essere io quello che lo ammazza!> E poi afferrandomi per la mano mi tirò in piedi, abbracciandomi stretta a se <Dimenticherai Fede, io ti farò dimenticare tutto questo. Sostituirò ogni tuo ricordo con talmente tanti altri più belli, più veri che non ci sarà più posto. Ti amerò ogni giorno, per sempre, finché non ricorderai più tutto questo. Mi credi? Fallo Fede, abbi fiducia in me. Io non ti deluderò. Mai più> Il mondo, in quel momento, era un posto migliore. Fra le sue braccia potevo rilassarmi e chiudere gli occhi, niente poteva toccarmi o ferirmi. Sicura, protetta e amata….con lui accanto, potevo sopportare e sopravvivere. Ma evidentemente a lui questo non bastava. Accostò la sua guancia alla mia e mi parlò all'orecchio, la sua voce ora non più un sussurro gentile, ma decisa e chiara <Adesso, dobbiamo andare dai tuoi nonni, loro devono sapere…>

<No! Io non posso…loro ne morirebbero..>

<Morirebbero a saperti in questa situazione! Io ti starò vicino, ma tu devi raccontare loro tutto, adesso!>

Mi ero sciolta dal suo abbraccio, ma lui mi teneva ancora le mani <Tu non capisci! Non saprei spiegare perché non ho raccontato tutto subito e …..mia zia..>

Ma lui fu implacabile e con una stretta dolce, ma al contempo decisa sulle mie spalle, riportò la mia attenzione alle sue parole <Non mi importa niente, di quello che penseranno o ti

276

chiederanno. Ti voglio fuori da quella casa, oggi stesso!> Mai aveva usato con me un tono così autoritario, ma non era mai successo di vederlo così fuori di sé e preoccupato per me e per il mio benessere.

E in quell'istante capì, guardando il suo viso solenne e serio, che il mio incubo stava per avere fine. In un modo o nell'altro mi sarei liberata di lui, di mio zio. Aveva ragione Nico, non erano importanti le domande, i sospetti e le mie spiegazioni. L'importante era la verità e la verità era che vivevo nella stessa casa con un pedofilo, che già una volta aveva allungato i suoi artigli su di me e che, da quel che avevo potuto vedere, non era affatto cambiato. Erano settimane che Marty provava a dirmelo, ma chissà perché a Nico sentì di dover dare ascolto. In un certo senso, la sua presa di posizione sembrava non darmi scelta, ma forse era proprio di questo che avevo bisogno, di qualcuno che mi costringesse a pensare prima di tutto a me stessa e alla mia sicurezza. Era vero, se confessavo ci sarebbero state delle conseguenze, ma ogni nostra azione, nella vita, ha delle conseguenze, solo che alcune sono peggiori di altre e se era vero che sapevo esattamente quello che sarebbe successo rivelando ai nonni tutta la faccenda, non sapevo invece esattamente di cosa si sarebbe reso capace quel bastardo di mio zio, nei giorni a venire. E non volevo scoprirlo.

<Va bene> mi sentì rispondere con una voce tremante, ma allo stesso tempo decisa <Non oggi però, domani sera. Lui e la zia saranno fuori, ho sentito che ne parlavano e i nonni saranno a casa a quell'ora> Deglutii un enorme groppo di paura e con le labbra all'ingiù, resistendo alle lacrime, gli chiesi <Tu ci sarai? Con me?>

<Sempre> solo questo e mi strinse a se, nel suo calore e nel suo coraggio, che adesso era anche il mio.

Passai il resto della giornata e la mattina del giorno dopo, come su una nuvola di beatitudine. Io e Nico stavamo di nuovo insieme e non c'era nulla che mi rendesse più felice. Ritornata in classe avevo abbracciato di slancio Marty e, anche se non me lo meritavo, lei ricambiò il gesto e quando si accorse di Nico, accanto a noi, sorrise e disse, rivolgendosi a lui <Nico….meno male che te la sei ripresa….era diventata insopportabile!>

La guardai storta ma non dissi nulla, me l'ero decisamente meritato.

Il giorno dopo, mentre mano nella mano entravo a scuola con Nico, intravidi Simon e lui discretamente, non mi si era avvicinato, mi aveva solo sorriso complice, facendomi l'occhiolino. Ne fui felice: non avevo nessuna voglia di mettere alla prova l'orgoglio ferito e la gelosia di Nico nei suoi confronti.

Solo un piccolo episodio, quella mattina, aveva oscurato per qualche istante la mia felicità. Avevo trovato la zia in cucina, rannicchiata sul divano. Aveva tutta l'aria di aver trascorso la notte lì, ma a parte gli occhi gonfi per le evidenti lacrime versate, aveva un aspetto sereno; come di chi ha finalmente raggiunto una decisione sofferta, ma necessaria e giusta. Avevo qualche sospetto sulle decisioni che probabilmente aveva preso e non potevo che esserne felice. Mi sedetti accanto a lei e le misi silenziosamente un braccio attorno alle spalle. Non dissi nulla, non ce n'era bisogno. Dopo qualche minuto lei sollevò la testa, che aveva appoggiato sulla mia spalla, e mi guardò <Me lo hai dato tu il coraggio, lo sai? Ti ho guardato in queste settimane e mi sono sentita così orgogliosa di essere tua zia, la sorella di tua madre. Hai affrontato un trauma terribile, con la loro morte, eppure ne sei uscita! Sei una bella ragazza, solare, dolce e gentile. I nonni mi hanno detto che hai tanti amici meravigliosi che ti vogliono molto bene e io ho pensato che se ce l'avevi fatta tu, che eri solo una bambina…allora dovevo farcela anch'io….anche se è una cosa del tutto differente>

"Non così differente zia" pensai "è della stessa persona di cui ci dobbiamo liberare!" Ma questo lei ancora non lo sapeva.

<Meno melodramma, per favore o tua nipote penserà chissà cosa…>

Mi voltai di scatto, verso la sua odiosa voce, che ci giunse attutita perché, mentre scendeva le scale, si stava infilando una maglietta. Riportai lo sguardo sulla zia e solo allora mi accorsi del piccolo livido che le deturpava lo zigomo.

<Ti ha picchiata...> non era una domanda, ma scoprì che stentavo a crederci. Se l'avesse picchiata regolarmente, sicuramente lei non ci avrebbe messo anni per lasciarlo. Non lo credevo, almeno.

Tutta la serenità che avevo notato sul suo viso era scomparsa, adesso rannicchiata sul divano, con la vestaglia tutta stropicciata, sembrava solo una ragazzina spaventata <Ho sbattuto...contro l'armadio...l'anta era aperta...>

Secondo me, neanche lei credeva alle sue stesse parole, ma era una persona adulta e se aveva deciso di raccontarsi delle balle, io non potevo o forse non volevo aiutarla. Mi faceva troppa rabbia e pensai che probabilmente la sua vigliaccheria l'avrebbe portata più facilmente a credere alla sua versione, a quella di suo marito, anziché alla mia, quando quella sera avrei raccontato tutto. Proprio tutto.

Mi alzai e in silenzio feci per uscire dalla stanza, ma ancora una volta la sua voce mi fece fermare <Sono pronto per uscire, ti do un passaggio a scuola....>

Sorrisi. Si proprio così, sorrisi rivolta verso il muro, mentre chiudevo lo zaino. Forse, ciò che sapevo sarebbe accaduto da lì a poche ore mi aveva dato un coraggio smisurato, o forse non potevo capacitarmi della sua sfacciata nonchalance. Non so bene il perché, ma ebbi voglia di provocarlo, umiliarlo, offenderlo, denigrarlo e molto altro ancora. Magari, forse una piccola rivincita, per la sberla che aveva dato alla zia e che sicuramente non era neppure la prima. Mi voltai lentamente verso di lui, ancora sorridente e lo guardai in volto: sbarbato di fresco, i capelli castani ancora umidi dalla probabile recente doccia, la t-shirt aderente di cotone e i jeans a vita bassa, scoloriti.... e capì dove colpirlo. <Scherzi, vero?> sbuffai <Ma ti pare, che mi faccio

accompagnare "da te" a scuola? Sai che figura! A settembre li troverei che ridono ancora!>

Colpito e affondato! Che soddisfazione vederlo diventare color pulce, mentre gli occhi mandavano lampi di collera. "Strozzati!" pensai.

<Perché, che ho che non va? Mi vorresti fare credere che nessuna delle tue amiche viene accompagnata mai a scuola dai suoi genitori?> La sua voce aveva un timbro acuto, quasi stridulo. Riuscivo quasi a vedere la sua rabbia montargli dentro come le onde del mare. Che soddisfazione! <Dai genitori si, certo. Non da uno che si atteggia a ragazzino e si crede di avere diciott'anni… anziché cinquanta!>

<Cinquanta?! Cinquanta?! Ma tu guarda questa… maleducata!> Era chiaro come il sole che avrebbe voluto dire qualcosa di più forte <Per tua informazione, non ne ho neppure quarantaquattro!> Mi urlò dietro, mentre io ero già alla porta

<Si, si come ti pare….> E chiusi la porta, mentre un enorme sorriso mi si apriva sul volto e acceleravo il passo per non perdere l'autobus.

CAPITOLO 52

Erano le sette di sera. Nico sarebbe arrivato alle otto. Avevamo concordato tutto, in modo che il nonno fosse presente e non indaffarato in giardino, come sempre. Percorrendo il vialetto d'ingresso, mi stupì di sentirmi così calma e serena nonostante ciò che mi accingevo a fare. Forse era anche questo crescere: prendere delle decisioni e saperle portare avanti senza titubanze. Però senza Nico, non ce l'avrei fatta o almeno avrei lasciato passare più tempo, forse troppo. Quei pensieri, mentre aprivo la porta ed entravo in casa, mi distrassero e non feci molto caso al silenzio.

<Ciao nonna> urlai, mentre salivo le scale ed entravo in camera per cambiarmi. Pensai, visto che non c'era stata risposta, che si trovasse in balcone o in giardino con il nonno. Mi infilai una tuta leggera e una maglietta di cotone e scalza mi diressi di nuovo verso le scale, per andare a cercare la nonna, ma qualcosa, nel corridoio, attirò la mia attenzione: un riquadro di luce sulla parete del corridoio. Proveniva dalla stanza della zia…e di lui. La porta era aperta. Esitai. Attesi qualche secondo, in silenzio, poi mi avvicinai e mi sporsi leggermente, per inquadrare meglio la stanza. Quello che vidi, mi fece dimenticare la mia esitazione di poco fa ed entrai. I vestiti della zia erano sparpagliati sul letto, alcuni strappati, altri solo appallottolati. Altri indumenti, collant e biancheria, erano buttati a caso ovunque. Un'anta dell'armadio era aperta e sulla superficie dello specchio interno, che col suo riflesso aveva attratto prima la mia attenzione in corridoio, c'era una strana macchia, più o meno all'altezza del mio viso. Mi avvicinai per vedere meglio, anche se non ce n'era bisogno. Era sangue. Avrei tanto voluto, per lei, che non lo fosse, ma non c'erano dubbi.

Uscì dalla stanza e mi diressi subito in cucina. Forse la nonna e la zia erano in terrazzo. Cercai di immaginare cosa fosse accaduto: la lite, le botte…. I nonni dovevano aver sentito e forse lo avevano cacciato, per sempre. Mentre uscivo in terrazzo, sicura di trovarvi almeno la nonna, sentì il rumore della porta d'ingresso. Il dondolo era vuoto e neppure in giardino sembrava esserci nessuno. Ritornai sui miei passi e appena rientrata in cucina, lo vidi. Il mio primo istinto fu la fuga. Volevo correre, scappare il più lontano e il più velocemente possibile, ma stranamente riuscì a rimanere calma, almeno esteriormente. Sentivo il mio cuore accelerare i battiti e dovetti chiudere le mani a pugno, per bloccarne il tremito, ma la mia voce fu ferma <Dov'è la zia?>

Aveva un borsone vuoto in mano che posò a terra, appena si accorse di me. Lo vidi stringere gli occhi, come se dovesse riflettere, prima di rispondermi e poi mi sorrise, affabile <Già a casa? Vieni facciamoci una birra...>

<Ti ho chiesto, dov'è la zia!> Odiai la sfumatura di paura nella mia voce

<Ti è permesso bere una birretta?> mi chiese, continuando ad ignorare la mia domanda e aprendo il frigo.

Stavo per rifargli la domanda, ma mi fermai. Il display del microonde attirò il mio sguardo, erano le sette e diciassette , tra poco più di mezz'ora sarebbe arrivato Nico, era meglio aspettarlo fuori. Girai attorno al tavolo, per non passargli accanto, ma lui, notando il mio spostamento, chiuse il frigo violentemente e mi si piazzò d'avanti <Allora te le bevi le birre con i tuoi amici? Certo che te le bevi! E ora te ne bevi una, con me...>

<Non ne ho voglia....>

<Perché, sono troppo vecchio pure per questo? Quanti anni ha il tuo ragazzo? Con lui te le bevi le birre, vero? E pure...>

Cercai di spostarlo, ignorandolo, ma in un istante mi fu addosso, spingendomi contro lo spigolo del tavolo. Teneva il suo ventre schiacciato su di me e afferrandomi per i fianchi si sporse su di me, come per baciarmi, ma non lo fece. Mi sfiorò con il naso la faccia, dal mento alla guancia, aspirando. <Hai l' odore di quand' eri bambina>

Il suo volto, contratto in un'espressione d'estasi, con gli occhi chiusi, a pochi centimetri dal mio, il suo alito caldo sul mio collo… era più di quanto potessi sopportare. Ogni cellula del mio corpo urlava il suo rifiuto con raccapriccio e sgomento. Cominciai a sudare e a sentire freddo, tanto freddo. La mia respirazione accelerò improvvisamente, come se stessi correndo, ma mi mancava l'aria e non riuscivo a farne entrare di più…. Strinsi le mani sul petto e abbassai la testa, cercando goffamente di impedirgli di avvicinarsi di più. Sentivo qualcuno che gemeva piano, singhiozzando, come un animale ferito, in agonia, che emetteva i suoni del suo dolore….

Ero io. Quell'animale braccato, ferito e in agonia ero io e capirlo mi riscosse. Fu come se una parte di me si staccasse dal mio corpo e osservasse la scena da fuori. Rividi me a dieci anni che, voltando la testa dall'altra parte, cercava di annullare quell'orrore che stava avvenendo. Adesso, addossata al tavolo della cucina, coi pugni stretti al petto e la testa incassata, sembravo volermi chiudere in me stessa, per non vedere quello che stava accadendo. Di nuovo.

No! Di nuovo no! Una rabbia incandescente prese il posto di quell'inezia paurosa e passiva e con tutta la forza che riuscì a raccogliere, lo spinsi con le mani e con le gambe. Lui preso di sorpresa, perse un po' l'equilibrio, scostandosi quel tanto che bastò per riuscire a sgusciargli via. Pensai di correre fuori, ma le scale erano più vicine e cercai di salirle il più in fretta possibile, ma lui mi afferrò da dietro facendomi perdere l'equilibrio. Riuscì ad afferrare la ringhiera con una mano e a girarmi su me stessa, mentre con la gamba cercavo di colpirlo, ma lui mi si buttò letteralmente addosso di peso e io caddi sulla schiena sui gradini, con il braccio piegato dietro di me in una posizione innaturale. Un dolore acuto mi trafisse, dalla spalla al gomito e rimasi senza fiato e senza forze. La vista mi si appannò e come se avessi d'avanti un velo torbido, vedevo la sua figura, fatta di colori e ombre, muoversi su di me ansimante, mentre un ghigno orrendo gli increspava le labbra <Pensavo di trovarti bella come allora… e invece….sei grassa e sembri una puttana….> parlava con rabbia e disapprovazione, mentre palpava quel corpo che non era come lo desiderava.

Con tutta la rabbia e la forza che riuscì a trovare cercai di scrollarmelo di dosso, gridando e graffiandogli la fronte e la guancia usando l'unico braccio libero, ma più mi dimenavo e più avvertivo dolore e le forze mi venivano meno <Maledetto….maledetto…> se avessi potuto morderlo a sangue, l'avrei fatto, ma non riuscivo ad allungare il collo e frustrata emisi un verso inferocito e selvaggio.

<E stai ferma….> mi sussurrava odioso <una volta stavi buona, buona e adesso fai così? Tanto lo so, che ti piaceva….l'ho visto come mi guardi….mi provochi e poi dici no…sei diventata una puttanella…> ansimava, per lo sforzo di tenermi ferma e aveva iniziato a trafficare con la lampo dei suoi pantaloni.

Urlai, con quanto fiato avevo in gola e quando mi mise una mano sulla bocca tentai di mordergliela, di spostare la faccia, ma ogni mio movimento aveva scarso effetto e mi resi conto che le forze mi venivano sempre meno, mano a mano che il dolore al braccio aumentava e anche se non volevo piangere e mostrarmi debole, calde lacrime non volute scivolarono sulle mie guance e sul mio collo. Non era giusto e non poteva essere reale, pensai "Dio ti prego fa che non sia vero! Dio ti prego non permetterlo ancora!".

Il tempo parve arrestarsi. Un attimo prima eravamo impegnati in quella lotta impari e selvaggia e un attimo dopo fu come se l'aria venisse squarciata da un urlo animale. Il peso su di me venne improvvisamente rimosso e l'aria che riuscì a inspirare, per un attimo, mi disorientò.

Qualcuno urlava, sentivo colpi sordi e gemiti di dolore e provai a mettermi seduta, trascinandomi lentamente il braccio sinistro che non smetteva di farmi male e non rispondeva ai miei tentativi di spostarlo d'avanti. Il volto pallido e sconvolto della nonna apparve sul mio campo visivo e mentre i gemiti di dolore non si sentivano più e i colpi, sempre più forti e violenti aumentavano, scivolai nell'incoscienza e nel buio, mentre il mio corpo si afflosciava come una bambola inanimata, tra le esili braccia della nonna.

<Vuoi un caffè? >

<No, grazie>

<Perché non vai a casa a riposarti, ci siamo noi….>

<Sto bene qui, grazie>

<Ascoltami…Nicola….non cambia nulla, appena si sveglia noi…>

<Cambia per me!> un sospiro e poi <Voglio esserci quando si sveglia. Mi scusi, ma io resto>

Non avevo ancora capito se quella conversazione la stessi sognando o ascoltando, ma poi sentì una porta chiudersi e percepì una mano calda e più grande della mia, afferrarmi la mano e tenermela stretta. Un respiro lieve mi solleticava il braccio. Non era spiacevole…era rassicurante…. e a un tratto ricordai….tutto: la casa vuota, la camera della zia a soqquadro, il sangue e poi lui, lui che mi afferrava, che mi toccava sulle scale…e poi tutto era confuso. Però ricordavo il volto pallido della nonna e nient'altro.

Provai ad aprire gli occhi nella penombra della camera e la prima cosa che vidi furono le nostre mani intrecciate. Nico era seduto accanto al letto e teneva la testa poggiata sul dorso della sua mano, gli occhi fissi nel vuoto prima di accorgersi di me e sollevarsi <Ti ho svegliato, mi dispiace. Vuoi che vada…>

<Resta> Gli strinsi la mano e lui si riabbassò sulla sedia. Provai a girarmi un po' verso di lui, ma la spalla sinistra era stranamente pesante e voltandomi a controllare vidi che, fino al polso, ero steccata e fasciata.

<E' rotta?>

<No> Lo vidi esitare e distogliere lo sguardo un attimo, prima di voltarsi di nuovo. Poi, sospirando pesantemente, disse <Avevi una spalla slogata e ….l'osso era fuori posto, ma il dottore te l'ha rimessa a posto e non….avrai problemi > gli tremava la voce, come se si sforzasse di controllare emozioni che non voleva esternare e provai una gran pena per lui, per me, per i nonni e…..

<Lo volevo ammazzare> mi sussurrò, guardandomi diritto negli occhi <sapevo cosa stavo facendo, ma non volevo fermarmi…lui…ti stava….> gli mancò la voce e la mano che stringeva la mia tentò di scivolare via.

<Eri tu! Tu me l'hai tolto di dosso e ….ma come sei entrato?> gli chiesi, afferrandogli più saldamente la mano.

<Ero appena arrivato quando i tuoi nonni hanno aperto il cancello automatico, erano in macchina con tua zia. L'avevano portata al pronto soccorso….>

La sua voce, la sua meravigliosa e rassicurante voce raccontava quell'orrore e io avrei voluto sprofondare. Ma se c'era una cosa che avevo capito, era che non era colpa mia. Potevo essere responsabile solo delle mie azioni, non di quelle degli altri. Non era colpa mia se la zia non l'aveva lasciato, in tutti quegli anni, nonostante le percosse, nonostante tutto. Si era decisa solo ora, dopo diciotto anni. I nonni li avevano sentito litigare e all'inizio non erano intervenuti, ma poi la zia aveva gridato, quando lui le aveva sbattuto la faccia contro lo specchio…. Le parole di Nico sembravano dare voce all'eco dei miei ricordi, quando avevo visto la camera.

Il nonno lo aveva cacciato via di casa, di certo non pensavano che sarebbe tornato poco dopo, e poi avevano portato la zia all'ospedale. <Quando siamo entrati e ho visto cosa ti stava facendo quell'animale…non ci ho visto più…Non ho mai picchiato così…non ho mai "voluto" picchiare qualcuno, come ho fatto con lui!> Abbassò gli occhi sulle sue mani, il cui dorso recava segni di escoriazioni e piccole spaccature.

<Dov' è, adesso?> la mia voce tremava, ma non per paura, non ne avevo più adesso.

Lui mi guardò un lungo istante, prima di rispondermi <In carcere. Ci rimarrà un bel po'. I poliziotti dicono che era flagranza di reato, c'erano testimoni e… tu forse non te ne sei accorta, ma hanno anche le tue foto, di come ti aveva ridotta e….anche tua zia, lo ha

denunciato> Annuì, accennando un piccolo sorriso quando vide la mia sorpresa alla sua ultima frase <Si, lo ha denunciato per percosse e violenze ripetute. Ha trovato il coraggio di farlo>

Era finita. Un'ondata mi pervase, d'aria, di vita, di speranza. Era finita.

******** ********* **********

Mi era sempre piaciuta la vista che si godeva dalla balconata della sua stanza. Il vivaio, visto da dietro, mostrava solo gli alberi di ulivo, i limoni e i mandorli. Sentì i suoi passi, dietro di me, e voltandomi lo osservai trafficare sul tavolo che aveva preparato per noi.

<C'è anche il dolce!?> chiesi stupita e meravigliata.

<Certo! Non potevo mica far mancare proprio il dolce> così dicendo, Nico si avvicinò a me reggendo in mano un piatto, con una porzione abbondante di tiramisù.

Il mascarpone freddo e cremoso colava lentamente dalla forchetta e mi affrettai ad aprire la bocca per accettare il boccone di dolce che mi porgeva. Il cacao impalpabile e amaro invase la mia bocca amalgamandosi con la dolcezza della crema e con l'aroma intenso e profumato del caffè <Non ne ho mai assaggiato uno più buono> gli dissi con gli occhi chiusi, mentre cercavo di trattenere ancora un po' in bocca quel sapore paradisiaco.

Quando riaprì gli occhi, lui mi stava osservando e se io mi ero persa dietro quel sapore delizioso, lui sembrava essersi smarrito in me. I suoi occhi traboccavano amore e desiderio e ogni punto di me, della mia pelle, che accarezzavano sembrava prendere vita e accendersi della stessa sua emozione. Raccolse col pollice un po' di crema dall'angolo della mia bocca e assaggiò lui stesso <Sei dolce!>

<Non io…>

<Si, proprio tu > mi disse, accostandosi a me ancora un po'.

<Va bene, proviamo...> presi un po' di tiramisù, con la forchettina e lo imboccai e poi, mentre lui assaporava, mi avvicinai lenta e lo baciai gustando e rubando dalla sua bocca quel dolce sapore. Il tintinnio della porcellana, mi fece vagamente intuire che doveva aver posato il piatto da qualche parte, ma ero troppo presa per capire dove.

I nostri corpi vicini, vicinissimi ma non abbastanza. Le sue mani sulla mia schiena, sui mie fianchi, più giù e poi di nuovo su....le sue labbra sul mio collo, sulle spalle.... E intanto indietreggiando lentamente, guidato da me, avevamo raggiunto la frescura e la penombra della sua camera e in un attimo la fresca morbidezza del suo letto. Gli tirai la maglietta dal collo e lui, obbediente come un bambino, sollevò le braccia per farsela sfilare. Gli occhi solenni e colmi di passione fissi nei miei, mentre le sue mani aprivano l'ultimo bottone della mia camicetta e allargavano i due lembi, scoprendo il mio reggiseno blu con i piccoli fiori gialli sparsi.

<Sembrano girasoli> disse sorridendo e seguendo il contorno di quei ricami, con un dito.

Sorrisi per quel commento e per quel perfetto momento di felicità, mentre con le mani percorrevo le sue spalle, la sua schiena <Tu mi hai fatto amare i girasoli...pensavo che...> era difficile parlare, pensare mentre lui annientava la mia mente coi suoi baci ,con le sue carezze <...pensavo che erano brutti...ma non è così...sono belli, i girasoli sono belli...>

<"Tu" sei bella Fede, sei....così bella che mi sembra un sogno...poterti toccare....>

Lo strinsi ancora di più a me, inarcandomi verso di lui, anelando a un'unione senza spazi.

<Vuoi che mi fermi?>

<No, non fermarti...>

Lui mi guardò, lo vidi deglutire, cercando di contenere l'eccitazione <Ti voglio da impazzire…ma possiamo solo baciarci, mi basterà…me lo faccio bastare>

<Anch'io ti voglio da impazzire e…>

<Ti amo…>

<Ti amo…> Non so chi lo disse per primo. Le nostre parole, così come i nostri gesti riflettevano l'intensità di quel sentimento dolce, terribile e perfetto che ci univa. E mentre i vestiti scivolavano via sul pavimento, rabbrividivo per le sue attente, dolci e ardenti carezze sul mio collo, sui miei seni, sui miei fianchi, su ogni singolo centimetro di pelle che andava scoprendo. Le nostre mani intrecciate, le bocche unite nella morbidezza di quei baci senza fine, il suo corpo su di me, dentro di me e….attorno a me, come l'aria invisibile che ci circondava e ci accarezzava la pelle, dolcemente persi in un piacere che pareva senza fine, mentre i nostri respiri si confondevano e si mischiavano, in quelle parole d'amore che per sempre avrei serbato nel mio cuore.

E fu speciale, romantico e bellissimo…come tutte le prime volte dovrebbero essere. No di più, perché fu la nostra.

Vi siete mai fatti la classica domanda "dove sarò tra dieci o vent'anni?" Io si. Non so perché, ma una volta me la facevo spesso. Forse proprio perché non riuscivo a vedermi tanto diversa da come ero. Pensavo che non sarei mai riuscita a vivere pienamente e intensamente. Pensavo che non sarei mai riuscita a "spiccare il volo" perché le mie ali erano…tarpate. Ora non più. Tutto era bello e possibile adesso ed era come respirare per la prima volta a pieni polmoni e quel momento di perfetta felicità lo stavo vivendo con lui. Con Nico. Non so dove sarò tra dieci o vent'anni, ma questo istante con lui, so che non lo dimenticherò mai. Cara nonna forse non sono mai stata bella come una rosa, perfetta e fragile. Sono sempre stata come un girasole, luminoso, forte e testardo. Uno che non si arrende. Adesso sapevo che anche

se lo guardavi da vicino restava sempre bello, così come quando
lo   guardavi   da   lontano.

EPILOGO

<Lo so, mi stai portando al mare!> ne sono quasi certa, perché riconosco la strada.

Lui sorride, mentre continua a guidare. Lo osservo dallo specchietto, beandomi del suo profilo, finché incrocia il mio sguardo, alza un sopracciglio, sfacciatamente consapevole…e io arrossisco.

Poi lo vedo, anzi noto prima le luci e poi capisco: Il Palasport di Acireale.

<Allora non è vero che non avevi trovato i biglietti!> lo colpisco scherzosamente, con un pugno al fianco.

Nico mi fa scendere e poi smonta anche lui <Ti dovevo un concerto, dopo quello che ci siamo persi per colpa mia…> accenna un sorriso contrito, mentre si passa una mano sulla nuca e io mi sciolgo.

<Non ci posso credere…adoro i Modà!> gli salto al collo e lo inondo di baci e non mi importa di chi ci guarda, non mi importa di dare spettacolo, per una volta.

Nico mi abbraccia, mi bacia gli occhi chiusi e poi le labbra e sorride. I suoi occhi grigi brillano nel buio, di una luce divertita, come per qualcosa di segreto, di cui sono all'oscuro. Gli sorrido anch'io, qualunque cosa venga da lui sarà qualcosa che amerò.

<Vieni> mi dice prendendomi per mano.

Lo seguo, ma non andiamo verso le tribune. Mi porta proprio sotto il palco, siamo tra i primi, assieme agli altri che come noi, vogliono godersi il concerto da vicino. L'eccitazione nell'aria è palpabile e contagiosa. Ben presto ci ritroviamo stretti come sardine e Nico si posiziona dietro di me, protettivo.

E poi parte la musica, si accendono le luci e la voce forte, profonda e morbida come cioccolato fuso di Kekko Silvestre si diffonde nell'aria, vola, vibra, si espande e mi entra nel cuore.

Un susseguirsi di emozioni e voci e colori e lacrime e sorrisi…

Canzone, dopo canzone il palasport esplode. I cori attorno a noi sono chiari e nitidi, non c'è una sola canzone che non venga ripetuta perfettamente, dalle migliaia di ragazzi presenti. E io sono parte di loro e mentre canto a squarcia gola, mi lasciò dondolare da Nico, sulle note di "Timida". Sogno assieme alla folla che esplode e che mi circonda su quelle di "Tappeto di fragole". E poi la folla canta rabbia e amore, con "Sono già solo" e ancora urla, quando indoviniamo, dalle parole che Kekko usa per presentarla, la canzone che sta per cantare <l'ho scritta per una persona a cui voglio molto bene… "Urlo e non mi senti"> dice e la folla ancora una volta esplode…

E poi il mio cuore, per ciò che vedo d'avanti a me, si ferma e ricomincia a battere a un ritmo diverso, più veloce, più intenso perché l'amore mi scoppia dentro…I mega schermi posizionati alle spalle dei Modà si accendono di un'abbagliante giallo: sono migliaia di girasoli, piccoli, grandi e giganteschi, è un dipinto e sopra c'è una foto, in primo piano di una ragazza, dagli incredibili occhi azzurri che sorride imbarazzata all'obbiettivo, mentre il vento le scompiglia i capelli.

SONO IO! Mi riconosco, paralizzata e con il respiro sospeso, mentre tutti attorno a noi tacciono, quando Kekko prende il microfono e si avvicina al bordo del palco <Voglio raccontarvi qualcosa di questa ragazza> dice sorridendo e accennando dietro di se, mentre tutti, come fossero un'unica entità, trattengono il respiro in attesa. <Qualche mese fa sono stato ospite di un amico, qui in Sicilia. Ero in moto, la sua moto…> ride, mandando le ragazzine in estasi <quando un guasto ha bloccato il motore e ovviamente…il mio telefonino aveva la batteria a terra…> altre urla di incoraggiamento

<Sono stato soccorso da un furgoncino guidato da una gentile signora che assieme a suo figlio mi hanno fatto la cortesia, di fare una deviazione di circa 50 km, per riportare me e la moto, a casa del mio amico> sorride mentre si abbassa, sfiorando le mani tese verso di lui.

<Io e Nico, nel retro del furgone, abbiamo tenuto la moto in piedi per tutto il tragitto e io so che lui è qui oggi, da qualche parte. Grazie...> dice, poi si volta verso il megaschermo <Federica, questa è per te da Nico!>

Dietro di me Nico mi sfiora l'orecchio, con quelle due parole sussurrate che per tanto tempo avevo desiderato sentirgli dire e poi ingoia la mia risposta, nella sua bocca...e poi un boato di applausi e urla esplode nell'aria:

"Ciao, semplicemente ciao...difficile trovar parole molto serie..."

"...azzurro come te, come il cielo e il mare..."

"...giallo come luce del sole, rosso come le cose che mi fai...provare..."

"...e adesso un po' di blu come la notte...l'aria puoi solo respirarla..."

"...ora che è estate, ora che è amore..."

Non credo che si possano trovare le parole per descrivere ciò che provo, in questo momento, ma questa canzone, le emozioni che scatena, la gioia e l'euforia del concerto, le nostre mani unite, la carezza delle sue labbra sulle mie...

AMORE: una parola troppo grande alla mia età...no, solo una parola che ancora non basta, a descrivere la mia vita oggi.

Vivere e amare, sempre e...comunque. Qualunque cosa accada, non lasciarti spezzare e non smettere mai, mai, mai di amare.